MEU MICHEL

AMÓS OZ

Meu Michel

Tradução do hebraico
Milton Lando

2ª *reimpressão*

COMPANHIA DAS LETRAS

Copyright © 1987 by Amós Oz

Grafia atualizada segundo o Acordo Ortográfico da Língua Portuguesa de 1990, que entrou em vigor no Brasil em 2009.

Título do original hebraico
Michael Shelí

Capa
Raul Loureiro

Imagem de capa
Israel, 1952. © George Rodger/ Magnum Photos/ Fotoarena

Preparação
Beti Kaphan

Revisão
Beatriz de Freitas Moreira
Ana Maria Barbosa

Atualização ortográfia
Marise Leal

Dados Internacionais de Catalogação na Publicação (CIP)
(Câmara Brasileira do Livro, SP, Brasil)

Oz, Amós, 1939 - 2018.
  Meu Michel / Amós Oz ; tradução do hebraico de Milton Lando. — 1ª ed.
— São Paulo : Companhia das Letras, 2002.

  Título original: Michael Shelí.
  ISBN 978-85-359-0219-8

  1. Romance israelense (Hebraico) I. Título.

02-0646   CDD-892.43

Índice para catálogo sistemático:
1. Romance : Literatura israelense em hebraico   892.43

[2019]
Todos os direitos desta edição reservados à
EDITORA SCHWARCZ S.A.
Rua Bandeira Paulista, 702, cj. 32
04532-002 — São Paulo — SP
Telefone: (11) 3707-3500
www.companhiadasletras.com.br
www.blogdacompanhia.com.br
facebook.com/companhiadasletras
instagram.com/companhiadasletras
twitter.com/cialetras

MEU MICHEL

1.

Jerusalém, janeiro de 1960

Escrevo porque as pessoas que amei já morreram. Escrevo porque quando era menina havia em mim muita força para amar, e agora esta força está morrendo. Eu não quero morrer. Sou uma mulher casada, de trinta anos. Meu marido é o dr. Michel Gonen, geólogo, um homem tranquilo. Eu o amava. Nós nos conhecemos no prédio do convento Terra Sancta, há dez anos. Eu estava matriculada como ouvinte na Universidade Hebraica, quando as aulas ainda eram dadas no Terra Sancta.

Nosso encontro foi assim:

Num dia de inverno, às nove da manhã, eu escorreguei na escada. Um jovem desconhecido me segurou pelo cotovelo. Sua mão era firme e forte. Vi dedos curtos, com unhas aparadas. Dedos pálidos, em cujas falanges crescia uma penugem morena. Rápido, ele impediu que eu caísse. Fiquei apoiada em seu braço até passar a dor. Estava confusa pelo vexame de ter escorregado na presença de estranhos: olhos que perscrutam e sorrisos ambíguos. E também estava constrangida porque a mão do jovem desconhecido era ampla e cálida ao me amparar. Senti o seu calor através da manga do vestido de lã azul que minha mãe havia tricotado para mim. Era inverno em Jerusalém.

Quis saber se eu tinha me machucado.

Eu disse que talvez tivesse torcido o tornozelo.

Ele observou que gostava da palavra tornozelo. E sorriu. Seu sorriso era tímido. Enrubesci. Também não recusei quando se ofereceu para me acompanhar até a cantina, no térreo. Meu pé doía.

O Terra Sancta é um convento cristão que foi cedido à Universidade Hebraica depois que o acesso ao campus, no monte Scopus, foi interditado. É um prédio frio. Os corredores, largos e altos. Eu seguia distraída o jovem desconhecido que havia me amparado. Era agradável obedecer à sua voz. Não pude olhá-lo de frente e examinar seu rosto. Imaginei um rosto magro, alongado e moreno.

Ele disse:

"Agora vamos sentar."

Sentamos sem encarar um ao outro. Não perguntou o que eu queria e pediu duas xícaras de café. Eu tinha amado meu pai mais do que qualquer outra pessoa no mundo. Quando meu recém--conhecido voltou a cabeça, notei que seu cabelo era cortado curto e que não estava bem barbeado. Sob o queixo se viam pelos escuros. Não sei por que esse detalhe foi importante para mim, e importante a seu favor. Gostei do seu sorriso e dos seus dedos, que brincavam com a colherinha como se tivessem vida própria e não dependessem dele. E a colherinha gostava do seu toque. Meu dedo sentia uma necessidade urgente de tocá-lo sob o queixo, que não estava bem barbeado e de onde brotavam alguns tufos.

Seu nome é Michel Gonen.

É aluno do terceiro ano de geologia. Nasceu e cresceu em Holon. "Faz frio na sua Jerusalém."

"Minha Jerusalém? Como é que você sabe que eu sou de Jerusalém?"

Oh, ele pede desculpas se errou desta vez, mas não acha que se enganou. Aprendeu a distinguir os hierosolimitas num relance, moças e rapazes. Dizendo isso me fitou pela primeira vez bem nos olhos. Seus olhos eram cinzentos. Notei neles um lampejo de riso, mas não era um lampejo alegre. Digo a ele que desta vez o seu palpite está certo. Sou de Jerusalém.

"Palpite? Oh, não."

Ele se faz de ofendido, e os cantos dos lábios sorriem: não, não foi um palpite. Ele viu que eu era de Jerusalém. Viu? Isso também se ensina no curso de geologia? Não, claro que não. Aprendeu com os gatos. Com os gatos?! Sim, ele gosta de observar gatos. Um gato nunca fará amizade com quem não for capaz de gostar dele. Os gatos nunca se enganam com as pessoas.

"Você é um cara alegre", disse eu com alegria. Ri, e meu riso foi revelador.

Depois Michel Gonen me convidou a subir com ele ao terceiro andar do Terra Sancta, onde seriam exibidos curtas-metragens científicos sobre o mar Morto e sobre o deserto do sul, o Aravá.

Ao subirmos as escadas, passamos pelos degraus onde há pouco eu havia escorregado. Michel voltou a segurar firme o meu cotovelo com sua mão quente, como se aqueles degraus fossem um perigo. Através da lã azul, eu sentia seus cinco dedos, cada um deles. Ele tossiu seco, e eu o observei. Ele notou meu olhar e seu rosto enrubesceu. Até mesmo suas orelhas enrubesceram. A chuva fustigava as janelas.

Michel disse:

"Como chove forte."

"Chove forte", concordei em tom entusiasmado, como se tivesse descoberto em suas palavras que somos parentes próximos. Michel hesitou, depois acrescentou: "Já de manhã cedo havia neblina, e soprava um vento forte." "Na minha Jerusalém, inverno é inverno", disse alegre, acentuando bem "minha Jerusalém" para lembrar a ele suas primeiras palavras. Gostaria que ele falasse mais, mas ele não encontrou resposta por não ser um tipo espirituoso. Assim, voltou a sorrir. Num dia chuvoso em Jerusalém, no prédio do Terra Sancta, na escadaria que vai do segundo ao terceiro pavimento. Não esqueci.

No curta-metragem científico vimos como a água se evapora até restar apenas o sal: cristais de um branco puríssimo sobre o lodo cinzento. Dentro, os minerais cristalizam como veias delicadíssimas, finas e quebradiças.

O lodo cinzento se abria bem diante de nossos olhos, pois era um filme educativo, e os processos da natureza eram apresentados em ritmo acelerado. Era um filme mudo. Cortinas pretas foram estendidas nas janelas para impedir a entrada da luz do dia. De qualquer modo, do lado de fora, a luz era de um cinzento sujo. Um velho professor às vezes fazia comentários e dava explicações, que eu não entendia. A voz, erudita, era rouca e grave. Lembrei-me da voz agradável do dr. Rosenthal, que me curou de difteria quando eu tinha nove anos. Às vezes o professor apontava alguma coisa na tela com uma vareta, para que a atenção dos alunos não se afastasse do essencial. Só eu podia me deter em detalhes que não tinham nenhum valor científico, como, por exemplo, as obstinadas plantinhas do deserto que sempre voltavam a aparecer na tela junto às bases das máquinas que extraem o potássio. Sob a fraca luz da lâmpada do projetor, eu podia também examinar à vontade a vareta, o braço e as feições do velho professor, como se ele tivesse saído de uma das ilustrações dos velhos livros de que eu tanto gostava. Lembrei-me das xilogravuras escuras de *Moby Dick*. Lá fora rolam trovões pesados e roucos. A chuva fustiga, furiosa, as janelas escurecidas, como se fosse portadora de uma mensagem urgente e exigisse ser ouvida com grande temor no coração.

2.

Iossef, meu pai, já falecido, costumava dizer: gente forte é livre para fazer quase tudo o que quiser, mas nem mesmo os mais fortes são livres para escolher o que querem fazer. Eu não sou muito forte.

Marcamos para aquela mesma noite, Michel e eu, um encontro no Café Atara, na rua Ben Iehuda. Lá fora desabava uma verdadeira tempestade, como se na sua fúria quisesse experimentar a resistência das paredes de pedra de Jerusalém.

O racionamento ainda estava em vigor. Serviram café artificial e saquinhos mínimos de açúcar. Michel tentou fazer piada, mas não teve graça nenhuma porque ele não é um tipo engraçado. Ou talvez não tenha sabido contar de um jeito engraçado. Gostei do esforço que ele fez e fiquei contente de sentir que no fundo estava perturbado por minha causa. Era por mim que ele tentava sair de sua concha, ser alegre e espirituoso. Aos nove anos eu ainda esperava crescer homem, e não mulher. Não tive amigas na infância. Eu gostava de meninos e gostava de livros de meninos.

Brigava, chutava e escalava muros e árvores. Morávamos em Kiriat Shmuel, na divisa com o bairro de Katamon. Na vertente de um morro havia um terreno baldio, com pedras, espinhos e ferro-velho, e, num canto do terreno, ficava a casa dos gêmeos. Os gêmeos eram árabes, Halil e Aziz, filhos de Rashid Shchada. Eu era a princesa e eles, meus guarda-costas. Conquistadora e eles, meus oficiais. Desbravadora de florestas e eles, caçadores. Comandante de navio e eles, marinheiros. Espiã e eles, meus agentes. Juntos percorremos ruas distantes, perambulamos pelos bosques, suados e famintos, provocamos os filhos dos ortodoxos, entramos escondido no bosque do convento São Simão, xingamos os guardas ingleses. Fugimos e perseguimos nos escondendo e atacando. Eu dominava os gêmeos. Era um prazer cruel. Faz tanto tempo!
 Michel disse:
 "Você parece tímida."
 Depois de tomar café Michel tirou um cachimbo do bolso do paletó e o colocou na mesa, entre nós. Eu usava calça de veludo cotelê marrom e um pulôver grosso, vermelho. Tipo de pulôver que as estudantes usavam em Jerusalém naquele tempo para exibir um ar displicente. Michel observou timidamente que de manhã, com o vestido de lã azul, eu parecia mais feminina. Na sua opinião, claro.
 Eu disse:
 "Você também me pareceu diferente pela manhã."
 Michel vestia uma capa de chuva cinzenta. Durante todo o tempo em que estivemos no Café Atara, ele não tirou a capa. Por ter passado da rua gelada para o interior aquecido, suas faces estavam afogueadas. Seu corpo era magro e anguloso. Apanhou o cachimbo apagado e com ele desenhou figuras sobre a toalha da mesa. Seus dedos, que brincavam com o cachimbo, trouxeram-me uma sensação de paz. É possível que tenha se arrependido, de

repente, de sua observação sobre minha roupa: como se consertando o erro, Michel disse que me achava uma mulher bonita. Ao dizer isso fixou os olhos no cachimbo. Eu não sou tão forte assim, mas com certeza sou mais forte do que esse rapaz. Disse a ele: "Fale-me de você."
Michel respondeu:
"Não lutei nas fileiras da Palmach. Servi em comunicações. Fui operador de rádio na Brigada Carmel."
Mas em seguida resolveu falar do pai. O pai de Michel era viúvo e trabalhava no Departamento de Águas da prefeitura de Holon.

Rashid Shchada, o pai dos gêmeos, tinha sido funcionário do Departamento Técnico da prefeitura de Jerusalém nos tempos do Mandato Britânico. Era um árabe culto. Com estranhos, ele se comportava como um garçom, cheio de salamaleques.

Michel contou que o pai gastava a maior parte do que ganhava para mantê-lo estudando na universidade: Michel era filho único. Seu pai acalentava grandes esperanças. Não estava disposto a admitir que o filho viesse a ser apenas um jovem qualquer. Por exemplo, comentando com grande interesse os trabalhos que Michel preparava para o curso de geologia, seu pai costumava cobri-lo de elogios, sempre com as mesmas palavras: "Esse é um trabalho científico, um trabalho extremamente minucioso". O maior desejo de seu pai era que Michel se tornasse professor em Jerusalém, pois seu falecido avô, o pai de seu pai, fora professor de ciências naturais no Seminário Hebreu para Professores, em Grodno. Professor célebre. Seria bonito, na opinião do pai de Michel, se a corrente passasse de geração em geração.

Eu disse:

"Família não é corrida de revezamento e profissão não é tocha."

Michel disse:

"Mas eu não posso dizer isso a meu pai, que é um homem sensível e usa expressões hebraicas como antigamente se usavam serviços de frágil porcelana. Agora fale você de sua família."

Contei a Michel que meu pai tinha morrido em 1943. Era um homem tranquilo. Falava com cada um como se devesse acalmá-lo e granjear uma simpatia que não merecia. Tinha uma loja de rádios e aparelhos elétricos — vendas e pequenos consertos. Desde seu falecimento, minha mãe vivia no kibutz Nof Harim, com meu irmão mais velho, Emanuel. "À tardinha ela senta-se à mesa no quarto de Emanuel e da esposa, Rina, toma seu chá e tenta ensinar boas maneiras ao meu sobrinho Yossi, pois os pais dele pertencem a uma geração que despreza as boas maneiras. Fica o dia todo fechada em seu quartinho num canto do kibutz, lê Turgueniev ou Gorki em russo, escreve para mim cartas num hebraico truncado, tricota, ouve rádio. Aquele vestido azul que eu usava de manhã, de que você gostou tanto, foi tricotado por Malka, minha mãe."

Michel sorriu:

"Talvez fosse bom se sua mãe e meu pai se conhecessem. Com certeza teriam muitos assuntos em comum para conversar. Não como nós, Hana, que ficamos sentados aqui falando sobre nossos pais. Você se aborrece?", Michel perguntou preocupado. E, ao perguntar, franziu os olhos como se a pergunta lhe doesse.

"Não", respondi, "não me aborreço. É bom estar aqui."

Michel perguntou se eu dizia isso para não magoá-lo. Neguei. Pedi-lhe que contasse mais sobre o pai. Disse que gostava do seu jeito de contar.

O pai de Michel era um homem austero e comedido, por princípio. À noite ele administrava como voluntário a sede do Partido Operário de Holon. Administrava? Arrastava bancos, pregava avisos, rodava cartazes no mimeógrafo e recolhia as pontas de cigarros depois das reuniões. Seria bom se nossos pais pudessem se encontrar... Já havia dito. Ele pede desculpas por repetir as mesmas coisas e me cansar. O que eu estou cursando na universidade? Arqueologia? Eu moro em um quarto alugado na casa de uma família religiosa no bairro de Áchva. Pela manhã, tomo conta das crianças no jardim de infância de Sara Zeldin, em Kerem Avraham. À tarde, assisto a aulas de literatura hebraica, antiga e moderna. Mas não sou estudante matriculada.

A palavra matriculada rima com escada. Querendo a qualquer custo evitar o silêncio, Michel fez um jogo de palavras, tentando parecer engraçado. Mas não deu para achar nenhuma graça, e ele tentou de novo. De repente ficou calado e fez uma nova e furiosa tentativa de acender o cachimbo recalcitrante. Achei graça em seu embaraço. Naquele tempo, eu ainda nutria aversão à figura dos homens durões que tanto encantavam minhas amigas: combatentes da Palmach, verdadeiros ursos que caíam sobre você com uma torrente de amabilidades enganosas, ou tratoristas musculosos que chegavam empoeirados do deserto do Neguev, uns bárbaros, tomando a cidade de assalto e se apossando das mulheres, como se fossem parte do butim. Eu estava gostando de ficar com o tímido estudante Michel Gonen no Café Atara, numa fria noite de inverno.

Um cientista famoso entrou no café, acompanhado de duas mulheres. Michel se inclinou para sussurrar seu nome em meu ouvido. Ao se inclinar, seus lábios tocaram meu cabelo, e eu pensei: agora, ele sente o perfume do meu cabelo. Agora, meu cabelo roça a sua pele. Esses pensamentos me foram agradáveis. Eu disse:

"Posso ler seus pensamentos. Você é transparente. Agora você se pergunta o que será daqui para a frente, como vai continuar. Acertei?"

Michel ruborizou de repente, como um garoto surpreendido roubando doces:

"Nunca tive uma namorada fixa antes."
"Antes?"
Michel afastou cuidadosamente a xícara vazia. Olhou-me. No fundo, para além da timidez. Transparecia em seu olhar uma contida zombaria.
"Até agora."

Quinze minutos depois o cientista famoso saiu acompanhado de uma das mulheres. A outra foi se sentar em outra mesa, afastada, e acendeu um cigarro. Sua expressão era amarga. Michel observou:
"Essa senhora está com ciúme."
"De nós?"
"Talvez de você", tentou brincar. Ele se esforçava tanto para ser engraçado, que por isso mesmo não conseguia. Se ao menos eu soubesse dizer a ele que já valia a intenção. Que seus dedos me fascinavam. Não soube dizer, mas tive medo de ficar em silêncio. Por isso contei a Michel que gostava de encontrar habitantes famosos de Jerusalém — escritores e intelectuais. Herdei esse gosto de meu pai. Quando eu era pequena, meu pai costumava mostrá-los para mim quando passavam por nós na rua. Meu pai gostava muito da expressão "de renome mundial". Ele sussurrava, extasiado, que aquele professor que naquele mesmo instante acabava de desaparecer pela porta da floricultura tinha renome mundial, ou que "granjeara fama mundial". E eu via um velhinho ensaiando com cuidado os seus passos, como se vagasse, perdido, por uma cidade estranha. Quando estudávamos os livros dos profetas, na escola, eu os imaginava iguais aos escritores e cientistas que meu pai me apontava na rua: pessoas de feições suaves, usando óculos, o cavanhaque branco aparado, de passos hesitantes e medrosos, como se estivessem descendo por uma ladeira de gelo muito íngreme.

Quando tentava imaginar estes frágeis velhinhos vociferando ameaças sobre os pecados do povo, eu achava graça, pois me parecia que no auge da sua fúria as vozes se confundiriam numa algaravia, terminando por se transformar em berros esganiçados. Se um escritor ou professor acadêmico entrasse na loja de meu pai na rua Yafo, ele chegaria em casa como se tocado por um raio de luz. Repetiria com grande reverência as palavras que lhe haviam sido ditas, por triviais que tivessem sido, contaria as palavras e analisaria as expressões como se se tratasse de moedas raras. E sempre procurava nas palavras algum indício, pois considerava a vida uma aula da qual se tinha sempre que retirar uma lição. Era um homem atento. Certa vez ele nos levou, a mim e a meu irmão Emanuel, numa manhã de shabat, ao cinema Tel Or, para ouvir os discursos de Martin Buber e de Hugo Bergman em uma assembleia da organização Aliança pela Paz, movimento que aspirava promover o entendimento mútuo entre árabes e israelenses. E eu me recordo de um fato engraçado. Na saída do cinema, o professor Bergman se postou diante de nós e disse a meu pai: "Meu caro doutor Liberman, na verdade eu não esperava encontrá-lo hoje, aqui. Perdão? O senhor não é o doutor Liberman? Mas então, de onde nos conhecemos, senhor? Seu rosto me é deveras familiar". Meu pai gaguejou. Empalideceu, como se fosse culpado por algo escuso. O professor também ficou embaraçado e pediu desculpas pelo engano. Talvez pelo seu embaraço, o erudito tocou meu ombro e disse ao meu pai: "Contudo o senhor tem uma filha — é sua filha? —, uma filha extremamente graciosa". E sob o seu bigode perpassou um sorriso gentil. Também esse episódio meu pai não esqueceu até o fim de sua vida. Contava e recontava, radiante de alegria e emoção. Até quando se deixava ficar sentado na poltrona, envergando o robe, os óculos suspensos sobre a testa e os lábios caídos, parecia estar à escuta, calado, de vozes de algum poder oculto. E você sabe, Michel, eu também, até agora, até hoje, tenho às vezes a sensação de que estou destinada a ser a esposa de um jovem professor, que terá seu nome reconhecido mundialmente. À luz de uma luminária de mesa, a cabeça do meu marido vai flutuar por sobre pilhas e pilhas de velhos compêndios alemães. E eu entrarei na ponta dos pés para levar uma xícara de chá, esvaziar o cinzeiro e em silêncio fechar a persiana. E sairei sem ser notada. Agora, pode rir de mim à vontade.

3.

Dez horas. Michel e eu pagamos cada um a sua conta, como os estudantes costumam fazer, e saímos para a noite. Um vento gelado fustigava nossa face. Eu soprava o vapor para misturar minha respiração à dele. Estava sem luvas. Ao sairmos, Michel insistiu para que eu calçasse as suas. Eram grossas, de couro gasto. Depois, minha mão tocou o tecido de seu casaco. Senti que era um pano encorpado, áspero e agradável ao toque. A água corria apressada na sarjeta em direção ao Largo Sion, como se naquele momento algo de especial estivesse acontecendo no centro da cidade. Passou por nós um casal encolhido, abraçado. A moça dizia:
"Não é possível. Não posso acreditar."
E o rapaz ria:
"Como você é ingênua."
Por alguns momentos, não soubemos o que fazer. Sabíamos que não queríamos nos separar. A chuva cessou, o frio tinha aumentado. Para mim, estava insuportável. Eu tremia. Nós dois

olhávamos a torrente da água correndo na sarjeta, rente à calçada. A rua brilhava. O asfalto refletia as luzes amarelas dos faróis dos automóveis que passavam. Distorcia as cores, devolvia clarões entrecortados. Na minha cabeça, corriam fragmentos de ideias. Como reter Michel mais um pouco.

Michel disse:

"Estou tramando contra você, Hana."

Eu disse:

"O que você está tramando contra mim? Cuidado, Michel."

"Uma trama daquelas, Hana."

Seus lábios trêmulos o traíram. Por um momento pareceu um menino grande e triste, um menino cujo cabelo tivesse sido cortado rente. Gostaria de lhe comprar um chapéu. Tocá-lo.

De repente Michel acenou com a mão. Um táxi freou com um chiado áspero. Logo estávamos os dois aninhados em seu calor. Michel disse ao motorista que rodasse para onde bem entendesse, não importava onde. O motorista lançou para mim um olhar malandro, cheio de más intenções. A iluminação do painel lançava em seu rosto uma luz mortiça e avermelhada. Como se a pele houvesse descascado e a carne vermelha estivesse à mostra. Um rosto de sátiro zombeteiro. Nunca vou esquecer.

Rodamos uns vinte minutos a esmo. O vapor das respirações embaçava os vidros. Michel falava de geologia: no Texas, na América, cavam-se poços de água e de repente esguicha no ar um jato de petróleo. Também em Israel talvez haja reservas de petróleo. Michel disse: litosfera. Disse: arenito. Camada de calcário. Disse: pré-cambriano. Cambriano. Rochas metamórficas. Rochas magmáticas. Tectônica. E, pela primeira vez, eu me sentia percorrer por aquele espasmo interno que ainda hoje experimento quando meu marido fala em sua estranha linguagem: essas palavras falam de fatos que se referem a mim, e somente a mim, como se eu captasse uma transmissão em código. No subsolo agem forças incessantes, endógenas e exógenas, que se contrapõem. As rochas sedimentares macias se encontram em desintegração permanente devido à intensidade das pressões. A litosfera é uma crosta de rochas duras. Sob a crosta de rochas duras, o núcleo, incandescente, ruge. É a siderosfera.

Não estou certa de que foram essas as palavras ditas por Michel durante aquele passeio por Jerusalém, numa fria noite de inverno, em 1950. Mas algumas eu ouvia pela primeira vez, e fui capturada por elas. Como se se tratasse de uma mensagem estranha que me estivesse destinada não pressagiando nada de bom, mas que eu fosse incapaz de decifrar. Como um esforço inútil de tentar resgatar um pesadelo caído no esquecimento. Escorregadio como o enredo de um sonho.

Ao pronunciar aquelas palavras, a voz de Michel era profunda e contida. As luzes do painel reluziam vermelhas no escuro. Michel falava num tom de grave responsabilidade, como se a precisão tivesse agora uma importância crucial. Se houvesse tomado a minha mão e a mantido entre as suas, eu não a recolheria. Mas meu querido era arrastado por algum austero entusiasmo. Um *pathos* silencioso e envolvente. Eu tinha me enganado. Quando assim o quisesse, ele poderia ser muito forte. Muito mais forte do que eu. Eu o aceitava. Suas palavras me traziam paz, como a paz que sinto ao dormir à tarde, a paz de despertar à tardinha, quando o tempo se arredonda e eu me torno macia e todas as coisas ao meu redor ficam macias.

O táxi deslizava pelas ruas molhadas, que não pudemos identificar porque as janelas estavam embaçadas pela nossa respiração. Os limpadores de para-brisa acariciavam o vidro dianteiro. Dançavam num ritmo preciso, como se obedecessem a uma lei inexorável.

Depois de vinte minutos Michel disse chega, não era tão rico assim, e o passeio já havia lhe custado o equivalente a cinco almoços no restaurante dos estudantes, na ponta da rua Mamila. Descemos do táxi em um lugar desconhecido: uma ladeira íngreme, pavimentada com lajes de pedra. As calçadas estavam lavadas de chuva, que nesse meio tempo havia recomeçado. Um frio intenso nos congelava a ambos. Andávamos devagar, completamente molhados. Michel tinha a cabeça encharcada. Sua cara estava engraçada, pois parecia a cara de um garoto chorão. E, certo momento, limpou com seu dedo amoroso um pingo de chuva que pendia da ponta do meu queixo. De repente, nos vimos na praça que fica defronte ao edifício Generali. O leão alado, um leão ensopado e gelado nos observava do alto. Michel podia jurar que o leão ria dele, discretamente:
"Você não ouve, Hana? Ri! Ele me olha e ri. E acho que com toda a razão."

Eu disse:

"É pena talvez que Jerusalém seja tão pequena que não dê nem para a gente se perder nela."

Michel me acompanhou pela rua Melissanda, rua Neviim e rua Strauss, também chamada de rua da Saúde por causa do Centro Médico. Não encontramos vivalma. Como se os habitantes tivessem abandonado a cidade e ela agora pertencesse a nós dois. Quando eu era pequena, brincava de princesa da cidade. Os gêmeos eram os súditos submissos. Às vezes eu os instigava para que fossem súditos revoltados, para logo os dominar com mão de ferro. Era um prazer refinado. À noite, no inverno, os prédios de Jerusalém são como alucinações cinzentas, congeladas sobre uma tela negra. Paisagem de uma violência contida. Jerusalém sabe ser uma cidade abstrata: pedra, pinheiros e grades de ferro enferrujado.

Gatos de cauda em riste cruzavam as ruas desertas. Os muros da rua nos devolviam o eco de nossos passos, depois de os ter distorcido em sons longos e abafados. Ficamos uns cinco minuto parados na frente da porta. Eu disse:

"Michel, eu não posso convidar você para subir, nem para oferecer uma xícara de chá quente porque os donos da casa são pessoas religiosas. Quando aluguei o quarto prometi a eles que não traria nenhum homem. E são onze e meia da noite."

Quando disse "homem", ambos rimos.

Michel disse:

"Não esperava que você me convidasse agora ao seu quarto."

Respondi:

"Michel Gonen, você é um cavalheiro gentil e eu lhe agradeço pela noite. Por toda a noite. Se um dia você me convidar para mais uma noite destas, não acredito que eu seja capaz de recusar."

Ele se inclinou para mim. Tomou com muita força minha mão esquerda com sua direita. Depois a beijou. Seu movimento foi brusco, como se o tivesse ensaiado durante todo o trajeto, como se tivesse contado até três antes de se curvar para o beijo. Através da luva que havia me emprestado quando saímos do café, uma onda forte e cálida penetrou minha pele. Um vento úmido agitou as copas das árvores e cessou. Como um príncipe de filme inglês, Michel beijou minha mão, só que estava todo molhado, não se lembrou de sorrir e também a luva não era branca.

Tirei as duas luvas e as entreguei a ele. Que as colocou rapidamente, enquanto ainda conservavam o calor do meu corpo. Ouvimos a tosse cava de um doente atrás da persiana fechada, no segundo andar.

"Como você está estranho hoje", sorri.

Como se eu o conhecesse também de outros dias.

4.

Guardo boas recordações da difteria que me acometeu aos nove anos de idade. Foi no inverno. Fiquei de cama muitas semanas, de frente para a janela que dá para o sul. Para além da janela, eu descortinava um espaço tempestuoso, cinzento, de retalhos de chuva e nevoeiro: o sul de Jerusalém, a sombra das montanhas de Belém, o vale de Refaim, os ricos bairros árabes do vale. Era um mundo hibernal, sem contornos, um mundo de volumes imprecisos que iam do cinza-pálido ao cinza-escuro. Podia ver também os trens, e meus olhos os acompanhavam em seu longo caminho pelo vale de Refaim, desde a estação escurecida pela fumaça até as curvas que serpenteiam aos pés da aldeia árabe de Beit Tzafafa. Eu comandava o trem. Soldados fiéis vigiavam no alto das montanhas. Eu era César na clandestinidade. Um César cuja autoridade não era diminuída pela distância e pelo isolamento. Nos sonhos, os bairros meridionais de Jerusalém se transferiram para as ilhas de Saint-Pierre-et-Miquelon: achei essas ilhas no álbum de selos do meu irmão Emanuel. Aqueles nomes me fascinaram. Eu era capaz de estender os meus sonhos para além da linha do despertar. Noites e dias eram uma realidade única e continuada. A febre alta tornava tudo mais fácil. Aquelas foram semanas vertiginosas, caleidoscópicas, e eu era a rainha. A situação oscilava de uma límpida autoridade até uma rebelião incontrolável. Forças da ralé tramavam um atentado contra mim. Fui capturada pela gentalha, aprisionada, humilhada, torturada. Mas nos subterrâneos um punhado de fiéis seguidores urdia um plano salvador. Confiava neles. Gostava da tortura, pois dela nascia a altivez. O retorno à límpida autoridade.

O médico, dr. Rosenthal, costumava dizer que eu me agarrava à doença com unhas e dentes, e que há crianças que dão um jeito de adoecer e se recusam a ficar boas, pois de certa forma a doença é uma situação de liberdade. Ao melhorar, no final do inverno, experimentei o gosto do exílio. Perdeu-se a alquimia mágica, o poder de ordenar aos sonhos que continuassem a me conduzir para além da linha do despertar. Até hoje o acordar me faz sentir certo sabor de derrota. E acho graça de mim mesma pelo desejo reprimido de ficar muito doente.

Depois que me despedi de Michel, subi ao meu quarto. Fiz um chá. Fiquei uns quinze minutos junto ao aquecedor de querosene e me aqueci sem pensar em nada. Descasquei uma das maçãs que meu irmão Emanuel me enviara do kibutz Nof Harim. Pensei nas três ou quatro vezes que Michel tentara acender seu cachimbo, sem conseguir. Texas é um lugar fascinante: o sujeito cava no quintal um buraco para plantar uma árvore e do buraco de repente esguicha um jato de petróleo. Nunca havia pensado nisso. Nos mundos interiores que existem debaixo de todos os lugares em que eu piso. Minerais, e pedras de quartzo, e rochas dolomíticas e tudo o mais.

Depois escrevi uma cartinha para minha mãe e para a família de meu irmão. Contei a todos como estava feliz. De manhã, preciso me lembrar de comprar o selo.

A literatura iluminista hebraica descreve muitas vezes a guerra da luz e das trevas. E o escritor sempre faz com que a luz triunfe sobre as trevas. Devo confessar que gosto das trevas, porque nelas há mais vida e calor do que na luz. Principalmente no verão. A luz branca maltrata Jerusalém. Tripudia sobre a cidade. Mas em meu coração não há nenhuma guerra entre luz e trevas. Fiquei lembrando de como tinha escorregado de manhã, na escadaria da faculdade, no Terra Sancta. Foi um momento bem humilhante. Um dos motivos que me fazem gostar de dormir é que detesto ter de tomar decisões. Nos sonhos acontecem às vezes coisas desagradáveis, mas sempre há uma força que decide por você, e você é livre para ser um barquinho que deriva ao sabor dos sonhos, com toda a tripulação adormecida, como na canção. Há ainda o embalo suave, as gaivotas e a amplidão do mar, que tanto pode ser um tapete que respira arfando de leve, como a voragem de um abismo insondável. Eu sei: o fundo do mar é tido como um lugar frio. Mas nem sempre. Não completamente. Li uma vez um livro sobre correntes aquecidas e sobre vulcões submarinos. Em determinados lugares, sob as profundezas geladas, às vezes existem cavernas secretas de água cálida. Quando pequena, eu gostava de ler e reler o livro *Vinte mil léguas submarinas*, de Júlio Verne, que pertencia ao meu irmão. Existem noites intensas, nas quais descubro um caminho secreto para as profundezas do mar e para a escuridão, entre monstros gosmentos e verdoengos, até bater à porta de uma caverna aquecida. Lá é o meu lugar. Lá um capitão sombrio me espera entre livros, cachimbos e mapas. Sua barba é negra, seus olhos desferem cintilações ardentes, ele me toca como um selvagem, e eu consigo acalmar seu furor vulcânico. E mais: peixinhos passam por nós, como se fôssemos feitos de água. E, em sua passagem, eles despedem levíssimas descargas que me causam um intenso prazer.

Para o seminário de amanhã, eu li dois capítulos de *Amor a Sion*, de Mapu. Se fosse Tamar, deixaria Amnon de joelhos diante de mim por sete noites. E, depois de ouvi-lo cantar em linguagem bíblica os tormentos do seu amor, ordenaria que me transportasse em um veleiro às ilhas do arquipélago, para muito longe, para onde os peles-vermelhas se transformam em seres marinhos maravilhosos, salpicados de pintas prateadas, rebrilhantes de centelhas elétricas. E as gaivotas flutuariam no céu azul.

Também as estepes russas desertas atravessam as minhas noites. Planícies congeladas, revestidas por uma crosta de gelo azulada que reflete o brilho de um luar selvagem. E há também o trenó, e há a pele de urso, e o dorso negro do condutor encurvado, e o galope desenfreado dos cavalos e, à volta, na escuridão, os olhos acesos dos lobos e uma árvore morta, solitária, que se ergue de uma elevação branca. E a noite dentro da noite da estepe, e as estrelas que cintilam alertas. O condutor se volta de repente para mim, e seu rosto sinistro parece talhado por um escultor bêbado. Cristais de gelo pendem das pontas de seu grosso bigode. Sua boca está entreaberta, como se dela viesse o uivar selvagem do vento gelado. A árvore morta que se ergue solitária de uma vertente, na estepe, não está lá por acaso. Ela tem uma missão, que, ao despertar, não sei mais qual seria. Mas, quando acordo, eu me lembro que havia uma missão. E assim retorno do sono com as mãos não inteiramente vazias.

De manhã, desci para comprar um selo. Mandei a carta para Nof Harim. Comi pão, iogurte, e depois tomei chá. A dona da casa, a sra. Tarnopoler, veio ao meu quarto para me pedir que comprasse à tarde uma lata de querosene. Enquanto tomava o chá, ainda deu para ler mais um capítulo de Mapu. E, no jardim de infância de Sara Zeldin, uma menina esperta me disse:

"Hana, hoje você está alegre como uma criança."

Vesti a roupa de lã azul e enrolei um lenço de seda vermelha no pescoço. Fiquei feliz ao me ver no espelho, pois com esse lenço eu parecia uma jovem destemida, capaz de perder a cabeça de repente.

Na hora do almoço Michel me esperava na entrada do Terra Sancta, ao lado dos pesados portões de ferro forjado, com suas volutas negras. Segurava uma caixa cheia de amostras geológicas. Se eu quisesse, por exemplo, apertar-lhe a mão, não poderia. Eu disse:

"Ah, é você? Quem você pensa que está esperando? Alguém combinou de se encontrar aqui com você?"

Michel disse:

"Agora não está chovendo e você não está molhada. Molhada, você é bem menos corajosa."

Depois Michel me chamou a atenção para o sorriso malicioso e simulado da Santa Virgem moldada em bronze no alto do prédio. Seus braços, estendidos, pareciam querer abraçar a cidade inteira.

Desci ao subsolo da biblioteca por uma passagem estreita e sombria. Encontrei o bibliotecário gentil entre caixas escuras e lacradas. Era um homem atarracado e usava um quipá. Nós sempre trocávamos cumprimentos e piadas gramaticais. Também ele me perguntou, como se fizesse uma descoberta:

"O que houve com a senhorita? Boas notícias? A senhorita Hana parece radiante hoje: está com o rosto iluminado."

Durante o seminário sobre Mapu, o professor contou uma piada bem típica. Desde a publicação do livro *Amor a Sion*, de Avraham Mapu, uma seita de judeus ortodoxos fanáticos, os canaítas, afirmava que o número de lugares nos bordéis havia se multiplicado, que Deus nos perdoe.

O que está acontecendo com todo mundo hoje? Será que combinaram? A dona da casa, a sra. Tarnopoler, comprou um aquecedor novo. E me deu um sorriso amistoso.

5.

À tardinha o céu clareou um pouco. Retalhos azuis flutuavam em direção ao oriente. O ar estava úmido.

Michel e eu combinamos nos encontrar em frente ao cinema Edson, e quem chegasse primeiro compraria duas entradas para o filme com a Greta Garbo. A heroína do filme morria por causa de um amor fracassado, depois de ter se entregado de corpo e alma a um homem devasso. Durante a projeção, mal contive as gargalhadas: sofrimento e vulgaridade me pareceram ser dois símbolos matemáticos em uma equação simples, mas eu não sentia a menor vontade de resolvê-la. Não cheguei a ponto de desprezar o filme. Mas estava saturada. Assim, apoiei a cabeça no ombro de Michel e fiquei olhando a tela inclinada até as imagens se transformarem em uma corrente dançarina de tons que iam do preto ao branco, e principalmente, em sequências variadas de cinza-claro.

Quando saímos, Michel disse:

"Quando as pessoas estão satisfeitas e não têm nada para fazer, a sensibilidade cresce e se expande como um tumor maligno."

Eu disse:
"Isso é banal."
Michel disse:
"Hana, entenda, a arte não é meu território. Sou um técnico, como se costuma dizer."
Aproveitei a deixa:
"Isso também é banal."
Michel sorriu:
"E daí?"
Sempre que não tem resposta, ele arvora um sorriso de menino que tivesse flagrado uma mania ridícula ou mesquinha em um adulto: sorriso tímido e intimidante.
Descemos pela rua Yeshaiahu em direção à rua Gueúla. Viam-se estrelas intensas no céu de Jerusalém. Muitas luminárias de rua, ainda do tempo do Mandato, tinham sido destruídas nos bombardeios da Guerra de Independência. Em 1950, muitas delas ainda estavam despedaçadas. Podia-se ver a linha das montanhas à distância, para além do dédalo de ruazinhas estreitas.
"Isto aqui é uma ilusão, não uma cidade", eu disse. "As montanhas nos assaltam de todos os lados: o Castel, o monte Scopus, Augusta Victoria, Nebi Samuel. Parece de repente que a cidade não tem substância."
Michel disse:
"Depois da chuva, Jerusalém nos deixa tristes. Pensando bem, quando é que ela não nos deixa? Mas é uma tristeza diferente a cada momento e a cada estação do ano."
Michel passou o braço pelo meu ombro. Enfiei as duas mãos nos bolsos da calça de veludo marrom. Tirei uma delas, uma vez, para tocar a parte de baixo do seu queixo. Disse-lhe que hoje ele estava bem barbeado, não como no nosso primeiro encontro no Terra Sancta. Claro que era para me agradar.

Michel ficou sem jeito. Mentiu para mim, dizendo que por acaso havia comprado uma navalha nova. Eu ri. Ele hesitou um pouco e também riu.

Na rua Gueúla vimos uma mulher religiosa, com uma touca branca na cabeça, abrir a janela do terceiro andar e inclinar metade do corpo para fora, como se quisesse se jogar na rua. Mas ela estava simplesmente fechando as pesadas venezianas de ferro. As dobradiças rangeram desesperadamente.

Quando passamos pelo pátio do jardim de infância de Sara Zeldin, contei a Michel que trabalhava ali. Se sou uma professora brava? Ele acha que sou linha-dura com as crianças. Por que será que ele pensa assim? Ele não sabia dizer. "Você é como criança", disse eu, "começa a dizer alguma coisa e não sabe terminar. Dá uma opinião, mas não consegue defendê-la. Criança."

Michel sorriu.

De um dos pátios, na esquina da rua Malachi, vem a gritaria dos gatos. Foram uns berros fortes, histéricos, e depois ouvimos duas lamúrias abafadas, e finalmente um choro fino e submisso, como se não houvesse sentido nem esperança. Um choro perdido.

Michel disse:

"Eles gritam de amor. Você sabia, Hana, que os gatos têm relações justamente no inverno, nos dias mais frios? Quando me casar, vou ter um gato. Sempre quis ter um gato, mas meu pai não deixava. Era filho único. Os gatos berram quando estão amando porque não têm um pingo de educação e nenhuma consideração pelos outros. Nenhuma. Suponho que gatos no cio sentem como se uma garra estranha os apertasse e apertasse com toda a força. É uma dor física. Arde. Não. Não aprendi isso em geologia. Achei mesmo que você iria caçoar de mim com essa conversa. Vamos."

Eu disse:

"Você deve ter sido um menino bem mimado quando era pequeno."

Michel disse:
"Eu era a esperança da família. Até hoje sou a esperança da família. Meu pai, as quatro irmãs do meu pai, todos apostam em mim como se eu fosse o cavalo deles, e como se a universidade fosse uma pista de corrida. O que você faz, Hana, de manhã, no seu jardim de infância?"

"Ora, que pergunta estranha, eu faço o que todas as professoras de jardins de infância do mundo fazem. Agora, há um mês, em Chanucá, colei piões de papel e recortei macabeus de cartolina. Às vezes, varro as folhas secas dos caminhos empoeirados do pátio, às vezes, martelo o piano. E muitas vezes conto de memória histórias de índios, ilhas, expedições e submarinos para as crianças. Quando eu era pequena, adorava os livros de Júlio Verne e Fenimore Cooper, que eram do meu irmão Emanuel. Pensava que se escalasse as árvores, brigasse e lesse livros de meninos, cresceria como menino e deixaria de ser menina. Ser menina, para mim, não tinha graça nenhuma. Mulheres adultas me despertavam ódio e nojo. Até hoje eu gostaria, às vezes, de encontrar um homem como Miguel Strogoff. Grande e forte, mas contido e muito sereno. Ele deve ser assim: silencioso, fiel, contido, mas a custo refreando o fluir de sua energia interna. Por quê, perguntaria você. Não, eu não estou comparando você a Miguel Strogoff. Por que iria comparar você a ele? Não."

Michel disse:
"Se tivéssemos nos conhecido quando crianças, você me bateria. Quando éramos pequenos, as meninas mais levadas costumavam me derrubar. Eu era o que se costuma chamar de bom menino: fleumático, mas aplicado, responsável, honesto e muito limpo. Agora não sou mais fleumático."

Contei a Michel sobre os gêmeos. Com eles, eu lutava e rangia os dentes. Mais tarde, com doze anos, estava apaixonada pelos dois. Eu os chamava de Halziz. Halil e Aziz. Eram jovens bonitos.

Dois marujos disciplinados e robustos no navio do capitão Nemo. Quase não falavam. Ficavam calados ou usavam apenas sons guturais. Não gostavam das palavras. Dois lobos marrom-acinzentados. Alertas, com dentes brancos. Dois selvagens escuros. Piratas. O que você poderia saber sobre isso, meu pequeno Michel?

Depois Michel me contou de sua mãe. A mãe de Michel morreu quando ele tinha três anos. Ele se lembra da mão alva. Do rosto ele não se lembra. As fotografias são poucas e ruins. Foi criado pelo pai. O pai de Michel o educou como um menino judeu e socialista, com histórias sobre os filhos dos asmoneus, sobre crianças de pequenas aldeias da Europa, filhos dos imigrantes ilegais, crianças de kibutz. Lendas sobre crianças famintas em terras da Índia, sobre os filhos da Revolução de Outubro na Rússia. *O coração*, de D'Amicis. Crianças feridas que ainda conseguem salvar uma cidade. Crianças que dividem a última fatia de pão. Crianças exploradas, mas ainda combativas. Do outro lado, estavam as quatro tias, as irmãs de seu pai: um menino deve ser limpo e aplicado. Estudar e subir na vida. Um jovem médico é útil para a pátria e também goza de grande prestígio. Um jovem advogado argumenta com veemência perante os juízes britânicos e aparece em todos os jornais. No dia da Proclamação da Independência, meu pai trocou nosso sobrenome de Gantz para Gonen. Eu sou Michel Gantz. Meus amigos em Holon ainda me chamam de Gantz. Hana, não me chame de Gantz, continue a me chamar de Michel.

Passamos pelos muros do quartel Schneller. Há muitos anos havia ali um orfanato sírio. Esse nome trouxe à tona uma angústia muito antiga em mim, cuja origem não consigo identificar. Um sino distante tocou, e o som veio do leste. Não quis contar as bada-

ladas. Michel e eu estávamos abraçados. Minha mão estava gelada e a de Michel, quente. Michel brincou:
"Mão fria, coração quente, mão quente, coração frio."
Eu disse:
"Meu pai tinha mãos quentes e coração quente. Possuía uma loja de aparelhos elétricos e de rádios, mas não era um bom comerciante. Lembro-me dele assim: de pé, lavando louça, com o avental de minha mãe. Espanando o pó com um pano. Batendo as cobertas da cama. Perito em omeletes duplas. Dizendo a bênção das velas de Chanucá sem prestar atenção. Ouvindo atentamente as ideias de qualquer ignorante. Precisando agradar a qualquer custo. Como se todos fossem julgá-lo, e ele, mesmo exausto, fosse obrigado a ter sempre as melhores notas nessa prova incessante e interminável que a vida lhe parecia ser, como para se redimir de algum pecado escondido."
Michel disse:
"Quem for seu marido, Hana, deverá ser muito forte."

Começava a garoar. E baixou uma neblina cinzenta, espessa. As casas pareciam ter sido aliviadas de seu peso. No bairro de Mekor Baruch uma motocicleta passou rente a nós, esparramando água. Michel estava imerso em pensamentos. Ao chegarmos ao portão de casa, fiquei na ponta dos pés para beijá-lo na face. Ele enxugou a minha testa molhada com sua mão quente. Seus lábios tocaram em minha pele um toque atônito. Depois me chamou de bela e fria hierosolimita. Eu disse que gostava dele. Se eu fosse sua mulher, não o deixaria ficar tão magro. No escuro ele parecia um jovem frágil. Michel riu. Se fosse sua mulher, eu disse, eu o ensinaria a responder quando falassem com ele, e a não ficar sorrindo e sorrindo como se neste mundo não existissem palavras. Michel engoliu em seco, observou o corrimão da escada arruinada e disse:

"Eu quero me casar com você. Por favor, não responda agora."

O granizo voltou a cair. Eu tremia. Por um momento achei bom não saber a idade de Michel. Mas era por sua culpa que eu tremia agora. Sim, não posso convidá-lo a subir ao meu quarto. Mas por que ele nunca sugeriu que fôssemos ao seu quarto? Por duas vezes Michel quis me dizer algo ao sairmos do cinema, e eu o interrompi dizendo: Isso é banal. Quais tinham sido as palavras que Michel tentara me dizer, não me lembro. Claro que ele vai poder ter um gato em casa. Que paz ele me transmite. Por que o homem que casar comigo deverá ser muito forte?

6.

Uma semana depois fomos juntos visitar o kibutz Tirat Yaar, nas montanhas de Jerusalém. Em Tirat Yaar Michel tinha uma amiga dos tempos de escola, da sua turma, casada com um rapaz nascido no kibutz. Michel me implorou para que o acompanhasse. É muito importante para ele, disse, apresentar-me aos amigos. A amiga de Michel era magra, alta e amargurada. Parecia um intelectual, com seus cabelos grisalhos e a boca cerrada com força. Dois meninos de idade indefinida se espojavam num canto do quarto. Algo em meu rosto ou em minha roupa provocava neles um interminável frouxo de riso abafado. Eu estava perplexa. Michel conversou alegremente com sua amiga e o marido por umas duas horas. Fui esquecida depois das três ou quatro perguntas de praxe. Ganhei chá morno e biscoitos secos. Passei duas horas sentada, furiosa, abrindo e fechando o zíper da pasta de Michel. Por que ele me fez vir até aqui? Por que eu caí na bobagem de aceitar o convite? Que tipo de pessoa a esperta aqui foi conhecer? Rapaz aplicado, responsável e limpo — e terrivelmente chato. E suas piadas infames. Uma criatura desprovida de humor. Seria muito melhor que não ficasse o tempo todo tentando ser engraçado. Michel se esforçava para ser alegre e divertido. Trocaram recordações enfadonhas sobre professores enfadonhos. As paqueras de um professor de ginástica chamado Yehiam Peled provocavam em Michel e seus amigos gargalhadas estrondosas, ginasianas. Depois armaram uma discussão inflamada sobre o encontro de Abdalla, rei da Tranjordânia, com Golda Meir, no início da guerra. O marido da amiga de Michel esmurrava a mesa. Michel também levantou a voz. Quando gritava, sua voz ficava fina e estridente. Nunca o tinha visto em companhia de outras pessoas até então. Eu tinha me enganado a seu respeito.

Mais tarde, no escuro, caminhamos até a estrada. Um caminho cercado de ciprestes liga Tirat Yaar à estrada de Jerusalém. Um vento cruel açoitava meu corpo. No crepúsculo, as montanhas de Jerusalém pareciam conspirar.
Michel caminhava à minha esquerda, calado. Não encontrava sequer uma palavra para me dizer. Ele era um estranho, e eu era uma estranha. Lembro-me de um momento singular, em que me senti invadida por uma sensação aguda, penetrante: não estou desperta e o tempo não é o presente. Tudo isso já me aconteceu. Ou alguém, há anos, havia me alertado com palavras duras sobre caminhar no escuro, nessa estrada erma, em companhia de uma criatura malvada. O tempo já não fluía ritmado e uniforme — ele se ramificava em várias sequências nervosas. Foi na minha infância. Ou um sonho. Ou alguma história de fazer medo. De repente fiquei apavorada com o homem escuro que caminhava à minha esquerda e não dizia nada. A gola de seu casaco estava levantada

até o queixo. Seu corpo era magro, como uma sombra. Um boné de couro preto, tipo de estudante, cobria a maior parte do rosto. Quem é. O que você sabe sobre ele. Não é seu irmão, nem parente, nem amigo de infância, mas uma sombra estranha num lugar afastado, numa hora escura e tardia. Talvez ele queira atacar você. Quem sabe é um doente. Nenhuma pessoa responsável deu qualquer referência sobre ele a você. Por que não fala comigo. Por que mergulha em pensamentos, sem mim. Por que me arrastou até aqui. Qual é seu plano. De noite. Longe da cidade. Sozinha. Sozinho. Quem sabe se tudo o que me contou não passa de mentira deslavada. Não é estudante. Não se chama Michel Gonen. Interno de alguma instituição, de onde fugiu. Extremamente perigoso. Quando foi que tudo isso me aconteceu antes. Há muito tempo alguém já me havia dito que era exatamente assim que se daria a tragédia. Que vozes são essas vindas do campo escuro. Não se vê nem mesmo a luz das estrelas através do renque de ciprestes. O pomar não está deserto. E se eu gritar e gritar, será que alguém vai ouvir. O estranho alarga as passadas duras e rudes sem se importar com as minhas passadas. Fiquei para trás de propósito e ele nem notou. Meus dentes batem de medo e frio porque o vento de inverno uiva e açoita. O vulto encasulado não me pertence, mas está longe e imerso em si próprio. Como se eu fosse apenas um pensamento em seu coração, e não um ser real. Eu sou real, Michel. Sinto frio. Ele não ouve. Talvez eu não tenha falado em voz alta. Gritei com toda a força:

"Sinto frio e não posso correr desse jeito atrás de você."

Como alguém que teve os pensamentos interrompidos, Michel retrucou:

"Mais um pouco. Mais um pouco e chegaremos ao ponto de ônibus. Paciência."

Disse e tornou a se fechar, desaparecendo em seu casacão. Minha garganta se crispou e meus olhos encheram-se de lágrimas.

Senti-me afrontada. Humilhada. Tive medo. Queria que me desse a mão. Só conheço a sua mão, mas não o conheço. Nem um pouco.

O vento frio falava aos ciprestes numa língua silenciosa e ameaçadora. Não havia alegria no mundo. Nem nos ciprestes, nem na estrada esburacada e nem nas montanhas ao redor, que mergulhavam nas sombras. "Michel", tentei, desesperada. "Michel, na semana passada você me disse que gostava da palavra tornozelo. Diga-me, por favor, você sabe que meus sapatos agora estão cheios d'água e os tornozelos doem como se eu andasse descalça por um campo de espinhos? Mas me diga, o que foi que eu fiz? O quê?" Michel voltou-se num movimento brusco, assustador. No escuro, cravou em mim dois olhos perplexos. Uniu sua face molhada ao meu rosto e colou seus lábios quentes em meu pescoço, como se o sorvesse. E tremia. Seu rosto estava molhado e frio. Dessa vez também não estava barbeado. Pude sentir em minha pele cada pelo de seu queixo. Como foi bom sentir o tecido de seu casacão. Como se do tecido fluísse um calor tranquilo. Ele desabotoou o casaco. Puxou-me para dentro. Estávamos juntos. Aspirei o seu cheiro. E naquele momento senti que ele existia de verdade. E eu. Eu não era um pensamento em seu coração, e ele não era o meu pavor. Éramos reais. Senti o seu temor difuso. E adorei. Você é meu, sussurrei. Não se afaste nunca mais, sussurrei. Meus lábios tocaram sua testa e seus dedos encontraram minha nuca. Seu toque em minha nuca foi cuidadoso e sutil. Ambos tremíamos. Lembrei-me de repente da colherinha em seus dedos, na cantina do Terra Sancta: como ela se sentia bem entre seus dedos. Se Michel fosse um homem mau, com certeza também seus dedos seriam maus.

7.

Duas semanas antes do casamento, aproximadamente, Michel e eu fomos encontrar seu pai e suas tias em Holon, e minha mãe e a família de meu irmão no kibutz Nof Harim. O apartamento do pai de Michel era apertado e escuro: dois quartos e sala no conjunto Residências para Trabalhadores. Na noite de nossa visita, houve um corte de luz em Holon. Fui apresentada a Yehezkiel Gonen à luz de um lampião de querosene escurecido pela fuligem. Estava resfriado. Não quis me beijar para evitar que eu pegasse uma gripe antes do casamento. Vestia um robe marrom e seu rosto estava cinzento. Disse que entregava às minhas mãos um grande gênio, isto é, o seu Michel. Logo em seguida, um atônito Yehezkiel Gonen se arrependeu do que dissera. Tentou fingir que havia sido de brincadeira. Temeroso e envergonhado, o velho inventariou para os meus ouvidos os nomes de todas as doenças que tinham acometido Michel na infância. Demorou-se em especial em uma forte angina que complicara a vida de Michel, aos dez anos. Por fim, ressaltou que desde a idade de catorze anos Michel não tivera mais nenhuma doença. Apesar de tudo, nosso Michel é um rapaz perfeitamente saudável, embora não seja dos mais robustos.

Lembrei-me do meu falecido pai, que, ao vender um aparelho de rádio de segunda mão, usava dessa mesma linguagem para tratar com o freguês: franqueza, honestidade, discreta familiaridade, esforço enorme e ansioso para agradar.

Yehezkiel Gonen mostrou-se amável e atencioso em sua conversa comigo. Com o filho, quase não conversou. Só disse que ficou muito surpreso ao receber a carta e a notícia que trazia. Chá ou café, infelizmente não poderá preparar para nós, porque está sem luz e não dispõe de fogareiro. Infelizmente também não tem fogão a gás. Quando Tova, de abençoada memória, ainda estava viva, Tova, a mãe de Michel... se estivesse aqui conosco tudo seria mais alegre. Era uma mulher excepcional. Mas ele não queria falar dela, para não misturar alegria com tristeza. Um dia, irá me contar uma história muito triste.

O que teria para nos oferecer? Ah-ha, chocolate!

E assim, como um homem acusado de negligenciar seus deveres mais fundamentais, Yehezkiel Gonen procurou e trouxe do aparador uma velha caixa de bombons, embrulhada em papel colorido. "Peguem, meus queridos, peguem, peguem, meus filhos. Sirvam-se."

Perdão, ele não entendeu muito bem, qual é mesmo o meu curso na universidade? Ah, sim, claro, literatura hebraica. Não vou esquecer. Com o professor Klausner? Sim, sim, um grande homem, o Klausner. Apesar de não gostar do Movimento Operário. A propósito, Yehezkiel tem um volume do livro *A história do Segundo Templo*. Logo vai achar e mostrar para mim. Na verdade ele quer me dar o livro: vai ser muito mais útil para mim, pois eu tenho uma vida pela frente, e a dele ficou para trás. Com a falta de luz, vai ser difícil achar o livro agora, mas pela sua nora não poupará esforços.

Enquanto Yehezkiel Gonen se curvava, bufando, à procura do livro na prateleira mais baixa da estante, chegaram três das quatro tias. Elas também haviam sido convidadas para o encontro de apresentação. A falta de luz fez com que se atrasassem. E além disso não tinham conseguido encontrar e trazer tia Guita, por isso vieram só as três. Por minha causa, e pela importância do evento, vieram de táxi de Tel Aviv até Holon, para não se atrasar. Escuridão total em toda a região do Dan, incluindo Tel Aviv e arredores. As tias vieram conversar comigo com toda a simpatia do mundo. Como se o golpe que eu estaria armando estivesse muito claro para elas, mas mesmo assim, por pura fidalguia, me perdoassem. Como estavam felizes em me conhecer. Michel escreveu a elas tantas coisas boas a meu respeito. Que bom verificar que Michel não tinha exagerado nem um tiquinho. A tia Lea tem um amigo em Jerusalém, chamado sr. Kadishman, um senhor muito culto e de muito prestígio, e atendendo ao pedido da tia Lea esse amigo já tinha tomado informações sobre a minha família. E as tias já estão sabendo, todas as quatro, que eu venho de boa família.

Tia Gênia gostaria de trocar comigo duas palavrinhas em particular. Ela pede licença. Sabe que não se devem manter conversinhas particulares quando estão todos reunidos, mas em família não há necessidade de se observar com demasiado rigor as regras de boas maneiras, e, afinal, dali em diante eu passava a fazer parte da família.

Fomos para o outro quarto. Sentamos sobre a cama dura de Yehezkiel Gonen, no escuro. Tia Gênia acendeu uma lanterna de pilha, como se nós duas estivéssemos marchando à noite, sozinhas pelos campos. A cada movimento, nossas sombras dançavam, selvagens, na parede, pois a lanterna tremia em sua mão. Uma ideia maluca passou pela minha cabeça — a de que tia Gênia me mandaria tirar a roupa. Talvez por Michel ter me contado no caminho que tia Gênia é pediatra.

A tia começou num tom meigo, embora com indisfarçável firmeza: a situação pecuniária de Yehezke'le, isto é, o pai do Michel, não é nada boa. Nada, nada boa. Yehezke'le é um funcionário modesto. Não preciso entrar em detalhes para que uma moça inteligente como você possa imaginar o que é ser um modesto funcionário municipal. A maior parte do seu salário vai para os estudos de Michel. O sacrifício que isso representa, ela nem precisa explicar melhor. E Michel não vai interromper os estudos. É seu desejo me comunicar, de forma clara e definitiva, que não dê margem a qualquer mal-entendido, que a família não consentirá, em hipótese nenhuma, que ele interrompa os estudos. Nem pensar.

Elas, as tias, conversaram a esse respeito durante a viagem para cá, no táxi. Elas pretendem fazer um grande esforço por nós e nos ajudar, digamos, com quinhentas libras cada uma, um pouco mais, um pouco menos. Tia Guita certamente também vai colaborar, embora não tenha podido vir até aqui hoje. Não, não precisa agradecer. Nossa família é extremamente unida, se é que se pode dizer assim. Extremamente. Quando Michel for professor, vocês poderão nos devolver o dinheiro, ha ha ha.

Não importa. O problema é que mesmo com essa quantia ainda não é possível montar uma casa hoje em dia. Ela, tia Gênia, está perplexa com os preços, como sobem. Até mesmo o próprio dinheiro se desvaloriza, dia após dia. Ela perguntaria o seguinte: a decisão de se casar em março é definitiva? Vocês não podem adiar um pouquinho? Tia Gênia se permite propor mais uma pergunta, de maneira absolutamente franca e familiar: aconteceu alguma coisa que os impeça de adiar o casamento? Não? Então por que tanta pressa? Ela própria, isso é bom que se diga, esteve noiva, em Kovno, durante seis anos. Até se casar com o primeiro marido. Seis anos! Bem, ela compreende muito bem que hoje em dia, com a geração moderna, não há noivado e muito menos seis anos. Mas, digamos, um ano? Não? Puxa vida. Bem, com o meu trabalho no jardim de infância, disso ela tem certeza, eu não tenho condições de economizar algo de mais substancial. E há os gastos do dia a dia, e os gastos com os estudos. Eu devo ter em mente, alertou tia Gênia, que dificuldades financeiras no início da vida em comum podem destruir um casamento. Ela diz isso com base em sua própria experiência. Promete que um dia desses vai me contar uma história terrível. Sendo médica, ela se permite usar de toda franqueza e garantir que por um mês, dois meses, meio ano, o sexo se sobrepõe a todos os outros problemas. Mas e depois, o que vai ser? Pois eu sou uma moça inteligente, e ela, a tia, me pede encarecidamente que pense de maneira sensata. Ouviu dizer que minha família vive agora em um kibutz, não é verdade? O quê? Seu falecido pai legou em testamento três mil libras para o seu casamento? Aí está uma ótima notícia. Ótima. Veja você, Hana'le, isso Michel esqueceu de nos contar na carta. Na verdade o nosso Michel anda com a cabeça nas nuvens. Gênio na ciência, e um bebê na vida. E então, vocês decidiram que será em março? Que seja em março. Os velhos não devem nunca impor suas ideias aos jovens. Vocês têm uma vida pela frente. A nossa já ficou para trás, cada geração deve cometer seus próprios erros. Mazal tov. Que sejam felizes e abençoados. E mais: sempre, sempre que eu precisar de um conselho ou de uma ajuda, sou obrigada, obrigada mesmo, a procurar tia Gênia. Ela tem mais experiência de vida do que dez mulheres comuns juntas. Agora vamos voltar à sala.

Mazal tov, Yehezke'le, Felicidades! Mazal tov, Mika, mazal tov, Hana'le! Bebamos! Lechaim! Labriut! À vida! À saúde!

No kibutz Nof Harim, na Galileia, meu irmão Emanuel deu as boas-vindas a Michel com um abraço de urso e pesados tapinhas nas costas, como se tivesse encontrado um irmão perdido. Num rápido passeio de vinte minutos, meu irmão mostrou todo o kibutz ao visitante.

"Você esteve na Palmach? Não? Pena... Tudo bem. Fora dela também se fizeram coisas bem importantes."

Meio a sério, Emanuel nos propôs viver ali, em Nof Harim. Qual o problema? Aqui também um cara inteligente pode contribuir e ter uma vida plena, não só em Jerusalém. Mas notou logo que Michel não é nenhum Tarzã. Isto é, fisicamente. Mas, e daí? Aqui nós não somos nenhuma seleção olímpica. Você pode trabalhar no galinheiro, ou até mesmo na contabilidade. Rina'le, Rina'le, rápido, ponha na mesa aquela garrafa de conhaque que ganhamos no sorteio na festa de Purim. Corre, que o nosso novo e bom cunhadinho está esperando. E você, Hanutchka, você emudeceu? A moça vai casar, e pela cara parece que ficou viúva. Michel, meu querido, você já sabe por que dissolveram a nossa Palmach? Não, cara, não comece a analisar, discutir, estou me referindo à piada, só queria saber se você já conhece. Não conhece? Atrasada, atrasada essa Jerusalém de vocês. Então ouve.

E por último minha mãe.
Minha mãe chorou ao falar com Michel. Num hebraico capenga, contou a ele sobre a morte de papai, as palavras entrecortadas por soluços. Pede permissão para medir Michel. Medir? Sim, medir. Ela quer tricotar para ele um pulôver branco. Vai

fazer tudo para que esteja pronto no dia do casamento. E terno preto, ele tem? Talvez ele queira vestir na cerimônia o terno de Yossef, seu falecido marido, de abençoada memória. Ela pode desmanchar e refazer pelas medidas de Michel. Não há grandes diferenças. Nem muito maior nem muito menor. Ela suplica. É por razões sentimentais. Outro presente, ela não pode comprar.

E em seu sotaque russo minha mãe insistiu várias vezes com Michel, para convencê-lo:

"A Hana'le é uma moça delicada. Muito delicada. Ela sofreu muito. Saiba você. E também... não sei dizer em hebraico... delicada... muito delicada. Saiba disso."

8.

Yossef, meu falecido pai, dizia em várias oportunidades: as pessoas simples são incapazes de mentir direito. Todo fingimento acaba vindo à tona. Como um cobertor muito curto, quando se cobrem os pés, a cabeça fica descoberta; ao se cobrir a cabeça, aparecem os pés: as pessoas inventam pretextos espertos para encobrir alguma coisa, e não percebem que o próprio pretexto já revela algo de ruim. Mas, por outro lado, a verdade pura destrói tudo e não constrói nada. O que resta para as pessoas simples? Resta-nos apenas observar e calar. Observar e calar. É o que devemos fazer aqui.

Dez dias antes de nosso casamento, alugamos um apartamento antigo, de dois quartos, no bairro Mekor Baruch, no noroeste de Jerusalém. Nos anos 50 moravam por ali, além dos ortodoxos, muitos funcionários de baixo escalão do governo e da Agência Judaica, varejistas de tecidos, caixas de cinema ou do Banco Anglo-Palestino. Já naquele tempo era um bairro decadente. A Jerusalém moderna procurava se expandir para o sul ou sudoeste. O apartamento era um pouco escuro. Também as instalações hidráulicas eram antiquadas. Mas os quartos tinham o pé-direito muito alto, como eu gostava. Combinamos que iríamos pintar as paredes de cores alegres e ter muitas plantas. Ainda não sabíamos que em Jerusalém as mudas nunca se desenvolvem e morrem muito depressa. Talvez por causa da água da torneira, com muita ferrugem e alto teor de desinfetantes químicos.

Nas horas livres, percorríamos a cidade e fazíamos as compras básicas: os primeiros móveis, utensílios de casa e de cozinha, algumas roupas. Para minha surpresa descobri que Michel sabia pechinchar sem perder a pose. Nunca se alterava. Eu me orgulhava dele. Minha melhor amiga, Hadassa, que havia se casado não fazia muito tempo com um jovem economista, tido como promissor, expressou a sua opinião sobre Michel comentando:

"Um rapaz inteligente e modesto. Talvez não muito brilhante. Mas equilibrado."

Os amigos de minha família, antigos habitantes de Jerusalém, disseram:

"Ele dá boa impressão."

Andávamos de braço dado. Tentava ler no rosto de cada conhecido qual o seu veredicto sobre Michel. Michel falava pouco. Ouvia com os olhos. Gentil e contido na presença de estranhos. As pessoas diziam:

"Geologia? Fico surpreso. Mais parece um estudante de letras."

Todas as noites eu ia ao seu quarto alugado, em Musrara. Era lá que guardávamos provisoriamente as compras. Durante quase toda a noite eu ficava bordando flores nas fronhas. E nas roupas novas bordava nosso nome: Gonen. Michel gostava de bordados. Eu me esmerava em bordar.

Eu descansava na espreguiçadeira que havíamos comprado para colocar na varanda do nosso apartamento. Michel sentava-se à sua mesa, e mergulhava na preparação do seu trabalho para o seminário de geomorfologia. Queria terminar logo esse trabalho e entregá-lo ainda antes do nosso casamento. Prometera a si mesmo. À luz da lâmpada de mesa, eu via seu rosto alongado, escuro e magro, e o cabelo cortado curto. Por momentos Michel me parecia um aluno de internato religioso. Um jovem interno do Orfanato Diskin que em minha infância eu via passar por nossa rua em direção à estação do trem. Tinham a cabeça raspada e andavam aos pares, eram obrigados a andar de mãos dadas. Obedientes e tristes. Em sua obediência, havia certa revolta sufocada.

De novo Michel descuidava de sua barba. Sob o queixo surgiam pelos pretos. Será que perdera a navalha nova? Não, ele confessa que havia mentido em nossa segunda noite. Não havia comprado nenhuma navalha nova. Por mim, havia se esmerado no barbear. Por que mentiu? Porque eu o tinha deixado constrangido. Por que voltou a se barbear a cada dois dias, e não diariamente?

Porque agora não fica mais constrangido por minha causa. Como detesta fazer a barba... Se fosse um artista, e não geólogo, talvez deixasse crescer a barba.

Imaginei a figura. Dei uma gargalhada.

Michel me lançou um olhar cheio de espanto:

"Qual é a graça?"

Tinha se ofendido?

Não, não tinha se ofendido. Mesmo.

Então por que ele me olhava daquele jeito?

Porque afinal conseguira me fazer rir. Quantas e quantas vezes ele tinha tentado me fazer rir, sem qualquer sucesso. E agora, sem intenção, tinha conseguido. Estava feliz por isso.

Os olhos de Michel são cinzentos. Ao sorrir os cantos dos lábios tremem. Cinzento e comedido, esse é o meu Michel.

A cada duas horas eu lhe preparava um chá com limão, como ele gostava. Quase não conversávamos, pois eu não queria atrasar o seu trabalho. Eu gostava do nome geomorfologia. Uma vez eu me levantei em silêncio, e descalça, furtivamente, postei-me atrás de suas costas, debruçadas sobre as folhas. Michel não percebeu. Pude ler algumas frases por sobre seu ombro. Michel tem uma letra clara e arredondada — letra de ginasiano aplicado. Mas as palavras me fizeram estremecer: extração de jazidas minerais, forças vulcânicas exercendo poderosas pressões internas, lava coagulada. Basalto. Fluxos consequentes. Processo morfotectônico iniciado há dez milhões de anos e ainda em pleno curso. Ruptura gradual e ruptura repentina. Abalos sísmicos sutis, que só podem ser detectados por aparelhos supersensíveis.

Também dessa vez estremeci ao ler essas palavras: uma mensagem em código me foi transmitida. Meu destino depende do seu conteúdo. Não tenho como decodificá-la.

Voltei depois à espreguiçadeira e retomei o bordado. Michel levantou a cabeça e disse:

"Nunca vi uma mulher como você."

E logo emendou sorrindo, como que roubando a minha fala: "Que banalidade."

Quero deixar registrado aqui que até a noite de núpcias não me entreguei a Michel.

Poucos meses antes de morrer, meu pai me chamou ao seu quarto e trancou a porta. A doença já arruinara o seu rosto. Sua face afundava e a pele estava seca e amarelada. Não me fitou, mas ao tapete, aos pés da poltrona, como se lesse no tapete as palavras que me diria. Papai me contou de homens perversos que seduziam mulheres por meio de palavras melífluas e as abandonavam, aos suspiros. Eu devia ter uns treze anos. Tudo o que ele disse eu já sabia há muito tempo, pelas meninas, às risadinhas, e pelos meninos de espinhas no rosto. Mas, vindas do meu pai, aquelas mesmas palavras não eram engraçadas, e sim marcadas por uma nota de silenciosa tristeza. Pelo tom que ele conferia às palavras se poderia pensar que a existência de dois sexos diferentes é uma desordem que ao mundo só causa sofrimento. E as pessoas deviam tentar com todas as forças atenuar as consequências dessa desordem. Por fim meu pai disse que se eu pudesse me lembrar dele nos momentos difíceis, talvez conseguisse evitar que eu própria viesse a tomar uma decisão errada.

    Não creio que tenha sido esse o verdadeiro motivo pelo qual evitei me entregar a Michel até a noite de núpcias. O verdadeiro motivo eu não quero escrever. As pessoas devem tomar muito cuidado ao usar a palavra motivo. De quem eu ouvi isso? Foi do próprio Michel. Quando abraçava meu ombro, Michel era forte e contido. E talvez fosse tímido, como eu. Ele não me suplicava com palavras. Seus dedos suplicavam, mas nunca exigiram. Ele percorria devagar as minhas costas com os dedos, e depois fitava os dedos, e a mim, a mim e aos dedos, como se comparando cuidadosamente coisa com coisa. Meu Michel.

    Uma noite, antes de me despedir de Michel para voltar ao meu quarto (restava menos de uma semana de convívio com a família Tarnopoler no bairro Áchva), eu disse assim:
    "Michel, você vai se surpreender ao ouvir isso, talvez eu saiba coisas sobre as correntes consequentes e subsequentes que nem você saiba. Se você for bem gentil, um dia conto o que sei."

Falei e desmanchei com a mão o seu cabelo curto: seu ouriço. Quais coisas seriam essas, não tinha a menor ideia. Numa das últimas noites, na antevéspera da cerimônia, tive um sonho assustador. Michel e eu estávamos na cidade de Jericó. Tínhamos feito compras na rua do mercado, entre casas baixas, de taipa (em 1938, papai, Emanuel e eu fomos a Jericó. Foi durante a festa de Sucot. Viajamos num ônibus árabe. Eu tinha oito anos. Não esqueci. Meu aniversário cai em Sucot). Michel e eu tínhamos comprado uma esteira, almofadões orientais, um sofá todo enfeitado. Michel não queria esses móveis. Eu escolhi e ele pagou calado. O mercado de Jericó era colorido e barulhento. As pessoas gritavam com selvageria. Eu passava tranquila por elas, usando uma saia simples. No céu havia um sol abrasador, terrível, como eu tinha visto nos quadros de Van Gogh. Depois, um jipe militar parou do nosso lado. Um oficial britânico, pequeno e impecável no seu uniforme, pulou de dentro dele e tocou no ombro de Michel. Michel se virou de imediato, afastou-se bruscamente e começou a correr como um homem transtornado, derrubando barracas na fuga, até desaparecer no meio da multidão. Fiquei sozinha. As mulheres urravam. Dois homens apareceram e me puxaram pelos braços. Vestiam túnicas e só apareciam os olhos, faiscantes. Agarravam-me com força, e doía. Eles me arrastaram por um caminho sinuoso até os arredores da cidade. O lugar era parecido com as ruelas íngremes que ficam para lá da rua Habashim, a leste da cidade nova de Jerusalém. Fui arrastada por muitas escadarias, até um porão iluminado por um lampião enegrecido. Era um porão escuro. Fui atirada ao chão. Senti a umidade. Tudo cheirava a mofo. Ouviam-se lá fora latidos abafados de cachorros. De repente os gêmeos tiraram suas túnicas do deserto. Nós três tínhamos a mesma idade. A casa deles ficava em frente à nossa, do outro lado do terreno baldio, entre Katamon e Kiriat Shmuel. Eles tinham um pátio cercado por todos os lados.

A construção circundava o pátio. Era um pátio interno. Videiras escalavam todas as paredes do casarão. Os muros eram construídos em pedra avermelhada, como se via em muitas casas de árabes ricos, nos bairros da parte sul de Jerusalém. Tive medo dos gêmeos. Riam para mim. Branquíssimos, seus dentes. Eles eram escuros e elásticos. Dois lobos, cinzentos e fortes. Gritei: Michel, Michel, mas fiquei sem voz. Estava muda. A escuridão me inundava. Essa escuridão queria que Michel viesse para me salvar das mãos deles, mas só depois da dor e do prazer. Ainda que os gêmeos estivessem se lembrando de nossa infância, não demonstravam. Exceto pelo riso. Eles ficaram saltitando sobre o piso do porão, dando pequenos pulos rápidos como se tivessem frio. Mas o ar não estava frio. O saltitar ágil se devia apenas ao excesso de energia que transbordava. Eles exultavam. Eu não podia fazê-los cessar com seu riso nervoso, apavorante. Aziz era um pouco mais alto do que o irmão, e o seu rosto, mais escuro. Ele barrou os meus passos e abriu uma porta que eu ainda não havia notado. Apontou para a porta e fez uma mesura, como um garçom. Eu estava livre. Podia sair. Foi um momento terrível. Podia sair e não saí. Então Halil deixou escapar um gemido baixo, trêmulo, fechou e trancou a porta. Aziz tirou das dobras de sua túnica um facão, grande e reluzente. Era a faca de pão que havíamos comprado no dia anterior, Michel e eu, na loja Schwartz, de variedades, no Largo Sion. Seus olhos brilhavam. Ele se jogou ao chão e ficou de quatro. Seus olhos luziam, em brasas. O branco dos olhos estava sombrio e injetado de sangue. Recuei e colei as costas na parede do porão. A parede estava gosmenta. Uma gosma pegajosa, nojenta. Atravessava a roupa e chegava à minha pele. Com minhas últimas forças, gritei.

Pela manhã, a dona da casa, a sra. Tarnopoler, veio ao meu quarto dizer que tenho gritado à noite. Se a srta. Hana grita à noite a dois dias do casamento, com certeza é sinal de alguma grande angústia. Os sonhos nos mostram o que devemos fazer e o que não devemos fazer. Nos sonhos nós nos damos conta de todos os nossos atos, disse a sra. Tarnopoler. Se fosse minha mãe — e isso ela tem que dizer, mesmo que eu fique zangada —, não permitiria que eu me casasse assim de repente com um homem qualquer, encontrado por acaso na rua. Pois tanto eu poderia ter encontrado um homem completamente diferente, como poderia não ter encontrado ninguém! Onde isso vai dar? Em desastre, na certa. Vocês se casam como se fosse uma brincadeira de Purim. A própria sra. Tarnopoler casou-se por intermédio de um casamenteiro que soube encaminhar o assunto de acordo com o que estava escrito nos céus, porque conhecia perfeitamente as duas famílias e sentiu com todo o cuidado o estofo de que era feito o noivo, e de que a noiva era feita. Afinal, a família é tudo na vida de uma pessoa. Pais, avôs, avós, tios. Irmãos. Assim é o poço, assim será a água. Esta noite, antes de me deitar, a sra. Tarnopoler irá me preparar um chá de ervas. Para almas angustiadas. Que todos os meus inimigos tenham pesadelos às vésperas do casamento. Tudo isso aconteceu à srta. Hana porque vocês se casam como os idólatras da Bíblia: uma virgem encontra um rapaz desconhecido e, sem saber quem ele é, já vai combinando as coisas. E vão marcando a data do casamento como se estivessem sozinhos no mundo.

  Ao dizer a palavra virgem, a sra. Tarnopoler sorriu um sorriso cansado. Eu não disse nada.

9.

Michel e eu nos casamos em meados do mês de março. A cerimônia teve lugar na cobertura do antigo prédio dos escritórios do Rabinato, na rua Yafo, em frente à livraria de livros importados Steimatsky, sob um céu nublado, cinza-claro, misturado com pedaços de um cinza sombrio. Michel e o pai, ambos vestiam ternos pretos e ambos exibiam um lenço branco no bolsinho. Estavam tão parecidos que por duas vezes eu me confundi, chamando de Yehezkiel meu marido Michel. Michel quebrou o copo de vidro com uma pisada dura. O vidro se rompeu com um ruído seco. Dos convidados veio um murmúrio discreto. Tia Lea chorou. Minha mãe também. Meu irmão Emanuel se esqueceu de trazer algo para cobrir a cabeça. Estendeu um lenço xadrez sobre o topete. E Rina, minha cunhada, segurava-me firme, como se eu estivesse a pique de desmaiar. Não esqueci de nada.

À noite houve uma recepção para os amigos em um dos salões de conferência do convento Ratisbone. Há dez anos, quando nos casamos, a maior parte dos departamentos da universidade estava instalada em alas de diversos conventos católicos. O acesso aos edifícios da universidade que ficavam no monte Scopus fora impedido em consequência da guerra. Habitantes antigos de Jerusalém ainda acreditavam que o impedimento seria temporário. Havia um alto grau de especulação política no ar, e a atmosfera estava pesada.

Frio e muito alto era o salão no convento Ratisbone, onde se realizava a festa, e o teto havia escurecido. A pintura tinha descascado e as numerosas cenas pintadas no teto estavam quase apagadas. Com muito esforço consegui distinguir algumas passagens que se situam entre o santo nascimento em Belém e a crucifixão. Desviei os olhos do teto.

Minha mãe usava um vestido preto. Era o mesmo que havia costurado depois da morte de meu pai, Yossef Grinbaum, em 1943. Dessa vez mamãe enfeitou o vestido com um broche de cobre, para estabelecer uma diferença entre a alegria e a tristeza. O pesado colar usado por Malka, minha mãe, refletia a luz das luminárias antigas.

Participaram da festa trinta ou quarenta estudantes. Em sua maior parte eram geólogos e alguns, alunos do primeiro ano de literatura hebraica. Minha melhor amiga Hadassa veio acompanhada do jovem marido, e me deu de presente um quadro de Abel Pan, o retrato de uma velha iemenita. Alguns amigos antigos de nossa família nos deram um cheque como presente coletivo. Meu irmão Emanuel trouxe consigo do kibutz sete rapazes. Seu presente foi um vaso de flores dourado. Emanuel e seus amigos se esforçaram para alegrar a festa, mas a presença dos estudantes os intimidava.

Depois dois jovens geólogos se levantaram e leram, alternadamente, um texto que deveria ser engraçado, mas foi confuso, cansativo, muito longo, sobre as semelhanças entre as camadas geológicas e a vida amorosa. Haviam inserido em sua obra alusões chulas e expressões de duplo sentido. Queriam nos divertir.

Sara Zeldin, do jardim de infância, velha e enrugada, deu-nos de presente um aparelho de chá. Em cada peça havia o desenho de um casal de namorados vestido de azul. Nas bordas havia um filete dourado. A sra. Zeldin abraçou minha mãe e as duas se beijaram. Falavam em iídiche e suas cabeças se moviam sem parar.

As quatro tias de Michel, irmãs de seu pai, fartavam-se à volta de uma mesa cheia de sanduíches e conversavam animadamente sobre mim. Não se davam ao trabalho de abaixar a voz. Não gostavam de mim. Todos esses anos Mika fora um menino ordeiro e responsável. E agora se casa com uma pressa que poderia até despertar certos comentários grosseiros. Seis anos tia Gênia esteve noiva em Kovno. Seis anos até que acedeu em se casar com o primeiro marido. Detalhes sobre os feios mexericos que nossa precipitação poderia despertar, as tias comentavam em polonês.

Meu irmão e os amigos do kibutz exageraram na bebida. Falavam alto. Aos berros embaralhavam a letra da canção *Nossa garganta secou*. Divertiram as moças até o riso se transformar em gargalhadas sufocadas. Uma estudante de geologia chamada Yardena, de cabelos louros, usando um vestido de lantejoulas prateadas, tirou os sapatos e saiu dançando sozinha uma fogosa dança espanhola. Todos os convidados a acompanharam batendo palmas ritmadas. Meu irmão Emanuel quebrou uma garrafa de suco de laranja em sua homenagem. Depois Yardena subiu em uma cadeira e, segurando uma taça de licor, cantou uma conhecida canção americana sobre um amor fracassado.

Devo escrever também o seguinte: no final da festa meu marido tentou me dar um beijo de surpresa na nuca. Ele chegou sorrateiro, por trás. Talvez seus amigos estudantes tenham lhe dado a ideia. Naquele instante, eu segurava uma taça cheia de vinho que meu irmão havia me colocado entre os dedos. Quando os lábios de Michel tocaram a minha pele, levei um grande susto. O vinho derramou pelo vestido branco de noiva. E também pelo tailleur marrom da tia Gênia. Será um sinal importante? Desde a manhã em que a dona da casa onde eu morava, a sra. Tarnopoler, tinha conversado comigo depois de eu ter gritado no sonho, os sinais não tinham mais me deixado. Indícios. Como a meu pai. Papai era uma pessoa atenta. Passou pelo mundo como se a vida fosse um cursinho preparatório no qual se aprendem lições e se ganha experiência para o que deve vir pela frente.

10.

No final daquela semana, o professor veio me cumprimentar. O encontro se deu num corredor da faculdade, no Terra Sancta, no intervalo entre a primeira e a segunda parte de sua aula semanal sobre Avraham Mapu. Uma boa-nova tinha chegado aos seus ouvidos, alvíssaras, soube que a senhora constituiu um lar em Israel. Assim sendo, desejo à senhora que seu lar seja um lar verdadeiramente judaico e humano. E nessa bênção ele inclui todas as outras bênçãos porque desta procedem todas elas. De que se ocupa o afortunado noivo? De geologia? Por conseguinte essa união é simbólica: tanto a literatura como a geologia penetram as profundezas para trazer à tona seus recônditos tesouros. A senhora vai prosseguir nos estudos? Esse fato lhe traz grande alegria, pois ele preza seus alunos como se fossem filhos.

Meu marido comprou uma grande estante. Seus livros ainda são poucos, uns vinte ou trinta. Com os anos, outros hão de vir.

Deseja que em sua casa haja uma parede coberta de livros. Por enquanto a estante está quase vazia. Eu trouxe do jardim de infância de Sara Zeldin alguns objetos decorativos feitos por mim. Brinquedos feitos de arame e ráfia colorida. Preenchi com eles as prateleiras vazias. Por enquanto. O aquecedor de água quebrou. Michel tentou consertá-lo sozinho. Disse-me que quando era pequeno consertava as torneiras de casa e dos apartamentos das tias. Mas dessa vez não conseguiu. Talvez tenha até piorado a situação. Chamamos um encanador, um rapaz sefardita, muito lindo. Consertou o aquecedor sem o menor esforço. Michel se envergonhou pelo fracasso. Ficou em silêncio, como um garoto que tivesse sido censurado. Gostei de seu constrangimento. E o encanador disse:

"Casal simpático, jovem, não vou cobrar demais de vocês."

Nas primeiras noites eu só conseguia dormir com a ajuda de pílulas. Quando completei oito anos, meu irmão Emanuel passou para um quarto separado, e desde então sempre dormi sozinha. Eu achava esquisito Michel pegar no sono mal fechava os olhos. Até nossa noite de núpcias, não o tinha visto dormir. Ele se cobria até a cabeça, e sumia debaixo das cobertas. De quando em quando eu tinha que repetir para mim mesma que aquele assobio ritmado era apenas a sua respiração, e que naquele momento não havia pessoa mais próxima de mim no mundo do que ele. Na cama de casal usada que compramos por uma ninharia dos antigos donos do apartamento, eu ficava me revirando até de madrugada. Essa cama, com elaborados entalhes em madeira, era pintada de um verniz marrom brilhante. E o tamanho era extremamente exagerado, como acontece com os móveis antigos. Era tão larga, que certa vez cheguei a pensar que Michel houvesse se levantado e saído sem fazer nenhum barulho. E ele estava na outra ponta, todo encolhido. Eu os senti virem a mim, ao alvorecer. Vieram belos e violentos. Escuros, calados e ágeis, eles vieram.

Não desejava para mim um homem selvagem. E por que deveria merecer essa humilhação. Quando era pequena, pensava sempre que iria me casar com um jovem estudioso, que viria a ter renome mundial. Entraria na ponta dos pés em seu escritório mobiliado em estilo sóbrio, deixaria uma xícara de chá sobre algum dos pesados alfarrábios alemães espalhados por sua mesa, esvaziaria o cinzeiro, abaixaria em silêncio as persianas, e, sem que ele percebesse, sairia na ponta dos pés. Se meu marido me agarrasse como se estivesse morrendo de desejo, eu ficaria envergonhada de mim mesma. Mas quando Michel vem a mim como se tocasse algo frágil, ou como se segurasse entre os dedos um tubo de ensaio no laboratório, por que me sinto ofendida? À noite, eu me lembrei do casaco áspero e quente que ele usava quando caminhamos desde Tirat Yaar até o ponto de ônibus na estrada de Jerusalém. E nas primeiras noites eu me lembrava da colherinha que brincava em seus dedos na cantina do Terra Sancta.

    A xícara de café tremia em minha mão quando perguntei numa dessas manhãs ao meu marido, com os olhos pregados no ladrilho rachado do piso, se sou uma boa esposa. Ele pensou por um momento e respondeu como se respondesse a uma pergunta em sala de aula. Que ele não podia julgar porque não conhecia outras mulheres. Michel me respondeu honestamente; então, por que meus dedos continuaram a tremer e o café derramou e manchou a toalha nova?

    Todas as manhãs, eu fritava uma omelete dupla. Preparava o café para nós dois. Michel cortava o pão.

    Eu gostava de vestir o avental azul e arrumar de novo todos os utensílios da minha cozinha, trocando-os de lugar. Os dias corriam tranquilos. Às oito, Michel saía para a faculdade. Carregava na mão uma pasta nova: como presente de casamento, o pai,

Yehezkiel, havia lhe comprado uma grande pasta preta. Eu me despedia dele na esquina e caminhava até o jardim de infância de Sara Zeldin. Também comprei para mim um vestido novo, primaveril, um vestido esportivo estampado de flores amarelas. Mas a primavera demorava a chegar e o inverno persistia. Um inverno longo e duro foi aquele em Jerusalém, em 1950.

Por culpa dos soníferos, eu sonhava o dia inteiro. A velha Sara Zeldin me lançava olhares sagazes por sobre os óculos de aro dourado. Talvez ela imaginasse noites selvagens. Eu bem que gostaria de corrigir seu erro, mas não sabia quais palavras empregar. Nossas noites eram tranquilas. Às vezes eu pensava sentir uma expectativa difusa percorrer a espinha. Como se uma coisa realmente importante ainda não tivesse acontecido. Como se tudo fosse um prelúdio. Ensaio. Preparação. Eu decorava um papel complicado que em breve teria que representar. Em breve se daria um grande evento em minha vida.

Agora vou escrever algo de estranho sobre Peretz Smolenskin.

O professor já havia completado a primeira parte do curso sobre Avraham Mapu, e passou a tratar do livro *O errante pelos caminhos da vida*. Contou-nos muitos detalhes sobre a vida errante do homem Peretz Smolenskin e seus conflitos interiores. Naquela época os estudiosos ainda acreditavam que o autor se retratava em sua obra.

Lembro-me dos momentos em que fui acometida por uma sensação intensa, muito vívida, de conhecer o homem Peretz Smolenskin. Talvez seu rosto impresso na capa do livro me recordasse algum rosto conhecido. Mas não creio que fosse esse o verdadeiro motivo. Parecia-me que em minha infância eu ouvira dele palavras que diziam respeito à minha vida, e que em breve eu voltaria a encontrá-lo. Eu preciso, é absolutamente necessário me preparar, elaborando as perguntas certas, para saber o que perguntar a Peretz Smolenskin. Mas, a rigor, eu deveria pesquisar apenas acerca da influência de Charles Dickens sobre os contos de Smolenskin.

Todas as tardes eu me sentava à mesma mesa na sala de leitura da biblioteca do Terra Sancta. Lia *David Coperfield* em uma velha edição inglesa. Coperfield, o órfão de Dickens, como Yossef, o órfão da cidade de Madmená, no conto de Peretz Smolenskin, ambos tinham passado por toda sorte de sofrimentos. Os caminhos de ambos os tinham levado a cruzar com pessoas cruéis, de todas as camadas sociais. Ambos os autores, na medida em que se compadecem dos órfãos, não poupam a sociedade. Passava duas, três horas muito tranquila, lendo sobre sofrimentos e crueldades, como se lesse sobre dinossauros, há muito desaparecidos da superfície da terra. Ou como se estivesse diante de alegorias confusas, cujo significado fosse pouco importante. Era uma leitura indiferente.

Nessa mesma época trabalhava no subsolo do Terra Sancta um bibliotecário velhinho, de pequena estatura, que usava quipá e me conhecia tanto pelo sobrenome antigo como pelo novo. Agora, já não deve mais estar vivo. Eu gostava de ouvi-lo dizer:

"Senhora. Hana Grinbaum-Gonen, as iniciais HG significam festa em hebraico. Deus permita que todos os dias de sua vida sejam como dias de festa."

Março passou. Passou também metade do mês de abril. Foi um inverno duro e prolongado o de 1950, em Jerusalém. À noitinha eu ficava na janela, esperando a volta do meu marido. Bafejava vapor na vidraça e desenhava com o dedo um coração traspassado pela seta, mãos dadas, iniciais HG, MG e HM. Às vezes, também, outras figuras. Quando Michel aparecia na esquina da rua, eu me apressava a apagar tudo com a palma da mão. De longe parecia a Michel que eu acenava para ele, e me retornava os acenos. Ao entrar em casa, a palma de minha mão estava molhada e gelada por ter passado no vidro. Michel gostava de dizer: "Mão quente, coração frio, mão fria, coração quente."

Do kibutz Nof Harim nos chegou um pacote com dois pulôveres tricotados por Malka, minha mãe. O pulôver branco para Michel, e para mim um de lã cinza-azulada, da cor dos olhos tranquilos de meu marido.

11.

Num sábado azul, uma repentina primavera se apossou das montanhas. Resolvemos ir a pé de Jerusalém a Tirat Yaar. Às sete da manhã saímos de casa e descemos à estrada de Kfar Litfa. Nossos dedos iam entrelaçados. Manhã banhada de azul, aquela. O contorno das montanhas se encontrava com o azul como se pintado por pincel finíssimo. Nos meandros das rochas se escondiam ciclamens. Anêmonas incendiavam de vermelho as vertentes. A terra estava macia. As gretas da pedra ainda guardavam a água da chuva. Os pinheiros estavam lavados. Um cipreste solitário parecia respirar em êxtase aos pés das ruínas de Colônia, uma aldeia árabe abandonada.

Michel se deteve em vários lugares para me mostrar as estruturas geológicas e dizer os seus nomes. Se eu sabia que essas montanhas foram cobertas há centenas de milhares de anos pelo mar primitivo.

"E ao final de todos os tempos o mar novamente cobrirá Jerusalém", disse eu, convicta.

Michel riu:

"O nome Hana também aparece no livro dos profetas?" Estava alegre e perspicaz. De vez em quando apanhava uma pedra e falava sobre ela com gravidade, como se a repreendesse. Na subida do monte Castel surgiu uma grande ave, águia ou abutre, e deu voltas sobre nossa cabeça.

"Ainda não morremos," disse eu, jovial.

As pedras ainda estavam escorregadias. Tropecei de propósito, para lembrar as escadas do Terra Sancta. Também contei a Michel sobre as advertências da sra. Tarnopoler às vésperas do casamento, de que os jovens estão se casando como os idólatras da Bíblia, como no sorteio de Purim: uma virgem espicha o olho para um rapaz qualquer, por acaso, assim como poderia ter encontrado por acaso um outro rapaz, completamente diferente.

Depois colhi um ciclâmen e enfeitei com ele a lapela da camisa de Michel. Ele me tomou a mão. Minha mão estava fria e seus dedos, quentes.

"Há um provérbio banal", disse Michel, rindo. Não esqueci de nada. Esquecer significa morrer. Não quero morrer.

Liora, a amiga de meu marido, cumpria o seu turno de trabalho no shabat. Não poderia deixar o trabalho para nos receber. Só queria saber se estávamos felizes, e voltou à cozinha coletiva. Almoçamos no refeitório. Depois nos deitamos em um dos gramados, a cabeça de meu marido sobre meus joelhos. Estava a ponto de contar a Michel sobre minha angústia em relação aos gêmeos. Um medo íntimo me reteve. Não contei.

Fomos depois passear até a fonte Aqua Bella, bem próxima. No declive do pequeno bosque, encontramos um grupo de moças e rapazes que tinham vindo de Jerusalém até ali de bicicleta. Um deles consertava um pneu que havia furado no caminho. Retalhos de conversa chegavam até nós. "A mentira tem perna curta", disse o rapaz cujo pneu havia furado. "Ontem menti, dizendo a meu pai que estava indo para a Gadná, curso de preparação para o alistamento militar, e fui assistir *Sansão e Dalila* no cinema Tzion. Adivinha quem estava sentado bem atrás de mim? Meu pai, em carne e osso!" Minutos depois ouvimos uma das jovens dizer à amiga que sua irmã Ester tinha se casado por dinheiro, mas que ela só se casaria por amor, pois a vida não é um brinquedo. Sua amiga respondeu que de sua parte não era totalmente contra um pouco de amor livre, pois como é possível saber aos vinte anos se o amor vai durar até os trinta. Seu monitor, no movimento da juventude socialista do Hashomer Hatzair, tinha explicado, numa palestra, que o amor entre pessoas modernas devia ser algo claro e simples como beber um copo d'água. Mas ela não tinha certeza se era o caso de deitar e rolar. Para tudo deve haver um limite. Não como Rifkale que troca de homem toda semana, mas também não como Dália, que se um sujeito se aproxima só para perguntar as horas, ela já fica de todas as cores e foge, como se todos os homens a quisessem estuprar. Na vida se deve andar com cuidado e não radicalizar, de jeito nenhum, pois aquele que vive uma vida desregrada morrerá jovem, como está escrito no romance de Stefan Zweig.

Voltamos à cidade no primeiro ônibus liberado após o shabat. À noite ventou forte, do noroeste. O céu ficou nublado. A primavera que reinou pela manhã foi uma primavera ilusória. Em Jerusalém ainda é inverno. Desistimos de nosso programa — ir à cidade e assistir *Sansão e Dalila* no cinema Tzion. Deitamos cedo. Michel lia o suplemento de um jornal de fim de semana. Eu lia *O enterro do burro*, de Peretz Smolenskin, com vistas ao seminário do dia seguinte. Nossa casa estava muito silenciosa. As persianas, cerradas. A luz de cabeceira desenhava na parede sombras que eu me recusava a olhar. Ouvia o som de pingos caindo da torneira na pia da cozinha. Sentia o seu ritmo. Mais tarde um grupo de crianças passou pela rua. Voltavam da reunião do movimento juvenil religioso. Ao passar na frente de nossa casa, cantavam:

Todas as meninas são obra do demônio.
Tirando uma delas, eu odeio todas as outras.

E as meninas berravam com suas vozes agudas.

Michel afastou o jornal. Perguntou se podia me interromper. Gostaria de dizer uma coisa: se tivéssemos dinheiro, compraríamos um rádio e assim poderíamos ouvir concertos em casa. Mas, como já devemos fortunas, não vamos poder comprar um rádio este ano. Quem sabe aquela velha avarenta da Sara Zeldin paga um salário melhor no mês que vem. Por falar nisso, o encanador que consertou o aquecedor era um rapaz muito simpático, mas o aquecedor pifou de novo. Michel desligou a luz. Sua mão tateou à procura da minha. Seus olhos ainda não haviam se acostumado à luz tênue que se infiltrava pelas frestas da persiana, e por isso seu braço bateu com força no meu queixo, e gemi de dor. Michel pediu desculpas. Acariciou meu cabelo. Eu estava cansada e desatenta. Ele colou sua face na minha. Hoje demos um passeio longo e bonito, e portanto ele não tinha tido tempo de se barbear. Senti em minha pele o arranhar de sua barba. Eu me lembro de um momento desagradável em que agi como uma noiva de piada vulgar: uma noiva de outra geração, que não entendia por que o noivo se apertava contra ela uma vez que a cama era tão grande. Foi um momento bem humilhante.

À noite sonhei com a sra. Tarnopoler. Estávamos em uma cidade da orla marítima. Talvez em Holon, talvez no apartamento do pai de meu marido. A sra. Tarnopoler me preparava um chá de ervas. O gosto era amargo e repelente. Vomitei. Manchei meu vestido branco de noiva. A sra. Tarnopoler deu uma risada grosseira. Vangloriou-se por já ter me alertado. E eu tinha desprezado todos os sinais. Uma ave perversa polia suas garras encurvadas. Unhas tocaram minhas pálpebras. Acordei apavorada. Sacudi o braço de Michel. Ele se zangou em pleno sono. Resmungou que eu tinha ficado maluca e que o deixasse, precisava dormir, tinha um dia difícil pela frente. Tomei uma pílula. Uma hora depois, tomei outra. Por fim adormeci zonza, como se tivesse desmaiado à noite. No dia seguinte estava com um pouco de febre. Não fui trabalhar. Na hora do almoço briguei com Michel. Empreguei palavras ofensivas. Michel se conteve. Calou-se. À tarde fizemos as pazes. Cada um de nós se culpou por ter começado a briga. Minha amiga Hadassa e o marido vieram nos visitar. O marido de Hadassa é economista. A discussão girou em torno da política de contenção. Na opinião do marido de Hadassa o governo baliza sua política segundo hipóteses ridículas: como se todo o Estado de Israel fosse um grande movimento juvenil. Hadassa disse que os políticos se interessam somente pelas próprias famílias, e deu como exemplo um caso chocante de corrupção que corre de boca em boca em Jerusalém. Michel refletiu um pouco e depois observou cuidadosamente que é um erro exigir muito da vida. Não consegui entender se ele dizia isso para defender o governo ou para concordar com os argumentos dos visitantes. Pedi a ele que esclarecesse melhor. Michel sorriu para mim como se eu não estivesse

exigindo dele nenhuma resposta, além do seu sorriso. Levantei-
-me e fui à cozinha preparar café, chá e biscoitos. Pude ouvir pelas
portas abertas as palavras de minha amiga Hadassa. Ela me elogiava para o marido. Contou a ele que eu tinha sido a melhor
aluna, a menina mais esperta da sala. Depois passaram a conversar
sobre a Universidade Hebraica de Jerusalém. Uma universidade
tão jovem, e que no entanto é administrada por métodos tão con-
servadores.

12.

E no mês de junho, três meses após o nosso casamento, eu engravidei. Michel não gostou nada quando contei a ele sobre a gravidez. Perguntou por duas vezes se eu tinha certeza. Uma vez, antes de se casar, tinha lido no livro do dr. Matmon que era muito fácil se enganar nesse assunto. Especialmente na primeira vez. Será que eu não teria confundido os sintomas? Ao ouvir isso, levantei-me e fui para o outro quarto. Ele continuou onde estava, de frente para o espelho, barbeando com a navalha a parte mais delicada, a curva que fica entre o lábio inferior e o queixo. É possível que eu tenha errado ao escolher justamente esse momento, quando ele se barbeava, para tocar nesse assunto.

No dia seguinte apareceu tia Gênia, pediatra, vinda de Tel Aviv. Michel havia telefonado para ela de manhã, ela largou tudo e veio correndo.

Tia Gênia me repreendeu duramente. Acusou-me de ser irresponsável: vou arruinar todos os esforços de Michel para progredir e alcançar alguma coisa na vida. Como é que eu não percebo que o meu destino depende do sucesso de Michel? E bem na véspera dos exames finais na universidade. "Como criança", disse tia Gênia, "igualzinho a uma criança." Ela se recusou a pernoitar em nossa casa, pois tinha largado tudo e vindo correndo para Jerusalém, como uma tola. Ela se arrependia de ter vindo. Ela se arrependia de muita coisa. Tudo se resume a uma operação de vinte minutos, coisa simples e rápida, como extrair as amígdalas da garganta de uma criança. Mas há mulheres complicadas nesse mundo, às quais é impossível explicar até mesmo as coisas mais simples. E você, Mika, fica sentado aí sem dizer nada, feito um bobo, como se não tivesse nada a ver com isso. Eu chego a pensar que não há nenhum sentido e nenhum proveito nos sacrifícios que a geração mais velha faz pelos mais jovens. Bom, acho melhor eu ficar quieta e não dizer tudo o que me passa pela cabeça sobre a situação de vocês. Tchau para vocês dois.

Tia Gênia apanhou o chapéu marrom e saiu. Michel continuou sentado em silêncio, de boca aberta, como uma criança que acaba de ouvir uma história de dar medo. E eu entrei na cozinha, tranquei a porta e chorei. Estava perto da bancada de mármore da pia, ralei uma cenoura, espalhei açúcar sobre ela, espremi um pouco de limão e chorei. Se meu marido bateu na porta, não respondi. Estou quase certa, agora, que Michel não bateu.

Yair, nosso filho, nasceu quando completamos um ano de casados, em março de 1951, depois de uma gravidez difícil.

Nos meses de verão, no começo da gravidez, perdi na rua dois talões de racionamento. O de Michel e o meu. Sem eles seria impossível comprar gêneros de primeira necessidade. Durante algumas semanas meu corpo deu mostras de falta de vitaminas. Michel se recusava a comprar no mercado negro, um grão de sal que fosse. Herdara essa atitude do pai, Yehezkiel: submeter-se entusiástica e fielmente às leis do país.

Mesmo depois de termos recebido novos talões de alimentação, continuei a sofrer de diversas complicações. Uma vez tive vertigem e caí no chão, no pátio do jardim de infância de Sara Zeldin. O médico resolveu que eu não devia continuar a trabalhar. Foi uma decisão difícil, pois nossa situação financeira estava péssima. O médico também receitou injeções de extrato de fígado e de cálcio. Eu estava sempre com dor de cabeça. Sentia como se tivessem cravado, próximo à têmpora direita, um estilhaço de metal frio. Os sonhos iam se tornando pesadelos. Acordava aos gritos. Michel escreveu à sua família contando que eu tivera que deixar o trabalho, e descreveu o sofrimento psíquico pelo qual eu estava passando. Por influência do marido de Hadassa, minha melhor amiga, Michel recebeu um modesto empréstimo do Fundo de Auxílio aos Estudantes. No final de agosto chegou uma carta registrada da tia Gênia. Não escreveu uma única linha para nós, mas dentro do envelope encontramos um cheque dobrado, no valor de trezentas libras. Michel disse que se meu orgulho me obrigasse a devolver o dinheiro, ele se dispunha a interromper os estudos e procurar um emprego, e eu estava autorizada a devolver à tia Gênia o dinheiro dela. Respondi que não gostava da palavra orgulho e aceitava muito grata o dinheiro. Michel então me pediu para não esquecer que ele estivera disposto a deixar os estudos e procurar emprego.

"Vou me lembrar, Michel. Você me conhece. Não sei esquecer."

Deixei de assistir às aulas na universidade. Não voltaria a estudar literatura hebraica. Cheguei a anotar em meu caderno que as obras poéticas da geração do Renascimento Hebraico são impregnadas de um forte traço de orfandade. Qual a origem e a natureza desse traço, nunca saberei.

Também descuidei dos afazeres de casa. A maior parte das manhãs eu passava sentada, sozinha, na pequena varanda. Nossa varanda dava para um terreno baldio. Ficava descansando na espreguiçadeira, e atirava migalhas de pão aos gatos. Gostava de observar os meninos da vizinhança brincando no terreno. Meu falecido pai gostava de usar as palavras "observar" e "calar". Eu observo e calo, mas é um observar e calar muito diverso do imaginado, talvez, por meu pai. Qual a graça que esses meninos do terreno baldio acham nessas disputas exaustivas? O jogo cansa, e a vitória é vazia. O que espera o vencedor? Virá a noite, voltará o inverno, as chuvas cairão e apagarão tudo. Ventos de tempestade voltarão a varrer Jerusalém. Talvez haja guerra. O jogo de esconde-esconde é todo errado, ridículo. Da minha varanda eu os observo, a todos. Quem consegue se esconder de verdade. Quem tenta. Como é estranha essa excitação toda. Descansem, crianças exaustas. O inverno ainda está muito distante, mas desde já ele se prepara. E a distância ilude.

Depois do almoço eu caía na cama como se tivesse carregado pedras. Não conseguia nem mesmo ler o jornal.

Michel saía às oito da manhã e voltava às seis da tarde. Era verão. Eu não podia soprar no vidro da janela e desenhar figuras no vapor. Para facilitar minha vida, Michel voltou à sua velha rotina de almoçar com seus colegas solteiros no restaurante dos estudantes, no final da rua Mamila.

Em dezembro eu estava no sexto mês. Michel prestou seus exames de bacharelado e obteve uma nota excelente. Não me interessei por sua alegria. Que se alegre à vontade e me deixe sossegada. Já em outubro meu marido começou a assistir às aulas de pós-graduação. À noite, quando voltava cansado, se oferecia para ir à quitanda, ao mercadinho, à farmácia. Certa vez teve que abrir mão de uma importante experiência de laboratório por minha causa, pois pedi a ele que fosse à clínica apanhar os resultados do meu exame.

Naquela mesma noite Michel rompeu a lei do silêncio que se havia imposto. Tentou me explicar que sua vida naquele momento também não era muito fácil. Que eu não pensasse que ele lambia mel, como se costuma dizer, todos os dias.

"Não acho isso, Michel."

Então por que eu o trato como se ele fosse culpado?

Será que eu o trato como se ele fosse culpado? Ele tem que entender que eu não consigo ser romântica numa situação dessas. Não tenho nem mesmo um vestido de gravidez. Eu visto todos os dias minhas roupas habituais, que não me servem mais e não são confortáveis. Como eu poderia parecer bonita e simpática?

Não, não era isso que ele me pedia. Não é da beleza que ele sentia falta. Ele me implorava que não fosse gelada nem histérica.

E a verdade é que na minha gravidez vigorava entre nós uma trégua bem precária. Éramos como dois viajantes que o destino fez sentar no mesmo banco durante uma longa viagem de trem. Temos que manter relações de mútua consideração, prestar muita atenção às regras de cortesia e boas maneiras, não irritar e nem fazer pressão, e não se imiscuir muito nos assuntos do outro. Sermos gentis e tranquilos. Talvez até entreter um ao outro de vez em quando com assuntos leves, que não exijam muito esforço para se entender. Sem exageros. Em certos momentos até um carinho moderado e sem compromisso pode cair bem.

Contudo, pelas janelas do trem a paisagem é melancólica e monótona — um deserto amarelado, com mato rasteiro. Se eu pedisse a ele para fechar uma janela, ele ficaria feliz em poder ajudar. Esse era o nosso equilíbrio hibernal. Cauteloso e aplicado, como descer por uma escada escorregadia, na chuva. Descansar e descansar, é tudo o que quero.

Reconheço: fui eu quem muitas vezes abalou o equilíbrio. Se não fosse o amparo firme de Michel, eu teria escorregado. De pura pirraça, passei noites inteiras calada, como se estivesse sozinha em casa. Se Michel perguntava como eu me sentia, respondia: "Que importa?".

Se ele se ofendesse, e no dia seguinte não perguntasse mais como eu me sentia, eu o provocaria, dizendo que se não perguntava como eu me sentia, é porque ele não se importava.

Uma ou duas vezes, no começo do inverno, eu o agredi com meu choro e o chamei de mau. Também o acusei de indiferença e de crueldade mental. Michel refutou essas duas acusações com palavras serenas e voz contida. Paciente e cuidadoso ao falar comigo. Falou de maneira didática, como se a ofensa tivesse partido dele, e se desculpasse. Eu teimei, como criança rebelde. Eu o odiava, até sentir um aperto na garganta. E vomitei, para deixá-lo bem preocupado.

Calmo e cuidadoso, Michel foi lavar o piso, enxaguar com o rodo e secar o quarto por duas vezes, com pano de chão. Depois perguntou se eu me sentia melhor. Ferveu para mim uma xícara de leite e retirou a nata da superfície, que eu detestava. Pediu desculpas por ter me irritado, na minha situação especial. Pediu que explicasse a ele o que foi, exatamente, que me havia irritado tanto, para que no futuro não repetisse o erro. E desceu para comprar uma lata de querosene.

Eu estava feia nos últimos meses de gravidez. Olhar no espelho, não ousava, pois apareceram manchas escuras na minha pele. Tive de usar meias elásticas nas pernas, pois apareceram varizes. Agora eu estava, quem sabe, mais parecida com a sra. Tarnopoler, ou com a velha Sara Zeldin.

"Michel, você me acha feia?"

"Eu gosto de você, Hana."

"Se você não me acha feia, então por que não me abraça?"

"Porque você vai abrir um berreiro e vai dizer que estou fingindo. Você já esqueceu, Hana, o que me pediu de manhã. Pediu que não tocasse em você, e portanto não toco em você."

Quando Michel não está em casa, volta para mim o velho desejo dos tempos de criança: estar muito doente.

13.

O velho Yehezkiel escreveu e enviou uma carta em versos para cumprimentar Michel pelo êxito nos exames de graduação. A expressão "sucesso nas provas finais" rimava com "notícias boas demais" e com "Hana não teve alegrias iguais". Depois de ter lido a carta alto para nós dois, Michel me confessou que no fundo também tinha esperado receber um presentinho de mim. Quem sabe um cachimbo novo, pelo sucesso no bacharelado. Disse com um sorriso embaraçado, que também me deixou sem jeito. Fiquei brava com ele por causa desse pedido, e também pelo sorriso. Pois quantas vezes já tinha dito que minha cabeça doía como se tivessem enfiado nela um estilhaço de metal frio. Por que ele só pensava em si mesmo, e não pensava em mim.

Por três vezes, por minha causa, Michel teve de abrir mão de excursões didáticas importantes, às quais todos os seus colegas compareceram: ao monte Manara, onde foram descobertas jazidas de ferro, ao Grande Machtesh, no deserto, e às extrações de potássio em Sodoma. Os seus colegas casados também participaram desses eventos. Não agradeci a Michel pelas desistências. Mas certa noite lembrei-me de dois versinhos esquecidos de uma conhecida canção infantil cujo herói é um menino chamado Michel:

> Michel dançou por cinco anos.
> Cinco anos em danças se passaram,
> e no sexto, tchau, pombinha inocente.

Caí na gargalhada.
Michel me observou com olhos de contido espanto: não é sempre que eu pareço alegre. Gostaria de saber o que de repente deixou a senhora tão feliz.
Eu fito os seus olhos pasmos, e de novo caio na gargalhada.
Michel mergulhou em pensamentos. Depois de algum tempo ele concluiu alguma coisa em seu íntimo, voltou-se para mim e contou uma piada política que ouvira no restaurante da rua Mamila.

Malka, minha mãe, veio do kibutz Nof Harim, na Galileia Superior, para ficar conosco e cuidar da casa até eu ter o bebê. Quando meu pai morreu, em 1943, mamãe se mudou para Nof Harim. Desde então nunca mais foi dona de casa. Estava muito ativa e entusiasmada. Assim que terminamos de tomar o café da manhã, que ela preparou logo depois de chegar, minha mãe disse a Michel que sabia que ele detestava berinjela, e veja só: ela havia preparado três pratos diferentes feitos com berinjela, e ele tinha comido sem notar. Na cozinha se fazem milagres incríveis. Você não sentiu mesmo o gosto da berinjela? Nada, nada, nem deu para perceber?

Michel respondeu com toda a cortesia: nada, nada. Nem deu para perceber. Na cozinha se fazem milagres incríveis. Mamãe incumbiu meu marido de muitas tarefas. Talvez o tenha também irritado com as exigências meticulosas com respeito à higiene: ele era obrigado a lavar sempre as mãos. Não se põem moedas sobre a mesa onde se come. As telas protetoras das janelas devem ser retiradas para que a limpeza seja completa. Mas quanta ingenuidade! Não na varanda, por gentileza, pois assim a poeira logo voa de volta para dentro de casa. Não, na varanda não, mas lá embaixo, no pátio, muito bem, assim mesmo, agora está ótimo.

Ela sabia que Michel tinha crescido órfão de mãe, e assim tinha muita paciência com ele, mas ainda não conseguia entender: instruído, inteligente, universidade, e não sabe que o mundo é cheio de vírus.

Michel aceitava calmamente as observações, como um menino bem-comportado. Em que posso ajudar. Será que não atrapalho. Permita que eu faça. Sim, vai fazer as compras. Mas é claro que vai perguntar ao quitandeiro. Tudo bem, vai fazer o possível para voltar mais cedo da universidade. Sim, claro, não vai deixar de levar a sacola de compras. Não. Não vai esquecer. Veja — já anotei tudo aqui neste papel. Ele concorda, abre mão de comprar agora os primeiros volumes da nova enciclopédia judaica. Não tem pressa. Ele sabe que agora todos nós devemos economizar e economizar.

Michel arranjou um trabalho de meio expediente, à noite. Na biblioteca do departamento de ciências naturais, como assistente do bibliotecário, mediante um pequeno salário. Eu reclamei — nem mesmo à noite eu vou ter a honra de ver o rosto de Sua Alteza. Michel deixou até de fumar o seu cachimbo, pois Malka, minha mãe, não suporta o cheiro do tabaco, e também por estar convencida de que a fumaça prejudica o feto.

Quando meu marido chegava ao ponto de não poder mais se dominar, ele descia para a nossa rua e ficava fumando durante uns quinze minutos sob o lampião, como um poeta que sai à cata de inspiração. Certa vez fiquei na janela, observando de longe. À luz do poste eu via seu cabelo aparado na nuca. Anéis de fumaça ondulavam em volutas ao seu redor como se ele fosse um espírito, e não um ser vivo. Lembrei-me das palavras que Michel me dissera há muito tempo: os gatos não se enganam com as pessoas. Ele gostava da palavra tornozelo. Para ele eu era uma jovem nascida em Jerusalém, bonita e gelada. E ele próprio, a seu ver, era um sujeito comum. Antes de me conhecer ele não tinha tido nenhuma namorada firme. Quando chove, o leão de pedra que fica sobre o edifício Generali dá grandes e silenciosas gargalhadas. Quando as pessoas estão satisfeitas e não têm nada para fazer, a sensibilidade cresce e se expande como um tumor maligno. Jerusalém é uma cidade que deixa as pessoas tristes, mas é uma tristeza diferente a cada momento e a cada estação do ano.

Mas isso foi há muito tempo. O coração de Michel já esqueceu todas essas palavras. Só eu me recuso a abandonar um mísero grão de memória às frias unhas do tempo. E me pergunto qual o feitiço que o tempo opera nas palavras mais banais. Há no mundo uma espécie de alquimia que também é a melodia interna da minha vida. O monitor do Hashomer Hatzair não tinha razão quando disse à menina que encontramos na fonte Aqua Bella que o amor de pessoas modernas deve ser uma coisa muito simples, como tomar um copo d'água. Michel tinha toda razão quando me disse à noite, na rua Gueúla, que o homem que se casasse comigo deveria ser muito forte. Naquele mesmo momento eu percebi que apesar de estar fumando, postado sob um lampião de rua, como um garoto escorraçado da casa, ele não tinha o direito de me culpar pelas suas aflições porque em breve eu estaria morta e não era obrigada a me preocupar com ele. Michel apagou o cachimbo e começou a voltar em direção à casa. Deitei rapidamente na cama e me virei contra a parede. Minha mãe pediu a ele que abrisse uma lata de conserva. Michel respondeu que faria com todo o prazer. Uma ambulância passou numa rua distante, com a sirene ligada a todo volume.

Uma noite, depois de apagarmos silenciosamente a luz de cabeceira, Michel me sussurrou que ele às vezes tinha a impressão de que eu tinha deixado de amá-lo. Disse isso com toda a calma, como se enunciasse o nome de um mineral conhecido.
Eu disse:
"Estou triste. Só isso."
Michel se revelou compreensivo. Minha situação especial. Minha saúde abalada. Condições difíceis. Talvez naquela conversa ele tenha usado também as palavras psicopatologia e psicossomática. Durante todo o inverno o vento agitou as copas dos pinheiros em Jerusalém, e ao cessar não se notava nos pinheiros nenhum sinal. Você é um estranho, Michel. À noite você deita ao meu lado, mas você é um estranho.

14.

Nosso filho Yair nasceu em março de 1951. O nome Yossef, de meu querido pai, foi dado ao filho de meu irmão Emanuel. E meu filho ganhou o nome duplo de Yair-Zalman Gonen, em memória de Zalman Gantz, o avô de meu marido.

Yehezkiel Gonen subiu a Jerusalém no dia seguinte ao nascimento. Michel o levou para me visitar na maternidade do Hospital Shaarei Tzedek. Era um hospital frio, sombrio e deprimente, construído no século anterior. Em frente à minha cama, na parede, o reboco descascava e caía, aos pedaços. Eu ficava observando e via se formarem à minha frente desenhos bizarros na parede exposta — uma cordilheira de montanhas selvagens, ou mulheres negras, congeladas em contorções histéricas.

Também Yehezkiel Gonen era frio e deprimente. Ficou muito tempo sentado ao lado da minha cama, segurando sem parar a mão de Michel e contando-nos sobre as tolices que cometera. Como tinha vindo, pela manhã, de Holon a Jerusalém, e como na estação rodoviária tinha se enganado e ido parar em Meá Shearim, o bairro ultraortodoxo, em vez de vir para Mekor Baruch. Em Meá Shearim existem recantos, por entre as escadas retorcidas e os varais carregados de roupas, que o fizeram lembrar dos subúrbios pobres da cidade de Radom, na Polônia. Não podíamos nem imaginar, disse Yehezkiel, como eram grandes a dor e a saudade, quanto era grande o sofrimento. E, ao chegar a Meá Shearim, perguntava uma coisa e as crianças respondiam outra, e perguntava novamente e novamente o enganavam, e não podia nem acreditar que os filhos dos religiosos fossem capazes de maldades como essas, ou, vai ver, havia algum sortilégio nos becos de Jerusalém. Afinal, exausto, tinha conseguido encontrar a casa, e mesmo assim graças a uma feliz coincidência. Como se diz, tudo vai bem quando acaba bem. Mas não importa. O que importa é a vontade de me beijar na testa, assim, desejar felicidades em seu nome e em nome das quatro tias, nos dar um envelope fechado com cento e quarenta e sete libras — o que restou depois de raspar suas economias. Flores, esqueceu de me trazer, e pede encarecidamente que demos a seu neto o nome de Zalman.

Disse, abanou-se com o chapéu surrado, levando um pouco de vento ao seu rosto cansado, e deu um profundo suspiro de alívio, como se afinal tivesse descarregado dos ombros uma grande pedra. O porquê de Zalman, isso ele quer me explicar, não vai se alongar demais, mas em resumo: ele tem um sentimento. Será que ele não estava me cansando com essa conversa? Bem, então existe um sentimento. Zalman Gantz foi seu pai. O avô do nosso querido Michel. Zalman Gantz foi um judeu muito especial. Temos o dever de honrar seu nome e memória, como se costuma dizer. Isto é, ele foi um professor. Um excelente professor. Professor de ciências naturais no Seminário Hebraico para Professores de Grodno. Foi dele que o nosso Michel herdou o gênio científico. Muito bem. Portanto, vamos ao ponto. Ele, Yehezkiel, nos pede de todo o coração. Nunca nos pedira nada, até hoje. A propósito, qual é a hora que se permite espiar os bebês aqui? Sim. Bem, nunca havia nos pedido nenhum favor. Sempre deu, e deu tudo o que pôde dar. Mas agora ele pede a seus queridos filhos um grande favor, um favor imenso: que em consideração a ele deem ao neto o nome de seu pai, Zalman.

Yehezkiel se levantou e foi dar uma volta no corredor para que pudéssemos, Michel e eu, deliberar sobre o assunto. Ele era um velho delicado. Eu não sabia o que fazer — se rir ou se chorar. Zalman, que nome!

Michel, com toda a cautela, tem uma sugestão: que se registre na certidão de nascimento o nome duplo Yair-Zalman. Sugere, mas não exige. A última palavra deve ser a minha. E, até que o menino esteja crescido, Michel acha melhor não revelar a ninguém o seu segundo nome, para não amargurar a vida de nosso filho.

Você é inteligente, meu Michel, como você é inteligente.

Michel acariciou minha face. Perguntou o que mais deve comprar para casa. Depois se despediu de mim e foi ao corredor contar ao pai sobre a nossa solução de compromisso. Posso adivinhar os elogios rasgados que Michel fez a mim por ter concordado de pronto com uma coisa que outra mulher, se estivesse em meu lugar etc. etc.

Não participei da cerimônia da circuncisão. Surgiu uma pequena complicação e os médicos não me permitiram sair da cama. Pelo meio-dia chegou ao hospital tia Gênia, a dra. Gênia Gantz-Crispin. Passou como um furacão pela enfermaria das parturientes. Investiu sobre a sala dos médicos. Falava alemão e polonês em tom prepotente. Ameaçou me levar de ambulância especial ao hospital em Tel Aviv, onde é subdiretora do departamento pediátrico. Repreendeu duramente o médico que acompanha o meu caso. Acusou-o de negligência na presença de médicos e enfermeiras. Pouca vergonha. Como qualquer hospital asiático, Deus me livre.

Não sei o que tia Gênia censurava no meu médico, nem o que a tinha deixado tão furiosa. Da minha cama, só se aproximou por um instante. Chegou os lábios à minha face e senti o roçar de seu buço. Ordenou que não me preocupasse. Ela vai tratar de tudo. Não hesitará em armar um escândalo, que chegue às mais altas esferas, se for o caso. Na sua opinião o nosso Mika é um grande preguiçoso, igualzinho ao Yehezke'le. *Der zelbe chuchem*, o mesmo "esperto".

Ao dizer essas palavras agressivas, sua mão estava pousada sobre o cobertor branco. Observei sua mão, masculina, de dedos curtos. Os dedos da tia Gênia estavam crispados, como se ao tocar as cobertas ela a custo contivesse os soluços.

A juventude de tia Gênia tinha sido muito sofrida. Michel me contou parte da sua história. Primeiro, ela se casara com um ginecologista de nome Lipa Freud. Esse Freud abandonou tia Gênia em 1934 e fugiu para o Cairo atrás de uma atleta da Tchecoslováquia. Enforcou-se num quarto do Hotel Shepheard's, na época o mais luxuoso do Oriente. Durante a Segunda Guerra Mundial, tia Gênia casou-se com um ator de teatro chamado Albert Crispin. Esse marido teve um colapso nervoso, e, ao se recuperar, mergulhou em apatia total. Há dez anos estava internado em Naharia, e não fazia nada além de dormir, comer e olhar. Tia Gênia o sustentava.

Eu me pergunto a razão pela qual os sofrimentos das outras pessoas nos parecem enredos de opereta. Talvez por serem das outras pessoas. Meu falecido pai disse algumas vezes que até mesmo os mais fortes não têm a liberdade de desejar o que desejam. Ao sair tia Gênia disse:

"Olha, Hana, esse doutor ainda vai maldizer o dia em que me conheceu. Um perfeito verme. No mundo, para onde se olha, vê-se a estupidez e a crueldade. Fique bem, Hana."

Eu disse:

"Você também, tia Gênia, obrigada. Não poupou esforços, e fez tudo por mim."

A tia disse:

"Que esforço, que nada, pare de falar besteiras, Hana. As pessoas têm que ser gente, não animais. Fora os comprimidos de cálcio, não aceite nenhum remédio daqui. Diga a eles que são ordens minhas."

15.

À noite, na enfermaria de parturientes do Hospital Shaarei Tzedek, uma mulher oriental chorava, desesperada. A enfermeira-chefe e o médico de plantão tentavam acalmá-la. Suplicaram que contasse a eles o que a afligia, para que a pudessem ajudar. Mas a mulher continuou no seu choro ritmado e monótono, como se no mundo não houvesse palavras, e nem pessoas.

Como detetives às voltas com um enigmático caso criminal, os dois se puseram a interrogar a mulher. Alternavam palavras duras com palavras meigas. Ameaçavam, e em seguida garantiam que tudo acabaria bem.

Mas a mulher oriental não reagia. Tomada talvez por um orgulho obstinado. À luz mortiça da lâmpada de vigília, pude ver seu rosto. Não tinha a menor expressão de choro. Era liso, sem uma ruga. Só a voz era estridente, e as lágrimas rolavam lentas.

Pela meia-noite, mudaram de ideia. A enfermeira-chefe trouxe o bebê para a mulher que chorava, embora não fosse ainda a hora determinada pelo regulamento. A mulher tirou de debaixo do cobertor uma das mãos, que mais parecia a pata de um animalzinho. Tocou na cabeça da filha. No mesmo momento puxou a mão como se tivesse tocado em brasas. O bebê foi colocado em sua cama. O choro não cessou. Mesmo quando afastaram a criança, não houve qualquer mudança. Por fim, com raiva, a enfermeira--chefe agarrou-lhe o braço ossudo e aplicou uma injeção. A mulher oriental ergueu a cabeça lentamente, cheia de espanto, como se assombrada por aquelas pessoas esclarecidas estarem se ocupando dela com todo o empenho, como se não percebessem que o mundo estava perdido. O choro continuou noite adentro. Eu não via mais o quarto lamentável e a fatigada luz de vigília. Eu via um terremoto em Jerusalém.

Um velho descia a rua Tzefânia. Era pesado e sombrio. Carregava um grande saco no ombro. Esse homem parou na esquina da rua Amos. Gritou: con-ser-ta fogareiro, con-ser-ta fogareiro. Nas ruas não havia vivalma. Sem vento. Os passarinhos tinham sumido. Depois surgiram dos quintais os gatos de cauda em riste. Eram macios, roliços e esquivos. Trepavam pelo tronco das árvores plantadas à beira da calçada. Escalavam os galhos mais altos. De lá espreitavam, o pelo eriçado, e fungavam ameaçadores, como se um cão malvado estivesse passando pelo bairro de Keren Avraham. O velho depôs o saco no meio da rua. Não havia nenhum movimento nas ruas, pois o exército inglês havia imposto o toque de recolher. O homem coçou o pescoço, e seus gestos denotavam irritação. Segurava um prego enferrujado, e com ele arranhou o asfalto. Fez um risco pequeno. O risco se alastrou e ramificou rapidamente, como uma rede ferroviária num documentário, em que os fenômenos são mostrados em velocidade acelerada. Mordi minha mão para não soltar um grito de pavor. Ouvia-se um leve marulho de seixos rolados na descida da rua Tzefânia, na direção do bairro dos Bucharos. O toque das pedrinhas em minha pele não era doloroso. Como se fossem seixos de lã. Mas o ar estremeceu nervoso, como um gato que, prestes a saltar, treme e eriça o pelo. Lentamente a enorme pedra deslizou do monte Scopus, atravessou o bairro novo de Beit Israel, como se as casas fossem construídas com peças de dominó, e rolou morro acima, pela rua Yehezkiel Hanavi. Senti que uma pedra tão grande não tinha o direito de rolar morro acima, que era obrigada a ir para baixo — caso contrário, não seria justo. Tive medo de que o meu colar novo arrebentasse, eu pudesse perdê-lo, e vir a merecer um castigo por isso. Tentei fugir, mas o velho pôs o saco de atravessado na largura da rua e subiu em cima. Era impossível afastá-lo, pois o homem era muito pesado. Eu me espremi contra a grade, mesmo sabendo que sujaria o vestido de que mais gostava. Foi então que a imensa pedra rolou, vindo para cima de mim, mas ela também parecia ser feita de lã, macia, e não dura. Prédios se inclinavam em direção ao chão numa longa fileira, desmoronando em lenta vertigem, como heróis magníficos, esplendorosamente assassinados sobre o palco da ópera. O desabamento em série não me machucou. Fui envolvida pelos escombros como por um acolchoado macio, um monte de plumas. Era um abraço delicado e contido, não muito sincero. Dentre os escombros surgiam mulheres esfarrapadas. A sra. Tarnopoler estava entre elas. Elas se lamentavam numa melodia oriental, como as carpideiras que vi no enterro de meu pai, Yossef, no pátio vizinho à sala dos velórios do hospital Bikur Cholim. Multidões afluíam, eram meninos magros, ortodoxos, os cabelos encaracolados emoldurando o rosto, envoltos em longos casacos pretos, que passavam silenciosos, vindos de Áchva, Gueúla, San'hedria, Beit Israel, Meá Shearim, Tel Arza. Mergulhavam nas ruínas, espertos, remexiam e revolviam. Eram febris e alvoroçados. Era difícil observá-los sem estar entre eles. Eu estava entre eles. E um dos meninos, fantasiado de policial, pairava muito alto, em uma varanda que se desintegrava, presa apenas por uma parede isolada. Esse menino ria alegremente porque eu estava deitada na rua. Era um menino mal-educado. Estendida, doente, na rua, vi um carro blindado verde, do exército britânico, vir deslizando lentamente. Do alto-falante da torre do carro blindado vinha uma voz que falava em hebraico. Era uma voz pausada e grave, e, ouvindo-a, um calafrio agradável me percorreu até a sola dos pés. Anunciava o regulamento do toque de recolher. Quem for pego fora de casa será alvejado sem advertência. Médicos me rodeavam, porque eu estava doente, estendida na rua, e não conseguia me levantar. Os médicos falavam em polonês. Diziam: perigo de propagação de epidemias. O polonês era hebraico, mas um outro hebraico. Os boinas-vermelhas escoceses aguardavam os regimentos de reforço — os boinas cor-de-sangue, vindos nos dois destróieres ingleses: o *Dragon* e o *Tigris*. De repente o menino vestido de policial saltou da varanda suspensa no alto da parede solta, mergulhou no vazio de cabeça para baixo em direção à calçada, lentamente, como se o alto-comissário britânico para a Palestina, o general Cunningham, já tivesse suspendido todas as leis de gravidade que tivessem sido instauradas para a população judia do país. Caiu como a neve cai à noite sobre a calçada arruinada, caiu e eu nem pude gritar.

Antes das duas horas da madrugada, a enfermeira de plantão me acordou. Num carrinho que rangia ela trouxe meu filho, para eu dar a ele de mamar. O pesadelo ainda estava em mim e chorei com todas as forças. Chorei mais do que a mulher oriental que ainda soluçava. Em meio ao choro, pedi à enfermeira que me explicasse como o meu bebê estava vivo, como ainda estava vivo o meu bebê depois da tragédia.

16.

O tempo e a memória preservam especialmente as palavras banais. Favorecem-nas com sua compaixão. Estendem sobre elas uma penumbra piedosa.

Eu me apego à memória e às palavras como uma pessoa que se agarra a um parapeito, num lugar alto.

Por exemplo, as palavras de uma velha canção infantil que a memória guarda e não solta:

Meu palhacinho, você dançaria comigo?
Meu querido palhacinho, com todos você dança.

Gostaria de dizer que o segundo verso da canção, de certa maneira, responde à pergunta do primeiro verso. Mas essa resposta decepciona.

Dez dias após o parto os médicos me deram alta, mas me comprometi a ficar de cama e evitar qualquer esforço. Michel revelou paciência e boa vontade.

Quando fui levada do hospital para casa com o bebê em um táxi, eclodiu uma briga feia entre Malka, minha mãe, e tia Gênia. Esta tinha conseguido mais um dia de folga no trabalho e veio a Jerusalém para nos orientar, a mim e a Michel: ela queria que eu me comportasse racionalmente.

Tia Gênia mandou que Michel encostasse o berço na parede voltada para o sul, para que a persiana pudesse ser aberta sem que os raios de sol atingissem o bebê. Malka, minha mãe, ordenou a Michel que colocasse o berço ao lado da minha cama. Ela não discute com médicos sobre medicina — isso não. Mas além do corpo a gente também tem alma, disse minha mãe, e alma de mãe só quem pode entender é uma outra mãe. O bebê e a mãe devem estar próximos. Sentir um ao outro. Casa não é hospital. Não se trata de medicina, mas de sentimentos. Mamãe disse essas palavras em um hebraico muito estropiado. Tia Gênia nem olhou para ela. Voltou-se para Michel, dizendo que era possível entender os sentimentos da sra. Malka, mas que nós, bem, nós éramos pessoas racionais.

Então seguiu-se uma venenosa mas surpreendentemente polida discussão, pois as duas mulheres, cada uma por sua vez, cedia terreno uma à outra declarando que no fundo não havia motivo para desavenças. Mas cada uma se recusava a aceitar as concessões oferecidas pela outra.

Michel se manteve em pé, em seu terno cinza. O bebê adormecera em seu colo. Seus olhos imploravam às duas para que tirassem o menino de seus braços. Michel parecia uma pessoa a ponto de espirrar, mas que a custo conseguia se conter, com muita força de vontade. Sorri para ele.

As duas mulheres seguravam as mãos uma da outra, se empurravam discretamente e se chamavam de *pani* Grinbaum e *pani* Doktor. A discussão se dava agora em polonês afobado.

Michel balbuciava:

"Não é possível, não é possível."
Ele não ousava deixar claro a qual das propostas estava se referindo.

Por fim, como se tivesse sido iluminada de repente por alguma luz interior, tia Gênia propôs que os pais decidissem onde colocar o berço.

Michel disse:
"Hana?"

Eu estava cansada. Optei pela proposta da tia Gênia porque de manhã, ao chegar a Jerusalém, ela me havia comprado uma camisola de flanela azul. Não pude ofendê-la, vestida, como estava, com a linda camisola que havia me comprado.

Tia Gênia exultava de alegria. Tocou o ombro de Michel como quem cumprimenta o jóquei que venceu a corrida. Malka, minha mãe, disse docemente em iídiche:

"*Gut, gut, azoi vi Hana'le vil. Ió.* Sim, sim, que seja como Hana'le quer."

Mas à noite, pouco depois que tia Gênia se foi, minha mãe também decidiu se despedir e retornar no dia seguinte para Nof Harim. Ajudar aqui, ela não pode. Atrapalhar, não quer. E lá, com Emanuel, precisam muito dela. Tudo vai passar. Quando Hana'le era bebê, os tempos eram ainda mais difíceis. Tudo passa.

Depois que as duas mulheres nos deixaram, pude ver que meu marido tinha aprendido a aquecer o leite em uma mamadeira de vidro em banho-maria, a alimentar o filho e também a colocá-lo de tempos em tempos apoiado no ombro para arrotar.

A mim, o médico proibira que desse de mamar porque tinha surgido uma nova complicação. Também esta não era grave: dores passageiras e um tipo conhecido de desconforto.

Entre um cochilo e outro o bebê entreabria as pálpebras e revelava ilhas de um azul transparente. Parecia ser esse o seu matiz interior, como se através das frestas aparecessem apenas fragmentos do grande azul radiante que preenchia todo o corpo do bebê, sob a pele. Quando meu filho me olhava, eu lembrava que ele ainda não conseguia enxergar nada. Essa ideia me deu medo. Não estava certa de que uma vez mais a natureza realizaria com sucesso a esperada sequência de eventos. Não conhecia as leis que regem o corpo. Michel não soube me explicar muita coisa. De modo geral, ele dizia, a realidade é conduzida por leis constantes. Ele não é biólogo, mas como cientista não vê sentido em minhas perguntas irritantes sobre as leis da causalidade. A palavra causa sempre provoca confusões e mal-entendidos.

Eu gostava de ver meu marido desdobrar uma fralda branca sobre o paletó do terno cinza que vestia, lavar as mãos e erguer o filho num movimento cuidadoso.

Eu sorria, relaxada: "Você é aplicado, Michel".

"Você não precisa achar graça", respondeu Michel em tom contido.

Quando eu era pequena, Malka, minha mãe, recitava para mim inúmeras vezes a história bonita de David, o bom menino:

David era um bom menino, asseado e sempre limpo.

Da continuação, não me lembro. Se não estivesse doente daria um pulo à cidade e compraria um presente para o meu marido. Um cachimbo novo. Um conjunto colorido de toalete. Ficava sonhando.

Michel costumava se levantar às cinco da manhã, ferver água e lavar as fraldas do bebê. Mais tarde eu abria os olhos para ver meu marido à minha cabeceira, silencioso e prestativo. Ele me estendia uma xícara de leite quente com mel. Eu ainda quase dormia. Às vezes eu nem sequer estendia a mão para apanhar a xícara, por imaginar que Michel fazia parte do sonho e não da realidade.

Em algumas noites Michel nem chegava a tirar a roupa. Até o raiar do dia ele preparava suas lições na mesa de trabalho. Mascava entre os lábios o bocal do cachimbo apagado. Nunca me esqueci daquele som. É possível também que cochilasse sentado, por meia hora, ou uma hora. O braço dobrado sobre a mesa e a cabeça apoiada no braço.

Se o bebê chorava à noite, era meu marido, Michel, quem o tirava do berço, passeava com ele pelo quarto, num vaivém entre a janela e a porta, e repetia em seu ouvido a matéria que deveria decorar. Entre dormindo e não dormindo, eu ouvia as senhas secretas e misteriosas — devoniano, permiano, triásico, litosfera, siderosfera. Um dia sonhei que o professor de literatura hebraica elogiava o estilo sintético do escritor Mendele Moicher Sfoirim e, ao fazê-lo, o erudito professor pronunciou algumas dessas palavras misteriosas e me disse: "Senhora Grinbaum, poderia sucintamente nos esclarecer a respeito da ambiguidade intrínseca da situação?". E como sorriu para mim, no sonho, o velho professor. Era um sorriso meigo e gracioso, como uma carícia.

Michel dedicava as noites à redação de um longo trabalho acerca de uma antiga polêmica entre a teoria netuniana e a teoria plutoniana da formação da Terra. Essa polêmica antecedeu a teoria das nebulosas, de Kant e de Laplace. Eu achava fascinante o nome "teoria das nebulosas".

"Como é que realmente surgiu a Terra, Michel?", perguntei ao meu marido.

Michel me dirigiu um sorriso como se eu não tivesse pedido dele nenhuma resposta além do próprio sorriso. E na verdade eu não havia pedido qualquer resposta. Estava voltada para dentro de mim mesma. Estava doente.

Naqueles mesmos dias de verão de 1951, Michel me revelou que ele acalentava um sonho — ampliar seu trabalho e publicar dentro de alguns anos uma pequena pesquisa. Sua tese. E me perguntou se eu podia imaginar a alegria que isto daria a seu velho pai. Não encontrei qualquer palavra de estímulo para dizer a ele. Estava encolhida. Recolhida para dentro da minha própria alma, como se tivesse perdido um pequenino broche de pérolas no fundo do mar. Eu ficava horas perdida num crepúsculo esverdeado. Sentia dores. Estava deprimida, e era acossada dia e noite por pesadelos. Quase não percebi as olheiras profundas que apareceram sob os olhos de Michel. Andava morto de cansaço. Uma hora, duas, meu marido ficava na fila do posto de distribuição de alimentos para mães que amamentam, empunhando o carnê do racionamento. Nunca reclamou. Só tentava fazer graça, como sempre, dizendo que o reforço na alimentação deveria ser para ele, pois era ele quem amamentava o menino.

17.

O pequeno Yair começou a revelar um rosto parecido ao de Emanuel, meu irmão: uma face larga e muito saudável, um nariz definido e as têmporas proeminentes. Não fiquei muito animada com essa semelhança. Yair era um bebê faminto e robusto. Comia avidamente, e no sono dava grunhidos de satisfação. A pele era rosada. As íris de um azul transparente transformaram-se em olhinhos cinzentos e inquisitivos. Às vezes ele era acometido de incompreensíveis ataques de fúria e distribuía socos ao redor. Pensei comigo que se os punhos não fossem tão pequenos seria um perigo me aproximar. Nesses momentos chamava meu filho de Rato que Ruge, nome de uma conhecida comédia. Michel preferiu o apelido Filhote de Urso. Aos três meses de idade, nosso filho tinha mais cabelo do que a maioria dos bebês.

Às vezes, quando chorava em horas que Michel não estava em casa, eu me levantava descalça da cama e balançava o berço com toda a força, e numa alegria perversa o chamava de Zalman--Yair, Yair-Zalman, como se ele tivesse me ofendido. Mãe apática

— assim era eu nos primeiros meses de vida do meu filho. Lembrava da feia visita de tia Gênia no início da minha gravidez, e às vezes a memória enlouquecia como se eu tivesse querido me livrar do feto e a tia tivesse me obrigado a mantê-lo. Sentia também que em breve estaria morta, e portanto não ficaria devendo nada a nenhuma criatura do mundo, nem mesmo a este menino, saudável, rosado e mau. Yair era mau. Muitas vezes ele berrava no meu colo, e seu rosto ficava vermelho como o de um camponês bêbado e furioso de filme russo. Só quando Michel o tomava do meu colo e cantava para ele bem baixinho é que Yair se dignava acalmar-se. Eu engolia em seco como se um ser estranho tivesse me humilhado com sua ingratidão.

Eu lembro. Não esqueci. Quando Michel ia e vinha pelo quarto, entre a janela e a porta, com o filho no colo, sussurrando palavras comoventes, de repente eu via nos dois, em nós três, um travo que vou chamar aqui de melancolia porque não tenho outra palavra para descrevê-lo.

Eu estava doente. Mesmo quando o médico, o dr. Urbach, me disse que a complicação havia cedido, e que dali em diante eu poderia levar uma vida normal como qualquer mulher saudável, mesmo assim eu me sentia doente. Todavia, resolvi tirar a cama de Michel do quarto onde estava o berço. Resolvi que dali para a frente eu cuidaria do meu filho. Meu marido iria para o quarto de hóspedes e não seria mais incomodado em seu trabalho. De agora em diante, nos próximos meses, ele poderia recuperar o atraso nos estudos.

Às oito da noite, costumava dar de comer ao menino, pô-lo no berço para dormir, trancar a porta do quarto por dentro e me espalhar sozinha na grande cama de casal. Às vezes Michel batia, às nove e meia ou dez horas, uma leve batidinha na porta. Se eu abria, ele dizia:

"Eu vi um raio de luz por debaixo da porta e pensei que você ainda não estava dormindo, por isso bati."

E ao dizer isso, olhava-me com aqueles olhos cinzentos como se ele fosse o meu filho primogênito e perspicaz. E eu, distante e fria, respondia:

"Estou doente, Michel, você bem sabe que não estou bem."

Ele segurava o cachimbo apagado com tanta força que as juntas dos dedos avermelhavam:

"Eu só queria perguntar se... se não incomodar... se há qualquer coisa que eu possa fazer para ajudar ou... enfim, se posso ser útil de alguma maneira? Agora não? Então, você sabe Hana, estou no outro quarto e... se você precisar de mim... agora não estou fazendo nada de importante, só relendo pela terceira vez o livro de Goldschmidt e..."

Há muito tempo Michel Gonen me dissera que os gatos não se enganam com as pessoas. Um gato nunca seria amigo de alguém que não gostasse de gatos. E portanto...

Eu acordo de madrugada. Jerusalém fica distante. Mesmo quando se vive nela. Mesmo quando se nasce nela. Eu acordo e ouço o vento nas ruelas de Mekor Baruch. Há telheiros de zinco pelos quintais e nos velhos terraços. O vento os sacode. Também as roupas molhadas sussurram nos varais estendidos pela rua. Lixeiros já arrastam latões para a beira da calçada. Sempre há um que prageja em voz rouca. Em algum quintal um galo canta enfurecido. Vozes distantes se exaltam. Quanta agitação por todo lugar. Uivos de gatos enlouquecidos de desejo. Um tiro perdido no final da escuridão, ao norte. O resmungar de um motor ao longe. O gemido de uma mulher em algum outro apartamento. Os sinos repicam à distância, no leste, talvez nas igrejas da cidade velha. Um vento novo corta as copas das árvores. Jerusalém é a cidade dos pinheiros. Entre os pinheiros e o vento vigora uma tensa camaradagem. Velhos pinheiros em Talpiot, em Katamon, em Beit Hakerem; atrás do quartel Schneller, há bosques sombrios. Agora, na parte baixa da aldeia de Ein Kerem, brancos nevoeiros da madrugada são arautos do reino colorido do alvorecer. Na pequena aldeia de Ein Kerem os conventos são rodeados de altas muralhas. Mas até mesmo entre os muros os pinheiros murmuram, murmuram. Graves mensagens são transmitidas à luz cega da madrugada. São transmitidas como se eu não estivesse ouvindo. Como se eu não existisse. O roçar dos pneus. A bicicleta do leiteiro. Seus passos são macios no corredor. Abafa a tosse. O latido dos cachorros nos quintais. Há uma visão apavorante lá fora, que só os cachorros podem ver, mas eu, não. Uma persiana range. Eles sabem que estou acordada e tremo. Eles se comunicam como se eu não existisse. É de mim que falam.

Todas as manhãs, depois de fazer as compras e arrumar a casa, levo Yair para um pequeno passeio de carrinho. É verão em Jerusalém. O céu é de um azul tranquilo. Vamos ao mercado de Machané Yehudá para comprar barato uma frigideira nova ou um coador. Quando eu era pequena gostava de ver as costas nuas e bronzeadas dos carregadores no mercado de Machané Yehudá. O cheiro do suor de seus corpos me fazia bem. Também agora os odores que perpassam o mercado de Machané Yehudá despertam em mim uma espécie de calma interior. Às vezes eu me sento em um banco de jardim em frente à grade da escola religiosa para rapazes Tachemoni. Com o carrinho do bebê ao meu lado, observo os jovens que brincam de lutar no pátio, durante o recreio.

Muitas vezes nossos passeios nos levam até o bosque Schneller. Para essa excursão preparo uma mamadeira de chá com limão, biscoitos, tricô, o cobertor cinza e alguns brinquedos. No bosque Schneller nós costumamos ficar por uma hora, uma hora e quinze. O bosque é pequeno, plantado em uma encosta íngreme e atapetado de agulhas mortas de pinheiro. Desde pequena eu costumo chamar esse bosque de floresta.

Estendo o cobertor. Instalo Yair entre seus cubos. Sento-me em uma pedra fria em companhia de três ou quatro donas de casa. São mulheres agradáveis: sempre prontas a falar sobre sua vida e a vida de sua família, sem sugerir, nem insinuar, que em troca dos seus também eu lhes revele os meus segredos. Para que elas não pensem que sou afetada ou arrogante, comparo, juntamente com elas, as vantagens e desvantagens dos vários tipos de agulhas de tricô. Falo de blusas leves e bonitas à venda na Maayan Staub, ou na loja Schwartz. Uma dessas mulheres me ensinou a curar resfriados de bebê por inalação de vapores de água fervendo. Às vezes, tento diverti-las contando alguma piada política nova trazida por Michel sobre Dov Yossef, ministro do Racionamento, ou sobre a conversa entre um imigrante recém-chegado e Ben Gurion. Porém, ao voltar a cabeça posso ver a aldeia árabe Shaafat adormecida para além da fronteira, e banhada de luz azul. Seus telhados vistos de longe são vermelhos, e nas copas mais próximas os pássaros cantam uma canção matutina que para mim é incompreensível.

Tenho me cansado depressa. Volto para casa. Dou de comer ao meu filho e o deito no berço. Caio ofegante na cama. Apareceram formigas na cozinha. Talvez tenham percebido de repente o quanto estou fraca.

Em meados de maio concedi a Michel permissão de fumar o seu cachimbo em casa. Não no quarto onde dormimos, o bebê e eu. O que pode acontecer se Michel ficar doente, mesmo uma doença simples? Desde que completou catorze anos não adoeceu nem uma vez. Será que poderia obter ou tirar alguns dias de folga? Depois de terminar o mestrado, daqui a um ano e meio mais ou menos, vai poder entrar num ritmo mais razoável, e aí então será o momento de tirar umas belas férias familiares. Será que há algo que eu possa comprar para ele, para alegrá-lo, alguma roupa para lhe dar de presente? Mas acontece que ele ainda quer comprar os tomos da nova enciclopédia judaica, e para tanto ele volta a pé da universidade quatro vezes por semana. E assim já conseguiu economizar umas vinte e cinco libras.

No início de junho o menino já demonstrava reconhecer o pai. Michel se aproximou dele vindo da porta e o bebê riu de alegria. Então Michel experimentou a outra direção, da janela, e novamente Yair riu. Eu não gostava muito da expressão de Yair quando ele ficava esperneando de alegria. Disse a Michel que tinha medo de nosso filho não vir a ser muito inteligente. O espanto deixou Michel boquiaberto. Tentou dizer alguma coisa, hesitou e desistiu da empreitada. Calou-se. Escreveu depois um cartão-postal para o pai e as tias anunciando que o filho já o reconhece. Meu marido está convicto de que ele e o filho estão predestinados a se tornar grandes amigos. Eu disse:

"Você foi muito mimado quando criança."

18.

Em julho terminou o ano letivo. Michel ganhou uma bolsa de estudos como reconhecimento e estímulo à sua aplicação. Em conversa particular, o professor lhe fez muitos elogios: jovem diligente e metódico, não vai se perder, chegará a professor assistente. Meu marido convidou alguns colegas para virem uma noite comemorar seu sucesso. Ele tinha preparado uma festinha em segredo.

Raramente recebíamos visitas. De três em três meses uma das tias vinha nos visitar, por meio dia. Sara Zeldin, a velha professora do jardim de infância aparecia por dez minutos, à noitinha, para dar alguns conselhos sobre o menino. O marido de Liora, a amiga de Michel no kibutz Tirat Yaar, nos trouxe uma caixa de maçãs. E uma única vez, à meia-noite, meu irmão Emanuel irrompeu porta adentro:

"Livrem-me logo desta galinha suja. Rápido. Vocês estão vivos? Olhem, trouxe uma penosa para vocês. Vivinha. Tudo bem, tchau para todos. A piada dos três pilotos vocês já conhecem?

Shalom, beijos para o bebê. Nossa caminhonete está aí fora, e logo vão começar a buzinar."

Aos sábados, às vezes vem Hadassa, minha melhor amiga, com ou sem o marido. Conversa bastante comigo, e tenta me convencer a voltar para a universidade. Também o velho sr. Kadishman, o amigo da tia Lea em Jerusalém. Vem de vez em quando dar uma espiada em nossa casa e jogar xadrez com Michel.

Na noite da festa-surpresa vieram oito estudantes. Entre eles uma moça loura que me pareceu lindíssima à primeira vista, e vulgar à segunda. Parece que foi ela quem executou a dança espanhola selvagem no nosso casamento. Ficou me chamando de Benzinho e a Michel, de Gênio.

Michel encheu as taças e distribuiu bolo. Depois resolveu subir na mesa e arremedar os professores. Os colegas riram um pouco, por pura educação. Só Yardena, a loura, estava esfuziante. Gritava:

"Mika, Mika, você é o maior."

Eu estava envergonhada por meu marido não ser nada divertido. Sua alegria era extremamente forçada e artificial. Mesmo quando contou algo engraçado, não consegui rir, pois ele contou como um professor que estivesse dando aula.

Duas horas depois, as visitas foram embora.

Meu marido juntou a louça usada e levou para a cozinha. Depois esvaziou os cinzeiros. Varreu a sala. Pôs o avental e voltou à pia. Ao passar pelo corredor me lançou um olhar de aluno arrependido pelas travessuras. Disse que eu fosse deitar, e prometeu não fazer barulho. Achava que a agitação me deixara muito cansada. Tinha sido um erro. Agora estava bem claro que fora um erro. Não devia ter convidado esses estranhos, disse Michel, pois meus nervos ainda não estão aguentando, e eu me canso rápido. Ele se perguntou como não tinha pensado nisso antes, e por falar nisso, aquela moça, a Yardena, lhe parecera bastante vulgar e assanhada. Será que eu poderia desculpá-lo pelo que tinha havido esta noite?

Ao ouvi-lo pedir desculpas pela festinha, me lembrei de como me sentira perdida na noite em que voltamos de nossa primeira visita a Tirat Yaar, e de como ficamos parados entre dois renques sombrios de ciprestes, açoitados por rajadas geladas de chuva, e de como Michel desabotoou de repente o casacão áspero e me recolheu para dentro.

Agora ele estava inclinado sobre a pia, a linha da nuca parecia quebrada, os movimentos muito cansados. Lavava a louça com água quente, depois enxaguava com água fria. Eu me aproximei, descalça e silenciosa, às suas costas. Beijei sua nuca raspada e também abracei seus ombros e tomei entre as minhas sua mão peluda e contida. Gostei de fazê-lo sentir os meus seios em suas costas, pois desde o início da gravidez estávamos, eu e meu marido, cada um para o seu lado. A mão de Michel estava molhada por ter lavado a louça. Em um dedo havia um curativo sujo. É possível que tenha arranhado, ou cortado, e não tenha querido me contar. O curativo também estava molhado. Virou-se para mim, o rosto magro e comprido, mais abatido do que no dia em que nos encontramos pela primeira vez no Terra Sancta. Notei que seu corpo estava muito magro. As têmporas estavam salientes. Uma ruguinha apontava embaixo do nariz, à direita. Afaguei-lhe a face. Ele se manteve imperturbável, como se durante todo o tempo estivesse esperando por isso. Como se adivinhasse que nesta noite, justamente nesta noite, viria a mudança.

Era uma vez uma menininha chamada Hana, e ela ganhou um vestido novo, branco como a neve, para o shabat. E lindos sapatos de camurça legítima. E um lenço de seda pura adornava os seus cachinhos, pois Hana'le tinha adoráveis cachinhos dourados.

Hana saiu à rua e viu um velho carvoeiro dobrar-se ao peso de seu saco negro. E o shabat se aproximava. Ela correu para ajudar o homem a erguer o saco de carvão, pois a pequena Hana'le tinha bom coração. E o vestido ficou todo sujo, e os sapatos também ficaram manchados. Hana desatou a soluçar, pois ela sempre tinha sido uma boa menina, limpinha e arrumada. Seu pranto chegou até a boa lua, que, das alturas, enviou raios de luz para tocá-la e transformar cada mancha em flor de luz, e cada nódoa em estrela de ouro. Pois não há dor no mundo que não possa ser transformada em grande alegria.

Pus o bebê para dormir e fui ao quarto do meu marido vestida com uma camisola comprida e transparente. Ela chegava até os meus tornozelos. Michel marcou a página do livro, fechou-o, apagou o cachimbo e também desligou a luminária de mesa. Depois levantou-se e me abraçou pela cintura. Não disse nada.

Quando Michel já estava lasso e saciado, disse a ele as palavras mais ternas que pude encontrar no coração: diga-me uma coisa, Michel, por que você disse uma vez que gosta da palavra tornozelo? Eu gosto de você por gostar da palavra tornozelo. Talvez não seja tarde para dizer que você é um homem gentil e sensível. Você é raro, Michel. Você vai escrever sua pesquisa e eu vou passá-la a limpo com uma linda caligrafia. Você vai fazer uma bela pesquisa, Michel, e Yair e eu ficaremos muito orgulhosos de você. Você também fará seu pai feliz. Novos dias virão. Nós vamos estar mais abertos um para o outro. Eu te amo. Na cantina do Terra Sancta eu já te amava. Talvez não seja tarde também para dizer o quanto adoro seus dedos. Não sei quais as palavras certas para dizer que eu quero muito ser sua mulher. Muito.

Michel estava dormindo. Poderia censurá-lo por isso? Eu tinha lhe falado no tom mais doce possível, mas ele estava esgotado. Noite após noite ele permanecia em sua mesa, trabalhando até as duas ou três da madrugada, debruçado sobre seus livros, mascando o cachimbo apagado. Por mim aceitou corrigir trabalhos de estudantes do primeiro ano e traduzir tabelas técnicas do inglês para o hebraico. Com o dinheiro que tinha ganhado, comprou um aquecedor elétrico para mim e, para Yair, um carrinho do tipo mais caro — com molas e toldo colorido. Ele estava tão cansado. Minha voz era tão doce. Ele caiu no sono.

Sussurrei ao meu marido distante a coisa mais terna que existia em mim. Falei-lhe dos gêmeos, sussurrando. E da menininha retraída, que era a rainha dos gêmeos. Não ocultei nada. Até a madrugada brinquei no escuro com os dedos de sua mão esquerda; ele tinha enfiado a cabeça sob o cobertor e não tinha percebido nada. Voltei a dormir ao lado do meu marido à noite.

No dia seguinte, Michel estava como sempre, calado e prestativo. Uma ruguinha surgiu sob o seu nariz, à direita. Bem pequena. Ainda não dá para notar, à primeira vista. Mas, se aparecerem mais delas a marcar a sua face, o meu Michel se parecerá mais e mais com o pai.

19.

Estou em paz. Nada poderá me atingir. Este é o meu lugar. Estou aqui. Assim. E os dias são iguais. Eu sou igual a mim mesma. Mesmo com o vestido de verão que comprei, de cintura muito alta, ainda assim pareço comigo mesma. Fizeram-me com todo o cuidado, embrulharam-me num bonito pacote, com uma fita vermelha, e o puseram na prateleira, compraram e abriram, usaram e o deixaram de lado. Os dias são iguais e iguais. Especialmente quando é pleno verão em Jerusalém.

Acabei de escrever uma mentira, por pura preguiça. No fim do mês de julho de 1953, por exemplo, houve um dia muito azul, povoado de vozes e visões: pela manhã, o belo verdureiro, nosso verdureiro persa, o sr. Eliahu Moshía, e sua filha, Levana, com suas grossas tranças. O sr. Gutman, da loja de eletrodomésticos na rua David Yelin, havia me prometido consertar o ferro elétrico em dois dias e garantiu que ia cumprir a palavra. Também me ofereceu, para comprar, uma lâmpada amarela para espantar os mosquitos da varanda, à noite. Yair já tem dois anos e pouco. Ele caiu na escada e ralou os pequenos punhos. Gotas de sangue brotaram nos joelhos. Fiz os curativos sem olhar para o rosto do menino. Na noite anterior vimos um filme italiano moderno, *Ladrão de bicicletas*, no cinema Edson. Na hora do almoço Michel disse que tinha gostado, com reservas. Ele comprara na cidade um jornal vespertino com manchetes sobre a Coreia do Sul e sobre bandos que se infiltram no deserto do Neguev. Em nossa ruazinha eclodiu uma briga entre duas mulheres ortodoxas. Sirene de ambulância vinda da rua Rashi e da rua Haturim. Uma vizinha se queixou amargamente do preço do peixe, e da qualidade. Michel começou a usar óculos, pois tem vista cansada. Só para leitura. Comprei sorvete para o Yair e também para mim no Café Allenby, na rua King George. Sujei a manga da minha blusa verde.

Nossos vizinhos, os Kamnitzer, têm um filho chamado Yoram, um garoto sonhador, de cabelos claros, de catorze anos mais ou menos. Yoram é um poeta. Sua poesia fala da solidão. Trouxe as folhas com os poemas para ler para mim, pois tinha ouvido dizer que eu estudara literatura quando jovem. Avalio seus poemas. Sua voz treme, seus lábios também, e em seus olhos reluz uma centelha esverdeada. Ele me trouxe um novo poema dedicado à poetisa Raquel, no qual a vida sem amor é comparada a um deserto. Um caminhante solitário procura uma fonte no deserto, mas ele é enganado por miragens. Por fim, desaba e cai morto aos pés da fonte verdadeira.

Eu rio:

"Um rapaz religioso, do movimento Bnei Akiva, escrevendo poemas de amor?"

Por um breve momento Yoram também quase sorriu. E já se agarra ao espaldar da cadeira, e os dedos empalidecem como os de uma menina. Ele riu comigo. Mas subitamente seus olhos marejaram. Cerrou o punho e amassou a folha onde estava escrito o poema. Virou-se de repente e correu para fora da minha casa. Parou na porta. Sussurrou:

"Desculpe, senhora Gonen. Shalom."

Logo vêm os remorsos.

No fim da tarde recebemos a visita do sr. Avraham Kadishman, o velho amigo de tia Lea. Tomou café conosco e falou mal do governo de esquerda. Será que os dias se parecem? Os dias passam sem deixar nenhum vestígio. Assumi para mim mesma o solene compromisso de registrar nesse caderno a passagem de cada dia, de cada hora, pois os meus dias são meus, eu estou parada, e os dias correm para trás como as montanhas vistas da janela do trem no caminho para Jerusalém, perto da aldeia árabe de Bethir. Vou morrer Michel vai morrer o verdureiro persa Eliahu Moshía vai morrer Levana vai morrer Yoram vai morrer Kadishman vai morrer todos os vizinhos todos os habitantes morrerão toda Jerusalém morrerá e então haverá um trem estrangeiro cheio de pessoas estrangeiras e eles, como nós, também se postarão nas janelas para ver as montanhas estrangeiras galoparem para trás. Não consigo nem esmagar uma barata no chão da cozinha sem pensar em mim.

Também penso em coisas muito delicadas bem no fundo, no interior do meu corpo. Coisas muito delicadas que são minhas e só minhas. Como o coração, os nervos e o útero. São minhas, são eu, muito eu, e nunca as poderei ver com meus olhos e nem as tocar com o dedo porque tudo, tudo no mundo é distância.

Se eu pudesse assumir o comando da locomotiva, ser a princesa do trem e dominar dois gêmeos flexíveis como se fossem minhas extensões, mão esquerda e mão direita.

Ou se ao menos pudesse acontecer no dia 17 de agosto de 1953, às seis da manhã, no portão de nossa casa, de o motorista de táxi vindo de Buchara chamado Rahamim Rahamimov, robusto e sorridente vir bater à nossa porta e perguntar gentilmente se a sra. Yvonne Azulay já está pronta para viajar. Estaria maravilhosamente pronta para ser levada até o aeroporto e de lá embarcar num avião Olimpic rumo às brancas estepes russas. À noite, num trenó, envolvida em um casaco de pele de urso, a nuca do cocheiro se desenharia sólida contra a imensidão da planície gelada, os olhos de lobos magros brilhariam como carvões em brasa. Os raios do luar incidiriam sobre a árvore solitária. O cocheiro pararia e voltaria seu rosto na minha direção para que eu o pudesse ver. Seu semblante pareceria talhado em madeira à luz branca da lua. E cristais de gelo penderiam das pontas do bigode.

E também o submarino *Nautilus* existiu, e ainda vive. Navega silencioso, enorme e iluminado pelas profundezas cinzentas do oceano atravessado por correntes quentes, que se entrecruzam em direção ao fundo pelo emaranhado de cavernas submarinas entre os recifes dos corais do arquipélago. Deslizando mais e mais rumo ao fundo, num impulso obstinado, ele sabe para onde está indo e por quê, e não se detém, como uma pedra ou uma mulher cansada.

O destróier britânico *Dragon* cruza num vaivém incessante a baía de Terra Nova, sob a aurora boreal. Alertas, constantemente em vigília, seus marinheiros não adormecem com medo de Moby Dick, a nobre baleia branca. Em setembro o *Dragon* zarpará da Terra Nova rumo à Nova Caledônia para descarregar mantimentos destinados à guarnição aquartelada. Não se esqueça, *Dragon*, do porto de Haifa, da Palestina e de Hana, que está tão longe.

Durante todos aqueles anos Michel não havia perdido a esperança de trocar nosso apartamento no bairro de Mekor Baruch por algum outro, em Rehávia ou Beit Hakerem. Ele não gosta de morar aqui. Suas tias também estranham que Michel esteja vivendo em um bairro ortodoxo, e não entre gente mais culta. Um cientista precisa de silêncio, pensam as tias, e aqui os vizinhos são bastante barulhentos. Sou a única culpada por não termos conseguido até hoje economizar nem mesmo a entrada para a compra de um novo apartamento, mas o sensato Michel não vai dizer isso às tias. Todo ano, ao chegar o outono, sou acometida pela febre das compras: aparelhos elétricos, cortina cinza-claro cobrindo toda a parede, muita roupa nova. Quando eu era solteira, não comprava tanta roupa. Aluna da universidade, costumava usar durante todo o inverno um vestido de lã azul tricotado por minha mãe, ou calça de veludo marrom e um grosso suéter vermelho, daqueles que as estudantes mais gostavam, pelo ar de confortável desleixo. E agora eu já enjoo dos vestidos novos depois de umas poucas semanas. A obsessão das compras irrompe em mim a cada outono. Febril e incansável, vou de loja em loja, como se o verdadeiro objeto do meu desejo esperasse por mim, mas sempre mais adiante, em algum outro lugar.

Michel fica pasmo. Por que nunca mais usei o vestido de cintura alta. Fiquei tão feliz ao comprá-lo, não faz nem seis semanas. Contém o espanto. Meneia a cabeça de cima para baixo, em silêncio, como se quisesse manifestar sua compreensão, o que faz meu sangue ferver. Talvez por isso eu vá à cidade com a única intenção de chocá-lo com a minha dissipação. Eu gostava da sua fleuma. Mas gostaria muito de vê-lo explodir.

E os sonhos.

Coisas difíceis me assaltam, todas as noites. De madrugada os gêmeos exercitam-se com granadas entre os penhascos do deserto de Judá, a sudeste da cidade de Jericó. Não usam palavras. Seus corpos são muito parecidos. Metralhadora a tiracolo, roupas tipo comando já gastas, manchadas de graxa para armas. Uma veia azul incha e salta na testa de Halil. Aziz se protege, as costas tensas. Halil baixa a cabeça. Aziz dá um impulso em movimento circular. O clarão da espoleta. As montanhas ecoam e ecoam. Lá no fundo o mar Morto brilha prateado, um lago de óleo escaldante.

20.

Velhos vendedores ambulantes percorrem as ruas de Jerusalém. Não se parecem com o pobre carvoeiro do conto sobre o vestido da pequena Hana. Seus rostos não são iluminados por uma luz interior. Um ódio surdo os rodeia. Velhos mascates. Artesãos esquisitos vagueiam pela cidade. Estranhos. Conheço-os há muitos anos, suas caras, suas vozes. Quando tinha cinco anos, seis, tremia de medo deles. Escreverei sobre eles, quem sabe não me assustarão mais à noite. Tento desvendar seus trajetos, suas órbitas, para adivinhar em qual dia cada um deles aparecerá para gritar nas ruelas de nosso bairro. Pois eles também são sujeitos a alguma rotina, a algum padrão. "Vidra-ceeeiro, vidra-ceeeiro", a voz é rouca e vazia, ele não traz nem ferramentas nem placas de vidro, como se estivesse resignado a não terem seus gritos qualquer utilidade prática. "Alte Saaachen, Alte Schiiich", coisas velhas, sapatos velhos, um grande saco nas costas, como um ladrão de ilustrações de histórias infantis. "Con-seeerta fogãããão", um homem pesado, a cabeça enorme e ossuda como a de Vulcano, o ferreiro arquetípico. "Col-chões, col-chões." Vindo de sua garganta, os colchões soam algo imorais. O amolador de facas traz consigo uma roda de madeira acionada por um pedal. Não lhe resta na boca nenhum dente, as orelhas são esticadas e peludas. Morcego. Velhos artesãos e misteriosos mascates, por anos a fio eles vagueiam pelas ruelas de Jerusalém sem que o tempo os toque. Como se Jerusalém fosse um castelo nórdico mal-assombrado, e eles, os fantasmas à espreita.

Nasci em Kiriat Shmuel, no limite do bairro de Katamon, durante a festa de Sucot, a Festa dos Tabernáculos, em 1930. Às vezes me vejo imaginando que um deserto desolado separa a casa dos meus pais da casa de meu marido. Nunca passo na rua em que nasci. Num desses sábados, de manhã, passeamos Michel, Yair e eu até o final do bairro de Talbie. Eu me recusei a seguir adiante. Como se fosse menina mimada bati o pé: não e não. Meu marido e meu filho riram de mim, mas acabaram desistindo.

Em Meá Shearim, em Beit Israel, em San'hedria, em Kerem Avraham, em Áchva, em Zicron Moshé, em Nahalat Shivá moram judeus ortodoxos, asquenazes, com seus chapelões feitos de pele, e sefarditas, com suas capas listradas.

Mulheres velhas sentam-se imóveis e caladas em banquinhos baixos, como se não fosse uma pequena cidade, mas um país imenso o que se descortina à sua frente, e sua missão fosse aguçar seus olhos de águia e perscrutar noite e dia os horizontes distantes.

Jerusalém não tem fim. Talpiot, um continente remoto ao sul, escondido entre as copas de seus pinheiros em eternos sussurros. Um vapor azulado sobe do deserto de Judá, a fronteira oriental de Talpiot. O vapor toca também as pequenas casas e seus jardins bem sombreados. Beit Hakerem, a aldeia solitária, perdida nas vastidões varridas pelo vento. Descampados sulcados de rochas esparsas a rodeiam. Bait Vagan é um castelo isolado na montanha. Lá o som do violino é ouvido para além das venezianas cerradas, durante todo o dia. E à noite gritam os chacais, ao sul. O silêncio envolve Merhávia, na rua Saadia Gaon, após o crepúsculo. Pela janela iluminada vê-se o escritor de cabelos prateados sentado à escrivaninha. Os dedos batem nas teclas da máquina de escrever com caracteres estrangeiros. Como se o bairro de Shaarei Chessed não começasse logo ali no alto, bem na continuação dessa rua, e lá mulheres descalças não perambulassem à noite entre as roupas coloridas estendidas nos varais agitados pelo vento nem gatos espertos vagassem de quintal em quintal. Será possível que o homem que escreve na máquina estrangeira não perceba? Como se bem aos pés de sua varanda ocidental não se encontrasse o Vale da Crucifixão, o bosque antigo que ganha a encosta chegando até as últimas casas de Merhávia, como se quisesse sufocá-las com sua vegetação densa. Pequenas fogueiras reluzem no vale, e o som abafado de longas canções sobe do bosque para alcançar os vidros da janela. À noite chegam garotos de dentes muito brancos dos confins da cidade em direção ao bairro de Rehávia, para quebrar os lampiões de suas alamedas com pedras pequenas e afiadas. As ruas ainda estão silenciosas — Radak, Rambam, Elharizi, Abravanel, Ibn Ezra, Ibn Gvirol, Saadia Gaon. Mas também o convés do destróier britânico *Dragon* estará silencioso quando em seu bojo rebentar o surdo motim. Das ruas de Jerusalém se pode vislumbrar à tardinha as montanhas já imersas em sombra, como se aguardando a noite para se precipitar sobre a cidade.

Em Tel Arza, ao norte de Jerusalém, vive uma velha pianista. Seus exercícios são incessantes e infatigáveis. Prepara um novo recital com obras de Schubert e Chopin. Nebi Samuel, a torre solitária, se ergue sobre o cume de uma montanha, ao norte. Impassível, do outro lado da fronteira ela observa, dia e noite, a velha pianista sentada ereta e inocente ao piano, as costas voltadas para a janela aberta. À noite a torre arremeda. Alta e esbelta ela zomba, como se sussurrasse para si mesma: Chopin e Schubert.

* * *

Num dia do mês de agosto saímos, Michel e eu, para um grande passeio. Yair ficou na casa de minha melhor amiga, Hadassa, na rua Betzalel. Era verão em Jerusalém. As ruas estavam banhadas por uma luz diferente. Falo desse momento em que o sol se põe, entre cinco e meia e seis da tarde, hora da derradeira luz do dia. A carícia de um friozinho. Na rua Pri Chadash há um quintal calçado de lajes de pedra, separado da rua por uma grade arruinada. Uma velha árvore abriu seu caminho por entre as pedras. Não sei como se chama. Passei por aqui no inverno, sozinha, e pensei, por engano, que se tratava de uma árvore morta. Agora vejo brotos novos irromperem com violência por seu tronco, rasgando o ar como unhas afiadas.

Da rua Pri Chadash viramos à esquerda, para a rua Yossef ben Matatiahu. Um homem grande e moreno, de casaco, com uma boina cinza, fitou-me através da vitrine iluminada de uma peixaria. Será que eu estou maluca ou é meu próprio marido, de casaco e boina cinza, quem me lança olhares furiosos através da vitrine iluminada da peixaria?

Tudo o que têm em casa, as mulheres expõem nas varandas: roupa de baixo cor-de-rosa, almofadas, colchas, cobertas. Em uma das sacadas, na rua Hashmonaim, vemos uma jovem magricela. Mangas arregaçadas e a cabeça coberta por um lenço, espancava um almofadão com um batedor de vime, sem tomar conhecimento de nossa presença. Em um dos muros havia uma inscrição em vermelho já esmaecido, dos tempos da clandestinidade: "Pelo sangue e pelo fogo caiu a Judeia, pelo sangue e pelo fogo a Judeia se erguerá". A ideia era estranha para mim, mas a música das palavras me fez bem.

Naquela noite Michel e eu demos um longo passeio. Passamos pelo bairro dos Bucharos, descemos a rua Shmuel Hanaví, até o Portão de Mandelbaum, e de lá cortamos o caminho pelo atalho que fica entre as casas húngaras e o bairro abissínio, e por Musrara, até a extremidade da rua Yafo, no Largo Notre-Dame. Cidade que arde. Quarteirões inteiros pendurados no nada. Mas também se revela uma inigualável sensação de solidez: a energia contida no contorcido serpentear das ruelas sinuosas. Um labirinto de construções provisórias, casinholas de madeira, depósitos cobertos e descobertos em velhos pátios, telhados amparados por construções de pedra cinzenta, cuja cor se aproxima às vezes do azulado e, outras vezes, do avermelhado. Calhas de lata enferrujada. Restos de paredes sem casas. O combate encarniçado e silencioso entre a pedra e a vegetação obstinada. Terrenos de lixo e espinhos. E sobretudo os alucinados jogos de luz: se por um instante uma nuvenzinha passa entre o crepúsculo e a cidade, Jerusalém já é outra.

E as muralhas.

Em cada bairro, mesmo nos mais distantes, existe um centro oculto rodeado por uma alta muralha. São fortalezas ameaçadoras, inacessíveis a quem passa. Quem poderá sentir Jerusalém como seu lar, pergunto, ainda que viva aqui cem anos. Cidade de pátios cercados, sua alma encerrada por detrás de muros sombrios, coroados por afiados cacos de vidro. Jerusalém não existe. Migalhas foram atiradas só para enganar pessoas inocentes. Cascas encobrem mais cascas, e o miolo é proibido. Escrevo: nasci em Jerusalém. Jerusalém é minha cidade, isso não posso escrever. Pois ainda não sei o que me espreita do fundo do Largo dos Russos, por detrás da muralha de Schneller, nos recônditos dos mosteiros de Ein Kerem, no enclave do palácio do alto-comissário na colina do Mau Conselho. É essa uma cidade recolhida em sua própria alma.

Na rua Melissanda, depois de acesos os lampiões de rua, um judeu corpulento e bem-apessoado abordou Michel, segurou-o pela gola do paletó como quem encontra um velho camarada, e assim falou ao meu marido:

"Maldito sejas, inimigo de Israel. Que morras."

Michel ficou pasmo e empalideceu, por não ter nenhuma prática com os malucos de Jerusalém. O estranho então sorriu docemente e acrescentou, impassível:

"Que assim pereçam todos os inimigos do Senhor, amém e amém."

É possível que Michel tencionasse explicar ao estranho que tinha havido um engano, que o confundira com algum arqui-inimigo. Mas o homem mirou os sapatos de Michel acrescentando jovialmente:

"Pfu, pfu, cuspo em você e em toda a sua família para todo o sempre, amém e amém."

Aldeias e subúrbios cercam Jerusalém como um anel implacável. Como gente curiosa em volta de uma mulher atropelada, estendida no asfalto: Nebi Samuel, Shaafat, Sheich Djerach, Issávia, Augusta Victoria, Wadi Djus, Silwan, Tzur Bahar, Beit Tzafafa. Se um dia comprimissem os dedos, esmagariam a cidade.

Dá para acreditar? Nessa cidade até mesmo os mais frágeis professores saem às noites para dar uma volta, respirar. Tateiam com as bengalas as pedras da calçada, qual nômades cegos na vastidão da estepe nevada. Encontramos dois deles, Michel e eu, na travessa Luntz, atrás do edifício Sansur. Caminhavam de braços dados, como que encorajando um ao outro na travessia de território inimigo. Dei meu melhor sorriso e os cumprimentei em voz alta e musical. Ambos levaram rapidamente a mão à cabeça. Um deles sacudiu o chapéu com toda a energia, cumprimentando-nos, mas o outro não estava de chapéu. Mesmo assim o professor ensaiou um movimento simbólico e distraído.

21.

No outono Michel foi nomeado professor assistente no departamento de geologia. Dessa vez não convidou os colegas para uma festa, mas celebrou o acontecimento tirando dois dias de folga. Viajamos com nosso filho para Tel Aviv e nos hospedamos na casa de tia Lea. A cidade plana e luminosa, as cores dos ônibus, a vista do mar, o sabor da maresia, as árvores plantadas ao longo das calçadas, as copas bem podadas, tudo isso despertou em mim uma saudade pungente, não sabia de onde e não sabia por quê. Descansamos e havia uma vaga expectativa. Fomos ao Jardim Zoológico. Encontramos três amigos de Michel, dos tempos de escola. Assistimos a duas peças no teatro Habima. Remamos num barco alugado pelo rio Yarkon, subindo em direção aos Sete Moinhos. As sombras dos grandes eucaliptos mergulhavam trêmulas na água. Esse foi um momento muito sereno.

Naquele mesmo outono voltei a trabalhar cinco horas por dia no jardim de infância da velha Sara Zeldin. Começamos a devolver o dinheiro que nos haviam emprestado após o casamento. Inclusive devolvemos parte do dinheiro emprestado pelas tias de Michel. Mas para comprar um novo apartamento não pudemos nem começar a juntar, porque na véspera da festa de Pessach eu saí por minha própria conta e comprei na loja Zuzubsky um sofá moderno e um conjunto de três poltronas. Fechamos o terraço com tijolos depois que Michel obteve o necessário alvará da prefeitura. O terraço passou a se chamar escritório. Michel transferiu para lá sua escrivaninha e também as estantes com livros. Os volumes da nova enciclopédia judaica, eu dei de presente a Michel no quarto aniversário de casamento. Michel me comprou um aparelho de rádio, produzido em Israel.

À noites Michel demora a voltar. Uma porta de vidro separa o novo escritório do meu quarto de dormir. Através do vidro, sua lâmpada de mesa projeta grandes sombras na parede defronte à minha cama. À noite, a sombra de Michel se mistura aos sonhos. Quando abre uma gaveta, mexe num livro, coloca os óculos, acende o cachimbo, grandes sombras negras são projetadas na parede à minha frente. As sombras se mexem em total silêncio. Às vezes, têm formas. Cerro os olhos com toda a força, mas as sombras não desistem. Volto a abrir os olhos e o quarto inteiro como que despenca sobre mim com todos os movimentos do meu marido, à noite, em sua mesa de trabalho.

Pena que Michel é geólogo e não arquiteto. Pois nesse caso se debruçaria sobre projetos de edifícios, estradas, fortalezas blindadas, um porto militar onde o destróier *Dragon* pudesse ancorar...

As mãos de Michel são firmes e delicadas. Os diagramas saem tão limpos de seus dedos. Ele desenha um mapa geológico sobre uma folha finíssima de papel transparente, e enquanto trabalha aperta os lábios. Na minha imaginação ele parece um comandante, ou um estadista que a sangue-frio toma decisões vitais. Se

Michel fosse arquiteto talvez eu conseguisse conviver com as sombras projetadas na parede, à noite. É estranho e assustador pensar que Michel estuda camadas sombrias no âmago da terra. Como se profanasse e atiçasse durante a noite um mundo que não esquece nem perdoa.

Por fim me levanto e preparo um chá de hortelã, como aprendi com a sra. Tarnopoler, a dona da casa em que morei quando ainda era solteira. Ou acendo a luz e leio um livro até a meia-noite, ou até a uma da manhã, quando meu marido vem se deitar ao meu lado em silêncio, desejar-me boa-noite, beijar meus lábios e puxar o cobertor sobre a cabeça.

Os livros que leio à noite não fazem jus a uma ex-estudante de literatura — Somerset Maugham ou Daphne du Maurier em inglês, encapados em papel colorido. Stefan Zweig, Romain Roland. Meu gosto se tornou sentimental. Cheguei a chorar quando li *Mulher sem amor*, de André Maurois, numa tradução barata. Chorei como ginasiana. Meu professor esperava mais de mim. Não correspondi às suas expectativas, e nem aos votos que me fez no dia seguinte ao meu casamento.

Ao trabalhar na pia da cozinha posso ver pela janela o quintal dos fundos. Abandonado. Coberto de espessa lama no inverno, e, no verão, poeira e espinhos. Objetos velhos se espalham pelo quintal. Yoram Kamnitzer e seus amigos construíram fortificações de pedra que logo se transformaram em ruínas. Num dos cantos, uma torneira quebrada. Existe a estepe russa, e existe a Terra Nova, existem as ilhas do arquipélago e eu fui enviada para cá. Mas às vezes abro os olhos, e o tempo se revela. O tempo é como o carro de polícia que desliza vagaroso, à noite, pela ruela, piscando a luz vermelha em rápidos lampejos. Os pneus, em contraste, vão lentos. Produzem um sussurro compassado. O movimento é cuidadoso. Avança devagar. Tateia. Espreita.

Gostaria de acreditar que os objetos inanimados obedecem a um outro ritmo, por não pensarem. Por exemplo:

Uma tigela enferrujada ficou pendurada durante todos esses anos num galho da figueira que cresce no quintal. Quem sabe um vizinho que já morreu faz tempo a atirou da janela, e em sua queda ela se enganchou nos galhos. Quando viemos morar aqui, a tigela vista pela janela da cozinha já estava coberta de ferrugem. Quatro, cinco anos. Nem os ventos fortes do inverno conseguiam derrubá-la. Entretanto, na manhã do Rosh Hashaná, o ano-novo, eu estava na frente da pia da cozinha e vi com os meus próprios olhos a tigelinha despencar da árvore. Vento não havia. Gato ou passarinho não sacudiram galhos. Somente leis eternas, poderosas e desconhecidas, fizeram amadurecer aquele momento. O metal esfarelou e a vasilha foi ao chão. Quero escrever da seguinte maneira: durante todos esses anos eu presenciei o repouso total de um objeto que na verdade era percorrido por um leve e secreto fluir interior.

22.

A maior parte de nossos vizinhos são judeus ortodoxos e têm muitos filhos. Aos quatro anos de idade Yair me faz perguntas que não sei responder. Eu o despacho para o pai, juntamente com suas perguntas. E Michel, que às vezes fala comigo como se eu fosse uma menina levada, costuma conversar com o filho de igual para igual. Da cozinha posso ouvir sua conversa. Um não interrompe o outro. Nunca. Michel ensinou Yair a concluir seu argumento com as palavras "eu terminei". Também Michel costuma usar essa expressão ao finalizar sua resposta. Essa foi a maneira que meu marido escolheu para acostumar o menino a não interromper os outros.

Yair poderia fazer, por exemplo, a seguinte pergunta, por que cada pessoa pensa uma coisa diferente. A isso, Michel responderia que as pessoas são diferentes. Yair então perguntaria por que não existem duas pessoas ou duas crianças sem nenhuma diferença entre si. Michel então diria que não sabe. O garoto ficaria em silêncio por um momento, assimilaria a resposta, e talvez dissesse:

"Eu acho que mamãe sabe tudo porque ela nunca diz que não sabe. Ela diz que sabe, só que é difícil para me explicar. Eu acho que se é difícil para me explicar, não se pode dizer que se sabe. Terminei."

Então Michel, talvez contendo um sorriso, tentaria explicar ao nosso filho a diferença entre pensar e dizer.

Quando ouço de longe uma conversa desse tipo, não posso deixar de lembrar de Yossef, meu falecido pai, que sabia ouvir e procurava sempre, em cada expressão, até mesmo vinda de uma criança, indícios e vestígios reveladores de alguma informação que lhe seria interdita. Como se fosse condenado a rastejar à sua procura por todos os dias de sua vida.

Aos quatro, cinco anos, Yair era um menino forte e calado. Revelava às vezes um surpreendente pendor para a violência. Talvez tenha descoberto o estado de permanente alerta, de medo, das crianças ortodoxas. Com seus movimentos lentos, ele sabia inspirar temor até mesmo aos garotos maiores que ele.

Algumas vezes ele voltava para casa tendo levado surras de pais de outros meninos. Em geral se recusava a nos dizer quem havia levantado a mão contra ele. Normalmente, sob pressão de Michel, sua resposta era:

"Eu mereci, pois fui eu quem começou. Primeiro eu bati, e depois vieram me bater de volta. Terminei."

"Por que você começou?"

"Provocaram."

"Provocaram como?"

"Todo tipo de provocação."

"Que tipo?"

"Não dá para contar. Não provocações com palavras. Provocações com coisas."

"Que coisas?"

"Coisas."

* * *

Via em meu filho uma insolência obstinada. Um interesse especial por comida. Por objetos. Por aparelhos elétricos. Pelo relógio. E muitos e prolongados silêncios. Como se estivesse continuamente às voltas com alguma complexa operação mental. Michel nunca levantou a mão contra ele, em nenhuma circunstância. Por princípio e porque ele próprio havia sido educado por meio da compreensão e nunca pela força. Quanto a mim, porém, não posso dizer o mesmo. Batia em Yair sempre que entrevia nele sinais de sua furiosa insolência. Sem olhar nos olhos calmos e cinzentos, eu o espancava até conseguir, afinal, extrair o choro de sua garganta. Mantinha seu autodomínio por tanto tempo que chegava a me arrepiar. E, quando eu conseguia afinal quebrar o seu orgulho, ele me lançava no rosto um soluço estranho, ridículo, como se simulasse uma criança que chorava mas que de fato não era ele.

Acima do nosso apartamento, no terceiro andar, em frente aos Kamnitzer, mora um casal de velhos sem filhos: os Glick. Um judeu ortodoxo, comerciante de armarinhos, e sua mulher que sofre de histeria. Eu acordava ouvindo seu uivo baixo e prolongado, como o choro de um cachorrinho. Às vezes se ouvia um berro lancinante de madrugada, um silêncio e logo outro berro, abafado, como se tivesse sido lançado por água. De camisola eu pulava da cama e corria ao quarto do menino. Por vezes e vezes seguidas eu imaginava que fora Yair quem havia gritado, que algo de terrível havia acontecido ao meu filho.

Eu detestava as noites.

O bairro de Mekor Baruch é construído em ferro e pedra. Corrimões de ferro seguem os lances das escadas externas que galgam as paredes das velhas casas. Sujos portões de ferro trazem gravados a data da construção e os nomes do doador e de seus pais. Grades vergadas, como se retorcidas por convulsões. Venezianas enferrujadas penduradas por uma única dobradiça, como se estivessem prestes a se precipitar na rua. E em um muro próximo, de cimento descascado, a palavra de ordem em vermelho: "Pelo sangue e pelo fogo caiu a Judeia, pelo sangue e pelo fogo a Judeia se erguerá". O que me fascina nessa frase não é a ideia, mas a simetria interna. Um certo equilíbrio rigoroso que não sei decifrar, mas que à noite reencontro na sombra das barras das grades que a luz dos lampiões de rua projeta sobre os muros em frente como se tudo se multiplicasse.

Quando o vento sopra, faz estralar as estruturas de zinco que os moradores ergueram sobre suas varandas e seus telhados. Esses sons, também, são parte da depressão que volta sempre a me assaltar. Silenciosos, eles pairam, os dois, pela vizinhança, tarde da noite. Nus até a cintura, leves e descalços eles deslizam lá fora. Seus punhos ossudos golpeiam as folhas de lata, pois foram incumbidos de aterrorizar os cachorros, até a loucura. De madrugada os latidos se transformam num uivar insano. Os gêmeos evoluem lá fora. Eu os sinto. Ouço o roçar dos pés descalços. Riem em silêncio, um para o outro. Os pés de um sobre os ombros do outro, eles escalam a figueira que cresce no quintal, até chegar a mim. Foram encarregados de arrancar um galho e com ele bater na minha veneziana. Não com força. Suavemente. Certa vez arranharam com as unhas a veneziana. Outra vez resolveram atirar pinhas. Foram enviados para me acordar. Se alguém pensar que eu durmo, estará errado. Quando era pequena, tinha muita força para amar e agora minha força para amar está morrendo. Não quero morrer.

Durante todos aqueles anos muitas vezes fiz a mim mesma perguntas parecidas com aquelas que me ocorreram ao voltar a pé, à noite, de Tirat Yaar, três semanas antes do nosso casamento: o que é que você viu nesse homem, e o que você sabe sobre ele. E se fosse outro o homem que te amparou pelo braço quando você escorregou nos degraus do Terra Sancta. Será que somos regidos por leis, e o conhecimento dessas leis nos é interdito, ou a sra. Tarnopoler teve razão ao dizer o que disse dois dias antes do casamento?

O que se passa no coração do meu marido, eu não tento adivinhar. Em seu rosto vejo serenidade. Como se todos os seus desejos tivessem sido atendidos, e agora, impassível e satisfeito, ele esperasse o ônibus que nos trará de volta de uma bela visita ao Jardim Zoológico para nossa casa, para comer, se despir, deitar e dormir. No primário costumávamos descrever nossas impressões ao final dos passeios. Assim: cansado mas satisfeito. Esse é o sentimento estampado na face de Michel a maior parte do tempo.

Michel toma dois ônibus todas as manhãs para ir à universidade. A pasta que seu pai lhe deu de presente de casamento já está toda despencada, porque é como as que se fabricavam nos anos de contenção, feita com material de quinta categoria. Michel não me deixou dar a ele uma nova: seu coração nutre sentimentos por essa pasta.

Com dedos fortes e precisos, o tempo decompõe todas as coisas. O tempo faz sua cobrança.

Em sua pasta Michel carrega as folhas anotadas para suas aulas. Ele as numera com letras latinas, e não com os costumeiros algarismos. Também o cachecol de lã tricotado por Malka, minha mãe, é guardado ali, seja inverno ou verão. E ainda as pílulas contra azia. Michel tem sofrido ultimamente de uma azia discreta, em especial antes do almoço.

No inverno meu marido sai com uma capa de chuva cinza-azulada que combina com seus olhos, e protege o chapéu com uma capa plástica. No verão ele veste uma camisa de tecido fino, bem arejada, sem gravata. Através dela dá para ver o seu corpo magro e peludo. Ainda faz questão de manter o cabelo curto. A cabeça é raspada estilo esportista, ou estilo oficial do exército. Será que alguma vez Michel quis ser esportista ou oficial do exército? Quanto uma pessoa consegue saber sobre outra? Mesmo prestando bastante atenção. Mesmo não esquecendo nada.

Não conversamos muito às tardes, num dia normal: me dá, por favor, segure isso, anda, não faça bagunça, cadê o Yair, a comida está pronta, desligue, por favor, a luz no corredor.

À noite, depois do noticiário das nove horas, sentados de frente um para o outro nas poltronas, descascamos e comemos frutas: Kruchev vai esmagar Gomulka, mas Eisenhower não se atreverá. Será que o governo pretende realmente cumprir suas promessas. O rei do Iraque é mesmo um fantoche nas mãos dos jovens oficiais. As próximas eleições não trarão grandes mudanças.

Depois Michel vai para a sua mesa de trabalho e põe os óculos de leitura. Eu ligo o rádio bem baixo e ouço música. Não concertos, mas músicas para dançar, vindas de estações estrangeiras e distantes. Às onze eu me deito. O encanamento de água é embutido na parede. Ruídos do fluxo interno. Tosse. Vento.

Toda terça-feira, ao voltar da universidade, Michel costuma passar pelo centro da cidade e comprar duas entradas para cinema na agência Kahana. Às oito da noite nos arrumamos e às oito e quinze saímos. O pálido Yoram Kamnitzer toma conta de Yair, que dorme, enquanto Michel e eu vamos ao cinema. Em troca eu o ajudo a se preparar para suas provas de literatura hebraica. Graças a ele eu não esqueço tudo o que aprendi quando jovem. Sentamos e lemos juntos os ensaios de Achad Haam, e comparamos *Entre sacerdote e profeta* a *Entre a carne e o espírito* e a *Entre a escravidão e a liberdade*. Todas as ideias dispostas em pares simétricos. Gosto desse tipo de arrumação. Yoram também acha que a profecia, o espírito e a liberdade nos conclamam a romper os grilhões da escravidão e da carne. Quando eu elogio algum poema de Yoram, um lampejo esverdeado cintila em seus olhos. Os poemas de Yoram são escritos com emoção. Escolhe palavras e expressões que não se usam todo dia. Certa vez lhe perguntei qual o significado de "amor aflito", que aparece numa de suas poesias. Yoram me explicou que parece haver amores que não trazem alegria à vida das pessoas. O que me fez lembrar uma frase que meu marido disse há muito tempo sobre a sensibilidade que cresce e se expande como um tumor maligno quando as pessoas estão satisfeitas e desocupadas.

"Senhora Gonen", e de repente sua voz se tornou rouca e a última sílaba pareceu um grito abafado, pois os jovens na idade de Yoram ainda não controlam muito bem as cordas vocais.

Se Michel entra no meu quarto quando estudo com Yoram, o rapaz se contrai todo, curva a espinha, olha fixamente para o chão com um ar de desconforto, como se tivesse manchado os ladrilhos do piso, ou derrubado e quebrado algum vaso. Yoram Kamnitzer vai terminar o segundo grau, estudar na universidade, será professor de Tanach, o Velho Testamento, e de hebraico, em Jerusalém. E a cada ano-novo ele nos enviará um belo cartão desejando um feliz ano-novo. E nós retribuiremos com um cartão lhe desejando também um bom ano. "Que seu nome seja inscrito no Livro da Vida." O tempo continuará presente. É uma presença ampla e transparente, que não gosta de Yoram, e também não gosta de mim, e não agoura nada de bom.

* * *

Em um dia do outono de 1954, Michel voltou do trabalho à tardinha trazendo no colo um gatinho malhado de branco e cinza. Achado na rua David Yelin, à sombra do muro da escola religiosa para moças. Não é uma gracinha? Michel me pede para tocar no gato. Para ver como levanta a frágil patinha para nos ameaçar e meter medo, como se fosse no mínimo um tigre, ou uma pantera.

Onde está o livro dos bichos, de Yair? Traga o livro, mamãe, por favor, para o Yair ver que o gato e o tigre são primos.

Quando meu marido pegou a mão de Yair e a passou sobre o dorso do gato, notei um tremor no canto do lábio do menino, como se o gato fosse frágil, ou como se tocá-lo fosse perigoso.

"Olha mãe, ele está olhando bem para mim, o que será que ele quer?"

"Ele quer comer, filho, e dormir. Vai, Yair, prepara um lugar para ele no terraço da cozinha. Não, seu bobo, o gatinho não precisa de cobertor."

"Por quê?"

"Porque eles não são como gente, eles são diferentes."

"Por que são diferentes?"

"Porque foram feitos assim. Não sei explicar."

"Papai, por que os gatos não se cobrem com cobertor como a gente?"

"Porque os gatos são peludos. Por isso eles não precisam de cobertor para se aquecer."

Michel e Yair brincaram com o gato a noite toda. Deram um nome a ele: Tzach, o Branquinho. Era um filhote de poucas semanas. Ainda se podia notar, com ternura, uma certa falta de coordenação em seus movimentos. Tentou caçar uma mariposa que voava sob o teto da cozinha. Seus saltos eram engraçados, pois ele não tinha a menor noção de altura ou de distância: saltava a um palmo do chão, mas durante o salto ele rapidamente abria e fechava a boca, como se abocanhasse a mariposa no teto. Caímos na gargalhada. Ao ouvir nosso riso ele se eriçou e fungou para nós, ameaçador, para nos fazer morrer de medo.

Yair disse:

"Tzach vai crescer e se tornar o gato mais forte das redondezas. Vamos ensiná-lo a guardar a casa e pegar ladrões e espiões. Vai ser nosso gato de raça policial."

Michel disse:

"Nós devemos dar a ele comida e também carinho. Nenhuma criatura pode viver sem ser amada. Por isso nós vamos amar o Tzach e ele vai nos amar. Mas não precisa beijar, Yair, sua mãe vai ficar zangada."

Contribuí com uma tigela de plástico verde, leite e queijo. Michel teve que mergulhar à força a cabeça de Tzach dentro do leite, pois o gatinho ainda não sabia se alimentar da tigela. O bichinho recuou, espirrou, sacudiu com força a cabeça molhada, borrifando gotinhas brancas. Olhou para nós com a cara molhada, abatida e derrotada. Era apenas um gatinho branco e cinza. Um gato comum.

À noite o gatinho descobriu uma fresta na janela da cozinha. Conseguiu passar do terraço para dentro de casa e encontrou nossa cama. Resolveu vir se aninhar justamente aos meus pés, apesar de ter sido Michel quem o achou e cuidou dele a noite toda. Gato ingrato. Desdenhou quem fez tudo por ele e veio adular quem o tratara com frieza. Há alguns anos Michel Gonen me dizia: um gato nunca será amigo da pessoa errada. Mas agora eu sei que essa frase não é verdadeira, e que Michel a disse só para me impressionar com suas ideias originais. Aos meus pés se enrodilhou Tzach, o gato. Enroscou-se todo e deu um ronco baixinho, calmo e também calmante. De madrugada o gatinho arranhou a porta, eu me levantei e abri para ele. Mal saiu e já dava uns miados por trás da porta para entrar de volta. Entrou e logo foi para a porta do terraço. Bocejou. Espreguiçou. Rosnou. Miou e pediu para sair por aquela porta. Tzach era um gato muito volúvel. Ou talvez um grande indeciso.

Passados cinco dias nosso novo gato saiu e não voltou mais. Toda a tarde meu marido e meu filho o procuraram pela ruela, nas ruas vizinhas e também junto ao muro da escola para moças religiosas, onde Michel o havia recolhido na semana anterior. Yair achava que nós o havíamos ofendido. Na opinião de Michel, Tzach havia voltado para a mãe gata. Não o toquei. Escrevo estas palavras por haverem suspeitado que eu tinha dado sumiço nele. Será que Michel acha mesmo que sou capaz de envenenar um gato?

E no entanto ele sabia muito bem que tinha errado ao tomar a decisão de criar um gato sem me consultar, como se vivesse sozinho. Michel pede que o entenda: tudo o que desejava era alegrar nosso filho. Ele mesmo, quando criança, sempre quisera ter um gato, mas seu pai nunca deixara.

"Não toquei nele e não fiz nenhum mal a ele, Michel, você tem que acreditar. Também não vou me opor se você achar outro gato. Não lhe fiz mal."

"Nesse caso, com certeza ele subiu aos céus em sua carruagem dourada", sorriu Michel um sorriso contido, "e não vamos mais falar desse assunto. Sinto pelo garoto, ele se ligou muito ao bichinho. Mas, sinceramente, será que vale a pena, Hana, brigarmos por causa de um gatinho?"

"Não há briga nenhuma", disse.

"Não há briga e não há gato", respondeu Michel com seu sorriso comedido.

23.

Naquela época nossas noites mudaram bastante. Depois de longos e silenciosos períodos de observação, Michel aprendeu a alegrar meu corpo. Seus dedos são generosos e experientes. Não desistem até que eu deixe escapar um gemido baixo. Com sensibilidade e paciência, Michel extrai de mim esse gemido. Aprendeu a colar os lábios em um certo ponto do meu pescoço e sugá-lo com força. Escalar as minhas costas com mão firme e cálida, até os ombros, até a raiz do cabelo, e voltar por outro trajeto. À luz tênue do lampião de rua que penetra através das frestas da veneziana, Michel via em meu rosto uma expressão parecida, talvez, com o esgar de uma dor intensa. Meus olhos estavam sempre fechados porque eu precisava fazer um esforço para manter a concentração. Eu sabia que os olhos de Michel não estavam fechados porque ele era concentrado e lúcido. Sábia e responsável, sua mão aprendeu a me tocar. Havia precisão em cada toque, e todos eles buscavam o meu prazer. Ao acordar de madrugada, eu o queria de novo. Surgiam visões selvagens, sem que eu as buscasse. Um eremita com seu abrigo de pele me cobre com o seu corpo no bosque Schneller, morde meu ombro e grita. Um operário louco da nova fábrica construída a oeste de Mekor Baruch me arrebata e arrasta em direção às colinas; e eu sou leve em seus braços manchados de graxa. E os morenos: suas mãos são firmes e macias. As pernas bronzeadas e cabeludas. Eles não riem.

Ou então eclodiu uma guerra em Jerusalém, e eu fujo de casa vestida apenas com uma camisola fina, correndo como louca por um caminho estreito e escuro. As luzes intensas das lanternas iluminam de repente a aleia dos ciprestes: o menino está perdido. Pessoas estranhas e graves o procuram pelos vales. Um rastreador. Oficiais da polícia. Voluntários exaustos das aldeias vizinhas. A solidariedade transparece em seus olhos. Mas como estão atarefados. Gentis mas enérgicos me pedem que não os atrapalhe. Há chances. Redobrarão os esforços ao romper da aurora. Eu errava pelos becos lúgubres atrás da rua Habashim. Gritava: Yair, Yair, numa rua cheia de gatos mortos espalhados pelas calçadas. De um dos quintais surgiu o velho professor de literatura hebraica. Vestia um terno surrado. Sorriu para mim, um sorriso muito cansado. Com polidez, ele diz que se estou solitária como ele, ele se permite me convidar. Quem é a jovem desconhecida vestida de verde que abraça a cintura de meu marido no fim da rua como se eu não existisse. Eu estava transparente. Meu marido diz: sentimento alegre. Sentimento triste. Vão construir um porto em águas muito profundas em Aschod.

Era outono. As árvores não estavam bem enraizadas no solo. Balançavam de um jeito estranho. Feio. Em uma varanda vejo o capitão Nemo. Sua face estava pálida, e os olhos brilhavam. A barba negra estava aparada. Eu sabia que por minha culpa, e só por minha culpa, a partida havia sido protelada. E o tempo passa e passa. Estou envergonhada, capitão. Diga alguma coisa.

Um dia, quando eu tinha seis ou sete anos, estava sentada na loja do meu pai na rua Yafo e eis que entra na loja o poeta Shaul

Tchernichovski para comprar uma luminária de mesa. Será que a linda menina também está à venda, perguntou o poeta ao meu pai, rindo. E de repente me levantou com braços poderosos, e o bigodão prateado fez cócegas no meu rosto. Seu corpo exalava um cheiro forte e quente. Sorria travesso, como um garoto levado que conseguia provocar os adultos. Depois que saiu, papai estava excitado e comovido: nosso maior poeta falou conosco e agiu como se fosse um cliente comum. Com certeza ele pretendia alguma coisa, disse meu pai pensativo, ao tomar Hana nos braços e dar aquela gargalhada. Não esqueci. No início do verão de 1954 eu sonhei com o poeta. Com a cidade de Dantzig. Com uma grande parada.

Michel começou a colecionar selos. Segundo ele, para o garoto. Mas até agora Yair não demonstrou nenhum interesse pelos selos. No jantar Michel me mostrou um espécime raro, de Dantzig. Como o conseguiu? Pela manhã havia comprado um livro estrangeiro, usado, na rua Hasolel. O livro era *Sismografia dos lagos profundos*. E eis que entre as folhas daquele livro ele acha o selo de Dantzig. Michel me explica o valor especial que têm os selos de países extintos: Lituânia, Letônia, Estônia, Dantzig Livre. Shleswig-Holstein. Boêmia e Morávia. Sérvia. Croácia. Esses nomes ditos por ele me fascinavam.

O selo raro não era nada bonito: cores escuras, cruz ornamentada, e sobre ela a efígie de uma coroa. Talvez um símbolo meio apagado, e a inscrição gótica: *Freie Stadt*. Não havia nenhum sinal de paisagem. Como eu poderia adivinhar com que se parecia a cidade, qual era a largura das avenidas e a altura dos prédios? Se descia íngreme para mergulhar os pés nas águas da baía, como Haifa, ou se se esparramava, rasa, numa planície pantanosa?

Cidade de torres, cercada de florestas, ou talvez cidade de bancos e oficinas, de plano quadriculado? O selo não mostrava.

Perguntei a Michel como era a cidade de Dantzig.

Respondeu-me com um sorriso, como se eu não esperasse nada dele, apenas o sorriso.

Dessa vez voltei a perguntar.

Então, já que insisto, ele deve confessar que está surpreso pela minha pergunta: por que eu deveria saber como era a cidade de Dantzig? E por que achava que ele deveria saber? Depois do jantar ele pode procurar para mim na nova enciclopédia judaica. Não, não vai dar, ainda não chegaram à letra D. Por falar nisso, se eu um dia quiser viajar ao exterior, ele me aconselha a começar a economizar e parar de jogar fora vestidos novos algumas semanas depois de comprados, como fiz com a saia cinza que compramos juntos para a festa de Sucot, na loja Maayan Staub.

Assim, Michel não pôde me ensinar nada sobre a cidade de Dantzig. Depois do jantar, quando enxugávamos a louça, caçoei dele, dizendo que estava enganando a si mesmo ao falar que a coleção de selos era para o filho, quando o menino era apenas uma desculpa para suas fantasias infantis, de brincar com selos feito uma criança. Queria derrotar o meu marido numa briguinha.

Mas também essa satisfação Michel não me deu: ele não é desses que ficam ofendidos à toa. Não interrompeu minhas provocações, pois não se deve interromper quando outros falam. Continuou a enxugar com cuidado a tigela de louça e se pôs nas pontas dos pés para colocar a tigela enxuta no lugar, no armário suspenso sobre a pia. Depois disse, ainda de costas, que eu não havia dito nada de novo. Qualquer calouro de psicologia sabe que os adultos também gostam de brincar um pouco, e ele coleciona selos para o menino exatamente como eu recorto figuras das revistas para Yair, que também não se interessa nem um pouco por elas.

Portanto, pergunta Michel, qual é a graça que eu vejo em caçoar dele?

Depois de lavar a louça, Michel sentou-se na poltrona e ouviu o noticiário. Eu me sentei de frente para ele, calada. Descasquei algumas frutas. Oferecemos as frutas descascadas um ao outro. Michel disse:
"A conta de luz deste mês está enorme."
Eu disse :
"Tudo aumentou. O leite também aumentou."

À noite sonhei com Dantzig.
Eu era uma princesa. Do alto da torre do castelo, eu contemplava a cidade. Uma multidão de súditos se comprimia aos pés da torre. Ergui as mãos para saudá-los. Era um gesto igual ao da mulher da estátua de bronze, no topo do convento Terra Sancta.
Eu enxergava apenas a massa sombria dos telhados. O céu ia escurecendo a sudoeste, sobre os bairros antigos. Nuvens negras se acumulavam ao norte. A tempestade se armava. Lá embaixo podia se ver a silhueta dos gigantescos guindastes do porto. E andaimes de ferro preto se elevavam em direção ao céu, banhados pela luz do crepúsculo. Luzes vermelhas de sinalização piscavam no topo dos guindastes. O dia foi se tornando cinzento. Ouvi o apito de um navio partindo. Havia também o ruído indistinto dos trens vindo do sul, mas eu não conseguia vê-los. Vislumbrei um parque, e nele, manchas de bosques cerrados. No meio do parque havia um lago comprido. No centro do lago, uma ilha, plana e minúscula. Sobre ela, a estátua da princesa. Eu.
A água da baía estava negra do óleo lançado pelos navios. Depois se acenderam os lampiões das ruas. Eles espargiam sobre

minha cidade tiras de uma luz fria, que esbarrava no teto de neblina, nuvens e fumaça. Pairava um halo de cor laranja no céu dos arrabaldes.

Da praça, milhares de vozes iradas se levantavam contra mim. E eu, a princesa da cidade, do alto do meu castelo deveria falar ao povo reunido na praça. Deveria dizer a eles que os perdoava e os amava, mas que estivera doente por longo tempo, acometida por uma grave doença. Não podia falar. Ainda estava doente. O poeta Shaul, que eu havia nomeado ministro do palácio, veio se colocar à minha direita. Ele falou ao povo, e fez uso de palavras tranquilizadoras, numa língua que eu desconhecia. Foi aplaudido. Por um momento me pareceu ouvir, para além do clamor da multidão, um vago murmúrio encolerizado. O poeta disse quatro palavras que rimavam, uma divisa ou provérbio em outra língua, e uma gargalhada contagiante tomou a multidão. Uma senhora berrou. Um garoto subiu num poste e fez careta. Um homem encapotado lançou uma frase cheia de veneno. O vozerio se elevou e encobriu tudo. Depois o poeta envolveu meus ombros com uma capa pesada. Com a ponta dos dedos, toquei seus belos cachos prateados. Esse gesto causou uma forte comoção na multidão, uma espécie de delírio que cresceu até se transformar em rugido. Amor ou ódio derramado.

Um avião sobrevoou a cidade. Ordenei que sinalizasse piscando suas luzes vermelhas e verdes. Por um momento pareceu que o avião estava voando entre as estrelas e arrastava atrás de si as mais fracas dentre elas. Depois, uma divisão do exército atravessou o Largo Sion. Os homens cantavam um hino vibrante em homenagem à princesa. Fui levada em desfile pelas ruas, em uma carruagem puxada por quatro cavalos malhados de branco e cinza. E com a mão cansada eu atirava beijos ao meu povo. Na rua Gueúla, na Machané Yehudá, na rua Ussishkin e na rua Keren Kaiemet Leisrael, os cidadãos se acotovelavam aos milhares. Todas as mãos acenavam com bandeiras e flores. Era uma parada. Busquei o apoio dos braços de meus dois guarda-costas. Ambos eram oficiais discretos, morenos e gentis. Estava cansada. Os cidadãos atiravam ramos de crisântemos. Crisântemo era minha flor preferida. Era uma festa. Nas proximidades do Terra Sancta, Michel tomou-me nos braços e me ajudou a descer da carruagem. Como de costume, estava sereno e contido. A princesa sabia que se tratava de um momento decisivo. Sentia que era imperativo agir com realeza. Um bibliotecário, usando um quipá negro, aproximou-se. Seus movimentos eram submissos. Era Yehezkiel, o pai de Michel. "Alteza", disse o mestre de cerimônias, enquanto se prostrava em obediência. "Alteza, concedei a graça de vossa anuência." Disfarçada sob tanta submissão, suspeitei haver uma certa zombaria. Não gostei do riso seco da velha Sara Zeldin. Ela não tem o direito de ficar ali no patamar da escada, rindo de mim. Agora eu estava no subsolo da biblioteca. Na penumbra, diviso vultos de mulheres magras. Elas estavam deitadas no chão, de pernas abertas, nas estreitas passagens entre as prateleiras de livros. O chão estava imundo. As mulheres magras se pareciam umas com as outras, pelo cabelo tingido e pela exposição indecente de partes nuas. Nenhuma delas me dirigiu um sorriso, ou demonstrou qualquer respeito por mim. Um sofrimento congelado se estampava em seus rostos. Eram vulgares. Essas mulheres, que me odiavam, tocavam-me e não me tocavam. Com seus dedos pontudos e ameaçadores. Eram prostitutas da zona do porto. Escarneciam de mim em voz alta. Arrotavam. Estavam bêbadas. Dos seus corpos se desprendia um odor repulsivo. Sou a princesa de Dantzig, quis gritar, mas fiquei sem voz. Eu era uma daquelas mulheres — o que me transtornou: todas eram princesas de Dantzig. Lembrei que devia receber, com urgência, uma delegação de cidadãos e comerciantes para resolver questões de tributos e privilégios. Não sei o que sejam tributos ou privilégios. Estou cansada. Sou uma dessas mulheres vulgares. Da neblina, dos estaleiros distantes, chega o mugido de um navio, como se lá estivesse ocorrendo um massacre. Eu estava presa no fundo do porão da biblioteca. Fui entregue à chusma de mulheres horrorosas que jaziam sobre o chão viscoso. Não esqueci que existe um destróier inglês chamado *Dragon*, que me conhece e saberá me reconhecer entre todas, e virá para salvar minha vida. Mas somente na nova era glacial o mar voltará à Cidade Livre. Até lá o *Dragon* estará muito longe daqui, patrulhando dia e noite as águas do golfo de Moçambique. Nenhum navio poderá chegar a esta cidade, há muito tempo extinta. Eu estava perdida.

24.

Michel Gonen, meu marido, dedicou-me seu primeiro artigo publicado em uma revista científica. O nome do artigo era: "Processos de erosão nas ravinas do deserto de Paran". Esse era também o tema a ser tratado por Michel em sua tese de doutorado. A dedicatória estava impressa sob o título, em letras bem legíveis:

Para Hana, a esposa generosa e compreensiva, o Autor dedica este trabalho.

Li o trabalho e o elogiei para Michel: gostei da maneira pela qual ele evita os adjetivos, privilegiando verbos e substantivos. Também me agrada o fato de ele não usar períodos longos: cada ideia é expressa por uma série de frases curtas e precisas. Gosto do seu estilo seco, objetivo.

Michel se fixou na palavra seco. Como todas as pessoas alheias à literatura, e que fazem uso das palavras como se usa a água ou o ar, Michel achou que usei a expressão "estilo seco" para desmerecer seu trabalho. Sentia muito, disse ele, por não ser poeta e não poder dedicar um poema para mim em vez de uma pesquisa seca. Cada um faz o que consegue fazer. Ele reconheceu que essa foi uma frase banal.

Será que Michel acha que eu não estou agradecida pela dedicatória e não apreciei o seu trabalho?

Entretanto, ele não pretendia me recriminar: seu trabalho se destina a profissionais em geologia e outras áreas afins. A geologia não é como a história. Uma pessoa pode ser culta e no entanto não ter nenhuma ideia dos fundamentos da geologia.

Essas palavras de Michel me magoaram, pois eu tentara participar de sua alegria pela publicação de sua primeira pesquisa, mas sem querer o tinha melindrado.

Será que ele concordaria em me explicar com palavras simples o que é geomorfologia?

Michel fez um gesto pensativo. Apanhou os óculos da mesa. Observou-os e lhes dirigiu um de seus sorrisos misteriosos. Colocou-os de volta à mesa. Pois não, disse, estava pronto a me explicar, contanto que minha pergunta não fosse apenas para deixá-lo contente, mas para entender.

Não, não vai ser preciso interromper o tricô. Ele gosta de se sentar à minha frente e explicar coisas enquanto eu tricoto. Ele gosta de me ver tranquila. Não é preciso que eu fique olhando para ele, ele sabe que estou prestando atenção. Pois não estamos examinando um ao outro. A geomorfologia é o ponto de encontro entre a geologia e a geografia. Ela trata dos processos formadores das paisagens sobre a superfície terrestre. A maioria das pessoas ainda pensa, erroneamente, que a Terra foi formada, ou criada, há milhões de anos, de uma vez. Mas na verdade a superfície terrestre está em permanente formação. Se formos usar o termo "criação", podemos dizer que a Terra está em processo contínuo de criação. Até quando estamos sentados aqui, conversando. Forças de todo tipo, e até mesmo contrárias, agem em conjunto para formar e modificar a natureza visível, e também a interior, a invisível. São as forças geológicas que agem, e elas derivam da dinâmica interna do núcleo incandescente da Terra, do resfriamento gradual e irregular desse núcleo incandescente. E as forças atmosféricas também agem, como por exemplo o vento, as inundações, os choques permanentes entre frio e calor, que se sucedem segundo dinâmica própria. Leis da física bem conhecidas também influem bastante nos processos geomorfológicos. Por falar nisso, esse fato tão simples escapa às vezes da percepção de alguns cientistas, talvez por ser tão simples: as leis da física são tão óbvias que os estudiosos mais perfeccionistas tendem às vezes a esquecer que existem. Por exemplo a lei da gravidade e a ação da energia solar. Quantas teorias complicadíssimas foram engendradas para explicar fenômenos derivados das leis mais simples.

Bem, afora os fatores geológicos, físicos e atmosféricos, devemos considerar também alguns conceitos do campo da química. Por exemplo a massa e as condições de fusão. Podemos, portanto, concluir que a geomorfologia é o ponto de encontro de várias e várias disciplinas científicas. Diga-se de passagem que a própria mitologia grega já havia descrito a formação da face da Terra como resultado do choque contínuo de forças. Esse princípio é aceito pela ciência moderna, que não se interessa em explicar a origem dessas diversas forças. De certa maneira, hoje, nós nos contentamos com um domínio de exploração bem menos vasto do que o que a mitologia pretendia circunscrever. "Como" e não "por quê" é a única pergunta que nos preocupa. Mas até mesmo os cientistas modernos não resistem à tentação e se perdem nas suas tentativas de encontrar explicações mais abrangentes e gerais. Por exemplo, a escola soviética, pelo menos tanto quanto se pode acompanhar suas publicações, pede às vezes emprestados conceitos do campo das ciências humanas. Há uma grande tentação rondando cada pesquisador, para embarcar em metáforas e ser assim levado à ilusão de que a metáfora o livra do dever da explicação científica. O próprio Michel evita cuidadosamente certos conceitos bem sonoros, adotados por determinadas escolas. Ele se refere, por exemplo, a termos ambíguos como atração, repulsão, ritmo etc. Há uma linha muito tênue separando o que é pesquisa científica e o que é história de ficção. Mais tênue do que se pensa. Ele se esforça bastante para não ultrapassar essa linha. Talvez por isso seus textos pareçam bastante secos.

Eu disse:
"Michel, devo esclarecer um mal-entendido. Usei a palavra seco justamente como um elogio."

Michel deixou claro que ficava muito feliz com isso, embora não acreditasse que nós dois nos referíssemos ao mesmo conceito de "seco". Somos pessoas tão diferentes. Se um dia desses eu quiser lhe dedicar algumas horas, Michel terá todo o prazer em me receber no seu laboratório e numa de suas aulas, e me dar explicações de maneira mais detalhada e talvez, quem sabe, menos seca.

"Amanhã", disse eu. E ao dizer, escolhi um dos meus sorrisos mais lindos.

Michel ficou alegre.

No dia seguinte pela manhã, levamos Yair ao jardim de infância portando um bilhete para Sara Zeldin: "Por razões pessoais urgentes, preciso tirar um dia de folga".

Michel e eu tomamos dois ônibus e fomos ao laboratório de geologia. Ao chegarmos, Michel pediu a uma funcionária que preparasse duas xícaras de café e as levasse à sua sala:

"Hoje são duas em vez de uma", disse Michel, brincando, e disse logo:

"Matilda, quero lhe apresentar a senhora Gonen, minha esposa."

Subimos depois ao escritório de Michel, no terceiro andar. Era uma pequena salinha no final iluminado de um longo corredor. Uma divisória de madeira a separava do corredor. Além da escrivaninha, que deve ter vindo de algum escritório do Mandato Britânico, havia duas cadeiras de palhinha e uma estante de livros vazia, decorada apenas por um grande cartucho de artilharia na função de vaso de flores. Sob o vidro que protege a escrivaninha lá estava eu na foto do casamento, Yair fantasiado para Purim e dois gatinhos brancos recortados de alguma revista colorida.

Michel sentou-se à mesa, de costas para a janela. Esticou as pernas, pôs os cotovelos na mesa e tentou fazer graça, imitando uma pose formal:

"Queira se sentar, minha senhora. Por obséquio, em que poderei lhe ser útil?"

Nesse momento a porta se abriu. Matilda entrou trazendo uma bandeja com duas xícaras de café. Talvez tenha ouvido as últimas palavras de Michel. Constrangido, ele disse novamente:

"Matilda, essa é a senhora Gonen, minha esposa."

Matilda saiu. Michel pediu desculpas e dedicou uns cinco minutos à papelada. Provei o café e fiquei observando seu trabalho porque senti que Michel gostaria que o observasse naquele momento. Sentiu o meu olhar. Uma serena satisfação irradiava de seu rosto. Como é pouco o que devemos fazer para alegrar uma pessoa.

Passados cinco minutos, Michel se levantou. Também me levantei. Pediu desculpas pela pequena demora. Teve que limpar a mesa, como se diz. Agora vamos descer ao laboratório. Ele espera que eu ache interessante. Responderia com muito prazer a qualquer pergunta que eu fizesse.

Gentil e claro foi meu marido ao me guiar pelo laboratório de geologia. Fiz perguntas, para que Michel pudesse dar explicações. Perguntou várias vezes se eu não estava cansada. Se não me aborrecia. Dessa vez escolhi as palavras com todo o cuidado. Disse assim:

"Não, Michel, não estou cansada e nem aborrecida. Quero ver mais e mais. Gosto de ouvir suas explicações. Você sabe explicar as coisas complicadas de forma muito clara e precisa. Tudo o que você está dizendo para mim é novidade, e muito interessante."

Quando eu disse essas palavras, por um momento Michel tomou minha mão entre as suas, como na noite em que saímos do Café Atara para a tempestade da rua.

Como estudante de ciências humanas sempre cometi o erro de imaginar que as ciências são sistemas que relacionam palavras a conceitos. Mas agora estava me dando conta de que Michel e seus colegas não se ocupavam apenas com a formulação de ideias, mas também estavam à procura de tesouros ocultos no ventre da Terra: fontes de água, jazidas de petróleo, sais minerais, matérias-primas para a construção e a indústria, e até mesmo pedras preciosas para a feitura de joias.

Ao sair do laboratório eu disse:

"Gostaria de deixar claro, Michel, que ao dizer, em casa, a palavra 'seco', foi no sentido positivo. Se você me levar agora para assistir à sua aula, eu me sentarei no fundo da classe e me sentirei muito orgulhosa de você."

Mais ainda: minha vontade naquele momento foi voltar para casa para poder acariciá-lo, acariciar sua cabeça. Procurei dentro de mim algum elogio especial que voltasse a acender em seus olhos aquela luz tímida, radiante de satisfação.

Encontrei uma cadeira vaga na penúltima fileira. Meu marido estava de pé, com os cotovelos apoiados na tribuna. Seu corpo é esguio. Parecia muito tranquilo. De vez em quando apontava com uma varinha um dos diagramas que havia desenhado no quadro-negro, antes da aula. Precisos e delicados eram os traços de giz desenhados por seus dedos. Eu imaginava seu corpo, sob a roupa. Os alunos do primeiro ano se debruçavam sobre os cadernos. Uma vez um dos alunos levantou a mão e fez uma pergunta. Antes de responder Michel o observou por um instante, como se quisesse descobrir a razão da pergunta. E respondeu a pergunta como se o aluno tivesse tocado num ponto importantíssimo. Estava calmo e contido. Mesmo quando hesitava um pouco entre uma frase e outra, não me parecia estar perplexo, mas sim estar sendo rigoroso consigo próprio. Lembrei-me de repente do velho professor de geologia no Terra Sancta, em fevereiro, cinco anos antes. Também ele usava uma varetinha para apontar detalhes nas imagens projetadas na tela. Sua voz era rouca mas agradável. A voz do meu marido também é agradável. Pela manhã, quando ele se barbeia no banheiro, certo de que eu ainda durmo, cantarola à vontade, para si próprio, de lábios fechados. Dirigindo-se aos alunos, Michel escolhe criteriosamente cada vez uma palavra e a pronuncia com mais vagar e num tom mais intimista, como quem dá um indício, sutilmente, para os alunos mais atentos. Empunhando a vareta, com os traços do seu rosto iluminados pela luz do projetor, o velho professor no Terra Sancta parecia com as xilogravuras que ilustravam meus queridos livros, de quando era pequena: os livros de Júlio Verne, ou o *Moby Dick*. Não sei esquecer. Onde estarei, o que serei quando Michel se confundir com a silhueta do velho professor no Terra Sancta?

Depois da aula fomos almoçar juntos na cantina da universidade. "Gostaria de lhe apresentar a senhora Gonen", dizia Michel alegremente a alguns conhecidos que encontrávamos. Parecia um garoto apresentando o pai famoso ao diretor de sua escola. Tomamos café. Michel pediu para mim uma xícara de café turco, forte e misturado com um pouco de pó de café, e para ele café com leite.

Depois Michel acendeu o cachimbo. Disse que não podia imaginar que graça eu teria achado em sua aula, mas confessou que ele próprio estava emocionado, apesar de nenhum dos alunos saber da presença da esposa do professor na aula. Tão emocionado, confessou Michel, que por duas vezes, ao pensar em mim, quase deixara escapar o fio da meada. Era nesses momentos que ele lamentava não ser professor de literatura, ou poesia. Gostaria de todo o coração de me dar alegria e não me aborrecer com assuntos secos.

Por essa época Michel começou sua tese de doutorado. Esperava que seu velho pai ainda chegasse a escrever no envelope das cartas que nos enviava todas as semanas: "Sra. e Dr. M. Gonen". Claro que era um desejo singelo, mas todos nós levamos desejos singelos no coração. Por outro lado, será que se pode apressar a elaboração de uma tese de doutorado? Seria um tema complexo, muito complexo.

Ao usar a expressão "tema complexo", meu marido franziu o rosto, e pude ver de relance em que direção, no futuro, as pequenas rugas que agora têm aparecido ao redor de seus lábios pretendem sulcar a face de Michel.

25.

No verão de 1955 nós viajamos com Yair para Holon, a fim de passar uma semana de férias na praia, nadando e descansando.

No ônibus, no banco ao nosso lado, estava um homem de aparência assustadora. Era um mutilado da Guerra de Independência, ou talvez um sobrevivente do Holocausto. Tinha o rosto disforme e um dos olhos vazado. O pior era a boca: não tinha lábios, e seus dentes ficavam expostos, como se risse o tempo todo, tal qual uma caveira. Quando o pobre homem olhou para Yair, nosso filho escondeu a cabeça no meu colo. Mas, como se quisesse tornar seu medo mais intenso, de vez em quando ele arriscava uma olhada em direção àquela face destruída. Seus ombros tremiam. E ficava branco de medo.

O desconhecido gostou da brincadeira. Não desviou o rosto e nem tirou o único olho de nosso filho. E, como se quisesse levar o menino ao limite do medo, o homem continuou a torcer o rosto e escancarar os dentes até que eu própria fiquei assustada. Ele esperava ansioso por cada olhadela do menino. Retorcia a cara de um jeito diferente todas as vezes que Yair levantava os olhos. Yair estava gostando daquele jogo macabro: levantava às vezes a cabeça, cravava os olhos no desconhecido, esperava paciente até que o fulano fizesse uma nova e horrível careta, e então voltava a enterrar os ombros no meu colo, tremendo muito. O corpo todo tiritava. O jogo transcorria em silêncio porque Yair soluçava com os músculos, com os pulmões, mas não com a voz.

Não podíamos fazer nada: não havia lugares vazios. Michel tentou impedir com o corpo que o homem e o menino se vissem, mas eles se curvavam e se espiavam pelas suas costas, ou por entre seus braços.

Ao descermos do ônibus na estação rodoviária central de Tel Aviv, o desconhecido se aproximou de nós e estendeu a Yair um biscoito seco. Usava luvas, apesar de ser um dia de verão. Yair aceitou o biscoito e o enfiou no bolso, em silêncio. O homem tocou com o dedo a face de Yair dizendo, por duas vezes:

"Que menino bonito, menino bonito e bonzinho."

Yair tremia como vara verde. Mudo.

Quando descemos do ônibus e embarcamos no que nos levaria a Holon, o menino tirou do bolso o biscoito seco, olhou-o pasmo e pronunciou apenas uma frase:

"Quem quiser morrer, que coma."

"Você não deve aceitar presentes de estranhos", eu disse.

Yair ficou calado. Quis dizer algo, mas mudou de ideia. Por fim declarou, convicto:

"Esse homem era muito mau. Certamente não era judeu."

Michel resolveu intervir:

"Com certeza esse homem foi gravemente ferido na guerra. Pode ser até um herói."

Yair teimou:

"Não é herói. Nem mesmo judeu é. É mau."

Michel o interrompeu com energia:

"Yair, chega de conversa."

O menino levou o biscoito seco à boca. Todo o corpo tremia novamente. Balbuciava:

"Vou comer isto e vou morrer."

Você nunca vai morrer, pensei em resposta, como li uma vez num trecho muito bonito de Gershon Shofmann. Mas Michel, prudente e sem brincadeira, atalhou com uma frase sensata:

"Você vai morrer com cento e vinte anos. E agora faça o favor de parar com essas bobagens. Terminei."

Yair obedeceu. Por um bom tempo manteve o bico calado. Por fim disse hesitante, como se tivesse concluído um raciocínio complicadíssimo:

"Quando estivermos na casa do vovô Yehezkiel, não vou comer nada. Nada."

Ficamos hospedados seis dias na casa do vovô Yehezkiel. Todas as manhãs íamos com nosso filho para a praia de Bat Yam. Foram dias tranquilos.

Yehezkiel Gonen já havia deixado de trabalhar no Departamento de Águas. Desde o começo do ano ele se mantinha com sua modesta aposentadoria. Mas das suas funções na sede do Partido Operário de Holon ele não abria mão. Ainda costumava ir lá todas as noites, com um pesado molho de chaves no bolso. Numa pequena caderneta ele anota: levar as cortinas à lavanderia, comprar uma garrafa de suco para o conferencista, recolher os recibos e ordenar pelas datas.

Pela manhã Yehezkiel estuda sozinho os fundamentos da geologia por meio de um curso por correspondência, para que possa manter com o filho uma conversa científica simples. Agora tem bastante tempo livre. Nunca se deve dizer "não vou mais estudar porque estou velho".

Yehezkiel nos pede para desfrutar de sua casa como se ele próprio não existisse: se ficássemos preocupados com ele, poderíamos prejudicar nossas férias. Se quisermos trocar os móveis de lugar, ou deixar nossa cama desarrumada o dia todo, podemos ficar à vontade. O mais importante é que possamos desfrutar de um completo descanso.

Somos tão jovens a seus olhos, que se não estivesse feliz por gozar de nossa companhia seria, por certo, digno de pena.

Yehezkiel repetiu essa mesma frase por diversas ocasiões. Havia uma contenção cerimoniosa em tudo o que dizia e que se manifestava tanto pelo tom enfático — como se estivesse fazendo um discurso para uma pequena assembleia — como pela escolha de palavras e expressões normalmente usadas apenas em ocasiões solenes. Lembrei-me de como Michel o definiu em nosso encontro no Café Atara: seu pai empregava expressões hebraicas como quem se servisse de um caro e frágil serviço de chá de porcelana. Pude, então, constatar que Michel tinha conseguido fazer uma observação muito acurada.

Entre o avô e o neto se estabeleceu, desde o primeiro dia, uma sólida amizade. Ambos acordavam às seis da manhã, em silêncio, para não nos acordar. Vestiam-se, tomavam um frugal café da manhã e saíam juntos a passear pelas ruas vazias. Yehezkiel gostava de mostrar ao neto os sistemas e serviços municipais: como os fios elétricos se ramificavam a partir do transformador central, o sistema de abastecimento de água, a central dos bombeiros e os diversos equipamentos contra incêndio — bombas e sirenes — distribuídos pela cidade, os dispositivos para coleta de lixo, a distribuição das linhas de ônibus. Era um mundo novo, impregnado de uma lógica fascinante. Novo e engraçado também era o nome pelo qual o avô o chamava:

"Seus pais chamam você de Yair, mas para mim você é Zalman, pois o seu verdadeiro nome é Zalman."

O menino não rejeitou seu novo nome, mas, por um princípio de justiça que só ele compreendia, começou a chamar o velho pelo mesmo nome: Zalman. Às oito e meia da manhã os dois voltavam do passeio, e eram anunciados por Yair:

"Zalman e Zalman estão chegando."

Eu ria até as lágrimas. Michel também sorria.

Ao levantarmos encontrávamos, Michel e eu, uma salada posta na mesa da cozinha, café, pão branco cortado, e manteiga.

"Zalman preparou o café da manhã para vocês com as próprias mãos porque é um menino esperto", dizia o comovido Yehezkiel. E para não omitir nada acrescentava:

"E eu só dei a ele alguns conselhos."

Depois disso, nós três íamos até o ponto de ônibus acompanhados por Yehezkiel, que nos alertava contra a força da correnteza e o perigo da insolação. Uma vez reuniu coragem para dizer:

"Eu iria com vocês, mas não gostaria de ser um estorvo."

À tarde, ao voltarmos da praia Yehezkiel nos preparava um almoço vegetariano: salada, ovos, torradas, frutas. A carne era banida de sua mesa por princípios que Yehezkiel se abstinha de explicar para não nos aborrecer. Durante o almoço ele se esforçava para nos entreter com histórias interessantes e piadas dos tempos de infância de Michel, como por exemplo o que Michel dissera uma vez ao líder sionista Moshé Shertok em sua visita à escola primária, e como Moshé Shertok havia sugerido que se publicasse a gracinha no suplemento infantil do jornal *Davar*.

Para o neto, Yehezkiel contava, durante o almoço, histórias de árabes maus e árabes bons, de sentinelas judeus e de bandos vingativos, de crianças judias heroicas e de oficiais ingleses que cometeram crueldades com os filhos dos imigrantes ilegais.

Yair era um discípulo atento e entusiasmado. Não perdia uma só palavra. Não esquecia nenhum detalhe. Como se tivesse reunido a sede de aprender de Michel com minha impertinente obsessão de lembrar e lembrar tudo. Daria para submetê-lo a um exame para apurar tudo o que havia aprendido com o "vovô Zalman": os cabos elétricos são ligados à usina Rieding. A quadrilha de Hassan Salama atirou em Holon da colina Tel Arich. A tubulação adutora traz água da nascente de Rosh Haain. Bevin era um inglês malvado, mas Rieding era um inglês bom.

Vovô deu pequenos presentes a nós três. Para Michel, cinco gravatas em uma embalagem de papelão; para mim, o livro de poesia espanhola compilada pelo professor Shirman, e para o neto, um carro de bombeiros vermelho movido a corda, equipado também com sirene.

Aqueles dias estavam sendo muito tranquilos.

No terreno que fica entre os blocos das Residências para Trabalhadores foram plantadas árvores do gênero fícus em volta dos canteiros de grama bem aparada. Pássaros cantavam o dia inteiro. A cidade era clara e inundada pela luz do sol. Ao entardecer soprava o vento vindo do mar, e Yehezkiel abria de par em par as venezianas e também a porta da cozinha.

"Vento refrescante", dizia ele, "a brisa do mar reanima o espírito."

Às dez da noite, ao voltar da sede do Partido Operário, o velho se curvava sobre a cama do menino e dava muitos beijos no neto que dormia. Depois vinha se sentar conosco nas espreguiçadeiras dobráveis do terraço. Evitava conversar sobre o Partido Operário por supor que não nos interessássemos pelos assuntos que a ele interessavam. Por isso, dava um jeito de encaminhar a conversa para temas que lhe pareciam mais adequados, pois não havia razão para nos aborrecer em nossas férias tão curtas. Comigo falava sobre Yossef Haiim Brenner, assassinado perto dali trinta e quatro anos antes. Na opinião de Yehezkiel, Brenner era um grande escritor e um grande socialista, embora nesse momento ele fosse desprezado pelos professores em Jerusalém por ter sido um lutador e não um diletante. Yehezkiel me assegurava que chegaria o dia em que toda a grandeza de Brenner seria descoberta em Jerusalém.

Eu não o contradizia.

Yehezkiel apreciava meu silêncio, que era interpretado por ele como mais uma prova do meu bom gosto. Como Michel, ele acreditava que eu era dotada de uma alma sensível. Por isso ele se sentia livre para me dizer que gostava de mim como se eu fosse sua filha.

Com o filho, Yehezkiel conversava sobre a natureza de Israel: não está longe o dia em que serão descobertas jazidas de petróleo em nossa terra, disso ele não tem a menor dúvida. Ainda se lembra muito bem de como os intelectuais faziam pouco do versículo do Deuteronômio: "Terra cujas pedras são de ferro e de cujas montanhas extrairás o cobre". E agora temos o monte Manara e as minas de Timna. Ferro e cobre. Sem a menor dúvida em breve será descoberto o petróleo, pois sua existência é explicitamente mencionada na Tossefta, e os antigos rabinos, os Tanaím e os Hamuraím, eram práticos e realistas como ninguém. Escreveram o que escreveram baseados em conhecimentos e não em sentimentos. Yehezkiel considera seu filho um geólogo imaginativo, que com certeza desempenhará um papel importante nessas pesquisas e descobertas.

Mas agora prefere se calar, para não nos aborrecer com suas ideias, pois estamos aqui para descansar, e ele, velho gagá, o que está fazendo? Conversando conosco justamente sobre assuntos profissionais. Como se não bastasse o esforço mental que nos aguarda em Jerusalém. Ele estava convencido de estar nos chateando, aliás, exatamente como todos os velhos do mundo costumam fazer. Vamos, vamos nos deitar e dormir para podermos acordar amanhã restaurados e bem-dispostos. Boa noite para vocês, queridos filhos. Não se importem com as coisas que este velho diz, pois ele vive sozinho e passa a maior parte do tempo calado.

Aqueles dias estavam sendo muito tranquilos.

Depois do almoço íamos todos passear no jardim, encontrar vizinhos e amigos que há muitos anos previram um futuro brilhante para Michel e agora compartilhavam de seu grande sucesso. Cumprimentavam orgulhosos a sua esposa, beliscavam a bochecha do filho e contavam detalhes engraçados dos tempos em que Michel ainda era bebê.

Todos os dias Michel me comprava o jornal da tarde. E ainda revistas ilustradas. Estávamos bronzeados. O cheiro do mar impregnara nossa pele. E a cidade era pequenina, com casario branco.

"Cidade nova", dizia Yehezkiel Gonen, "que não surgiu de antigas ruínas, mas que brotou limpa e aprazível das dunas de areia. E eu, que me lembro de seus primeiros tempos, fico contente cada vez que olho para ela, embora não tenha nem um décimo do que há na Jerusalém de vocês."

Na última noite, vieram as quatro tias de Tel Aviv para ficar conosco. Trouxeram presentes para Yair. Abraçaram vigorosamente o garoto e o beijaram vezes seguidas. Dessa vez, as quatro foram muito agradáveis. Mesmo tia Gênia não tocou em seus velhos assuntos tristes.

Tia Lea começou dizendo, em nome de todos os que estavam ali reunidos, que Michel não frustrou as esperanças da família. Você precisa, Hana, se encher de orgulho pelo seu sucesso. Tia Lea ainda se lembra de como os amigos de Michel caçoaram dele depois da Guerra de Independência, por não ter feito a besteira de ir viver em algum kibutz no deserto do Neguev, e preferido ir estudar em Jerusalém, na universidade, e servir assim ao povo e à nação com sua inteligência e seus talentos, e não com seus músculos como qualquer besta de carga. Agora, quando o nosso Michel está perto de se tornar doutor, esses mesmos amigos que o ridicularizavam vêm pedir que os ajude a dar os primeiros passos na universidade. Eles desperdiçaram os melhores anos de sua vida, esses imbecis, e enjoaram do kibutz no Neguev. Enquanto nosso Michel, que desde o começo foi mais esperto, pode, se quiser, contratar esses amigos arrogantes para transportar os móveis para a casa nova, que com certeza vai poder comprar em breve.

Ao pronunciar as palavras "kibutz no Neguev", o rosto de tia Lea se anuviou. E num ato falho Neguev saiu *neguef*, praga. O que provocou nas quatro tias um frouxo incontrolável de riso. Yehezkiel disse:

"Não se deve menosprezar ninguém."

Michel pensou um pouco e depois concordou com o pai, a educação não mudava nada no tocante ao valor intrínseco das pessoas.

Essas palavras deixaram tia Gênia feliz. Significa que o sucesso de Michel não vai lhe subir à cabeça e nem estragar sua humildade. E a humildade é muito importante em nossa vida. Ela, tia Gênia, sempre acreditou que o papel da mulher é encorajar o marido em seu caminho para o sucesso. Só no caso de o marido fracassar na empreitada, deve a esposa enfrentar o caminho amargo e travar a luta dos homens no mundo dos homens. Esse foi o seu destino. E está feliz ao ver que Michel não impõe esse destino à sua esposa. E você também, querida Hana, deve ficar feliz por não haver no mundo maior satisfação do que ter um grande esforço recompensado, e recompensas ainda maiores virão. Nisso tia Gênia acredita piamente, desde a juventude até hoje. As angústias por que passou não mudaram essa sua opinião, pelo contrário, a fortaleceram.

No dia de nossa volta a Jerusalém, pela manhã, Yehezkiel fez uma coisa que nunca vou esquecer. Subiu com a escada até o sótão e trouxe de lá um grande baú. Então, de dentro, tirou um uniforme de guarda, gasto e amarrotado. Até o quepe, que era chamado de *kolpak*, Yehezkiel achou em seu esconderijo. Colocou na cabeça do neto, quase cobrindo os olhos. O avô vestiu o uniforme de guarda por cima do pijama.

Durante toda a manhã, até a partida, os dois agitaram a casa com lutas e manobras militares, atirando um no outro com bastões. Entrincheiravam-se atrás dos móveis. Voltaram a chamar um ao outro de Zalman. Um grande prazer inundou Yair ao descobrir as delícias de comandar. E o velho soldado raso obedecia com devoção aos comandos do neto. Yehezkiel era um homem feliz na manhã em que terminava nossa visita a Holon. Por um doloroso instante senti que nada daquilo era novo, que eu já havia visto isso em tempos muito remotos. Como a cópia difusa de uma paisagem cujo original era muito, muito mais nítido e preciso. Não me lembro quando e nem onde. Uma corrente gelada me percorreu a espinha. Tinha uma necessidade urgente de dizer algo, talvez de gritar avisando meu filho e meu sogro do perigo eminente de um incêndio, ou de serem alvos de uma descarga elétrica. Mas em seu jogo eles não corriam nenhum desses perigos. Deveria pedir a Michel para sairmos dali agora, imediatamente. Entretanto, nada pude dizer, pois seria entendido como grosseria. Qual a força que me despertara tamanha aflição? Naquela manhã algumas esquadrilhas de aviões de combate sobrevoaram Holon em voo baixo. Não acreditei que fosse essa a causa da minha ansiedade. Não penso ser correto empregar aqui o termo causa. Os motores dos aviões rugiam. Vidros das janelas vibravam. Eu tinha a impressão que não era, de modo algum, a primeira vez.

Ao sairmos, Yehezkiel, meu sogro, beijou-me nas duas bochechas. Ao beijar, notei que seus olhos estavam diferentes. Parecia que as pupilas cobriam toda a parte branca. Seu rosto também estava cinzento. A face estava toda marcada e sem vida, e os lábios que tocaram minha face, gelados. Seu aperto de mão, no entanto, foi surpreendentemente quente. Um aperto forte e efusivo, como se o velho quisesse me dar seus dedos de presente.

Quatro dias depois de nosso retorno a Jerusalém lembrei de tudo isso com um calafrio, quando tia Gênia apareceu à tardinha para nos avisar que Yehezkiel havia caído morto no ponto de ônibus, em frente à sua casa. Ontem, ontem mesmo o pobre Yehezkiel estivera em sua casa, desculpou-se a tia, como se espantasse alguma feia suspeita, ontem mesmo fez a ela uma visita e não se queixou de nada. Pelo contrário, conversou com ela sobre um novo remédio contra paralisia infantil descoberto há pouco nos Estados Unidos. Ele estava... normal. Absolutamente normal. E de repente, de manhã, à vista dos vizinhos Gluberman, ele desmorona no ponto de ônibus. "Você está órfão, Mika", soluçou a tia, de repente. Ao soluçar, seus lábios se contraíram como o beicinho de um bebê velho e ofendido. Suas mãos apertavam com força a cabeça de Michel contra seu peito magro. Afagou sua testa por alguns momentos.

"Mika, como pode uma pessoa cair de repente na calçada, sem nenhum motivo, como uma bolsa ou um pacote que escapa da mão e... é terrível... Não tem nenhum... nenhum sentido. É feio. É como se Yehezke'le fosse uma simples bolsa, ou pacote, cai e quebra... Mika, que... que vergonha... E os vizinhos Gluberman, bem na frente, sentados no terraço deles, olhando como se fossem espectadores de alguma comédia, e aparecem pessoas totalmente desconhecidas para erguê-lo pelos pés e mãos, arrastando-o para tirá-lo do meio da rua, e depois voltam para apanhar no asfalto o chapéu dele, os óculos e os livros espalhados pela rua... Mika, você sabe para onde ele estava indo?" A tia levanta a voz, indignada e sofrida. "Ele estava simplesmente indo até a biblioteca devolver uns livros, e nem sequer ia tomar o ônibus, só por acaso caiu bem no ponto, na frente dos Gluberman. Um homem tão tranquilo, tão bom... tão... tranquilo, e de repente... como no circo, que coisa... como num filme, a pessoa está andando pela rua, e, de repente, vem alguém por trás e dá uma paulada na cabeça dela, e ela simplesmente desmorona e cai, como se fosse uma boneca de trapo, ou algo assim. Mika, é o que eu digo para você, a vida é só baixaria e sujeira. Sujeira e baixaria. Deixem logo o menino em algum canto, com algum vizinho, e voltemos rápido para Tel Aviv. A Lea ficou lá tratando das formalidades com aquelas duas mãos esquerdas que ela tem. Mil providências. A pessoa morre e vem a papelada, como se fosse viajar para o exterior, no mínimo. Apanhem seus casacos e vamos embora. Vou correndo até a farmácia chamar um táxi e... sim, Mika, eu peço, pelo menos um paletó preto, se não um terno, e se aprontem logo, vocês dois, por favor. Mika, que desgraça, que desgraça, Mika."

Tia Gênia saiu. Ainda pude ouvir os seus passos enérgicos na escada e na rua, em frente à nossa janela. Continuei parada, bem no lugar onde estava quando a tia chegou, segurando o ferro quente e apoiada na tábua de passar roupa. Michel virou-se depressa e saiu para o terraço como se quisesse gritar: tia Gênia, tia Gênia.

Entrou logo depois. Baixou a persiana do quarto e em silêncio fechou todas as janelas. Trancou também a porta da cozinha. Ao passar pelo corredor, ouvi sua voz abafada. Talvez tenha visto de repente seu rosto refletido no espelho que fica ao lado do cabide. Abriu o guarda-roupa. Tirou de lá o terno preto. Passou para ele o cinto que usava. "Meu pai morreu", disse ele num sussurro, sem me fitar, como se eu não estivesse presente quando sua tia falou.

Guardei o ferro elétrico sob o armário. Coloquei a tábua de passar no banheiro. Fui ao quarto de Yair. Interrompi o menino entretido em seus brinquedos. Escrevi um bilhete, dei a ele e o mandei para a casa dos Kamnitzer, os vizinhos. "Vovô Yehezkiel está muito doente", disse a Yair antes de sair. Da escada essas palavras me retornaram como eco distorcido, porque Yair já estava contando, agitado, para todos os garotos do prédio: "Meu vovô Zalman está muito doente e eles estão indo depressa para salvá-lo".

Michel colocou a carteira no bolso interno. Abotoou o paletó do terno preto que tinha pertencido ao meu falecido pai e foi reformado por Malka, minha mãe, para as medidas de Michel. Por duas vezes ele errou ao abotoar. Estava de chapéu. Pegou por engano a surrada pasta preta e logo a devolveu ao lugar com um movimento impaciente.

"Já estou pronto", disse. "De tudo o que ela disse, uma parte foi desnecessária, talvez, mas ela está certíssima. Não tem sentido, desse jeito. Não dá para entender. Pegam um homem simples e honesto, um homem velho, já sem muita saúde, e de repente o atiram morto na calçada, no meio da rua, no meio do dia, como se fosse um bandido perigoso. É muito feio, eu te digo, Hana, é cruel e... cruel. Muito feio."

Ao dizer as palavras cruel e feio, Michel começou a tremer intensamente. Como um menino que acorda em plena noite, no inverno, e em lugar do rosto da mãe se depara com rostos estranhos que o fitam na escuridão.

26.

Durante a semana que se seguiu ao enterro, Michel não se barbeou. Não acredito que tenha agido assim por respeito à tradição judaica nem tampouco pelo pai: Yehezkiel fazia sempre questão de dizer que era um ateu praticante. Talvez achasse constrangedor estar de barba feita durante o período do luto. As pequenas coisas podem nos magoar muito quando estamos sofrendo. Michel sempre detestou fazer a barba. Pelos negros cobriam seu rosto e lhe conferiam uma expressão zangada.

Para mim era um novo Michel, esse de barba. Por momentos, imaginei que seu corpo fosse mais forte do que aquele que eu conhecia. Seu pescoço estava mais fino. Em torno dos seus lábios surgiram vincos que sugeriam uma ironia cruel, que inexiste em Michel. Seu olhar era cansado, como se tivesse feito algum trabalho braçal, exaustivo. Nesses dias de luto, meu marido parecia um operário encardido de uma das pequenas oficinas da rua Agripas.

Durante a maior parte do dia Michel ficava na poltrona, calçando chinelos forrados e vestindo um robe xadrez, em tons de cinza-claro e escuro. Quando eu colocava o jornal em seu colo, ele se inclinava e lia. Se o jornal caísse no chão, não o pegava. Eu não podia saber se Michel pensava, ou se sua mente estava vazia. Uma vez me pediu um cálice de conhaque. Servi, conforme pedira, mas parecia ter esquecido. Olhou-me atônito e não tocou na bebida. E uma vez, depois do noticiário, disse:

"Muito estranho."

Não disse mais nada. E eu não perguntei. A lâmpada elétrica derramava uma luz amarelada.

Michel esteve muito calado nos dias de luto pelo pai. Também nossa casa estava silenciosa. Por alguns momentos, parecia que nós todos estávamos sentados aguardando alguma notícia. Quando Michel se dirigia a mim, ou ao filho, sua voz era mansa. Como se fosse eu a órfã. À noite eu o desejava muito. Era um desejo doloroso. Durante todos os anos de nosso casamento, eu não fazia ideia de como essa dependência podia ser humilhante.

Certa noite meu esposo colocou os óculos e se postou diante da escrivaninha, as mãos apoiadas sobre ela. A cabeça curvada. As costas, cansadas. Ao entrar em seu escritório, vi Yehezkiel Gonen em meu marido. Fiquei assustada. A nuca inclinada, os ombros curvados, a postura vacilante, era como se Michel materializasse a figura do pai. Lembrei-me do dia de nosso casamento, a cerimônia religiosa realizada na cobertura do antigo edifício do Rabinato, em frente à livraria Steimatsky. Também naquele dia Michel estivera muito parecido com o pai, a ponto de eu tê-los confundido por duas vezes. Não esqueci.

Durante as manhãs Michel se sentava na varanda. Seu olhar acompanhava a correria dos gatos pelo quintal. Descansava. Nunca tinha visto Michel descansar. Estava sempre correndo atrás de atrasos acumulados. Os vizinhos religiosos vieram nos dar os pêsames. Michel os recebeu educada mas friamente. Examinava através dos óculos a família Kamnitzer ou o sr. Glick, como um professor severo observa um aluno negligente. Até gaguejarem, por fim, suas condolências.

A sra. Sara Zeldin entrou com passos hesitantes. Veio nos sugerir que o menino ficasse em sua casa durante os dias de luto. Um sorriso de zombaria se formou nos lábios de Michel:

"Para quê?", disse. "Por acaso fui eu que morri?"

"Que Deus nos livre e guarde", assustou-se nossa visita, "só pensei, talvez..."

"Talvez o quê?", cortou Michel friamente.

A velha professora recuou de seu intento. Apressou-se a se despedir. À saída, pediu desculpas como se nos houvesse ofendido.

O sr. Kadishman apareceu, vestindo um terno de tweed preto e com uma expressão amável no rosto. Disse que tinha tido a oportunidade de conhecer o falecido, embora superficialmente, por intermédio da tia Lea. A despeito das diferenças entre suas concepções partidárias e as do falecido, nutria por ele um profundo respeito. Em sua opinião ele era um dos quadros mais decentes do Partido Operário. Dos desencaminhados, mas não dos falsos.

O sr. Kadishman ainda acrescentou:

"Pena tê-lo perdido, nunca o esqueceremos."

"Pena mesmo, senhor", concordou Michel friamente. E eu sopitei um sorriso.

O marido da amiga de Michel, do kibutz Tirat Yaar, também veio. Ficou parado na porta. Por cortesia, não entrou. Gostaria que eu transmitisse seus pêsames a Michel, dizendo a ele que esteve aqui. Quer dizer, em seu nome e no de Liora.

Na quarta noite vieram à nossa casa o professor de geologia, acompanhado de dois assistentes. Sentaram-se na sala de estar, no sofá, em frente à poltrona onde estava Michel. Sentaram-se eretos e com os joelhos unidos, e por certo consideravam inadequado se apoiar no encosto. Eu estava sentada em um banquinho perto da porta. Michel me pediu que servisse café aos três visitantes, e para ele, chá sem limão, por causa da azia que o incomodava. Depois Michel perguntou a eles sobre os resultados da pesquisa de campo realizada em Nahal Arugot, no Neguev. Quando um dos jovens começou a responder, Michel virou o rosto em direção à janela, com um movimento brusco, como se alguma mola tivesse se soltado. Seus ombros estremeceram. Fiquei assustada, pois me pareceu que Michel estivesse rindo e não conseguisse controlar o riso. Voltou o rosto para nós. Seu rosto estava cansado e indiferente. Pediu desculpas. Insistiu que continuassem a falar, que não resumissem nada: queria saber tudo. O jovem que havia falado antes recomeçou do ponto em que havia interrompido. Michel lançou-me um olhar cinzento, como que surpreso com algum detalhe que até então nunca tivesse notado em mim. Um vento noturno fez bater a veneziana contra a parede de fora. Parecia que o tempo estava tomando formas palpáveis: a luz elétrica, os quadros, os móveis, a sombra dos móveis, as linhas trêmulas que separam as partes iluminadas das sombras.

O professor interrompeu a fala do assistente para observar com contido entusiasmo:

"O estudo preliminar que você havia elaborado no início do mês não nos desapontou, Gonen. Os fatos confirmam suas hipóteses. Assim, nossos sentimentos se misturam: lamentamos pelos resultados da sondagem, mas, ao mesmo tempo, estamos satisfeitos pela sua cautela."

Depois disso o professor enveredou por considerações complexas, comparando o trabalho de pesquisa prática com o da pesquisa teórica e discorrendo sobre a importância da intuição criativa nessas duas vertentes. Michel observou secamente:

"Em breve chegará o inverno. As noites vão se tornando mais longas. Longas e frias."

Os dois jovens se entreolharam. Depois ambos fitaram o professor. O velho, assustado, apressou-se a menear energicamente a cabeça, sinalizando que a insinuação havia sido bem entendida. Levantou-se e disse, compungido:

"Todos nós compartilhamos de sua dor, Gonen, aguardamos a sua volta. Seja forte e... Seja forte, Gonen."

Os visitantes se despediram. Michel os acompanhou até o corredor. Apressou-se a ajudar o professor a vestir seu pesado sobretudo. Seus movimentos eram desajeitados, e Michel se desculpou com um sorriso forçado. Desde o início da noite até aquele momento, eu tinha estado fascinada por ele. Por isso aquele sorriso forçado me fez mal. Sua cordialidade vinha da subserviência, e não do afeto. Acompanhou as visitas até a porta. Depois que saíram, voltou ao seu escritório. Calado. Fitava a janela escura, de costas para mim. Quebrou por fim o silêncio, dizendo, sem se virar:

"Mais um copo de chá, Hana, e apague, por favor, a luz do teto. Quando papai nos pediu para darmos ao nosso filho um nome meio antiquado, tivemos que atendê-lo. Aos dez anos de idade eu peguei uma angina bem grave. Todas as noites, uma após a outra, meu pai passava sentado ao lado da minha cama, velando por mim. Colocava lenços molhados sobre a minha testa, e os trocava. E cantava vezes sem conta a única canção de ninar que conhecia. Sua voz era monótona e desafinada. A canção era assim: *Dorme, dorme, não se agite, o sol mergulha no mar, é hora do repouso, o silêncio vem reinar.*"

"Já contei para você, Hana, que tia Gênia fez todo o possível para casar meu pai novamente? Quase todas as vezes que nos visitava, trazia consigo alguma amiga, ou conhecida. Eram enfermeiras idosas, imigrantes polonesas, divorciadas magrelas. Todas elas avançavam primeiro sobre mim, com abraços, beijos, caixas de bombom e bilu-bilus. Papai fingia não entender as verdadeiras intenções da tia Gênia. Muito polido, conversava, por exemplo, sobre os últimos decretos do Alto-Comissariado."

"Quando estava com angina, eu ardia em febre. Eu suava a noite toda. Empapava os lençóis. Consciencioso, a cada duas horas papai trocava a muda de roupa de cama. Fazia o possível para não me acordar, mas seus movimentos eram sempre exagerados. Eu acordava e chorava. De madrugada, ele lavava todos os lençóis na banheira, e saía ainda no escuro para estender no varal, no terreno que fica atrás dos blocos de apartamentos. Pedi chá sem limão, Hana, estou com uma azia muito forte. Quando a febre baixou, papai foi comprar um jogo de damas, com desconto, na loja do vizinho Gluberman. Sempre dava um jeito de perder as partidas. Para me deixar feliz, ele suspirava, apertava a cabeça com as mãos, lamentava com grande exagero a terrível derrota, me chamava de geniozinho, cabeça-de-professor, cabeça-de-vovô-Zalman. Certa vez me contou a história de família Mendelssohn. Gracejando, ele nos comparou ao pai e ao filho do grande compositor. Antevia para mim um grande futuro. Ele me fazia tomar incontáveis copos de leite misturado com mel, sem nata. Quando eu teimava, batia o pé e me recusava a beber, papai tentava a sedução ou o suborno. Apelava para o meu bom senso. E assim eu me curei. Se não for muito trabalho, Hana, traga-me o cachimbo. Não, não esse, o inglês. O menorzinho de todos. Sim. Esse mesmo. Obrigado. Eu fiquei bom, mas acabei contagiando o papai com aquela angina violenta. Passou três semanas no hospital em que tia Gênia trabalhava. Tia Lea se ofereceu para cuidar de mim durante sua doença. Meses depois me contaram que papai fora salvo da morte por milagre, ou pela Graça Divina. Ele mesmo não levou nada daquilo a sério, e brincava: segundo o provérbio que gostava de citar, as figuras mais ilustres da nação seriam os primeiros a morrer, e por sorte ele era apenas um pé de chinelo. Jurei diante do retrato de Hertzl pendurado na sala que, se de repente meu pai morresse, eu encontraria um jeito de morrer também, e não iria para um desses orfanatos e nem para a casa da tia Lea. Na semana que vem, Hana, vamos comprar um trem elétrico para o Yair. Dos grandes. Como o trem que Yair viu na rua Yafo, na vitrine da loja de sapatos Freiman & Bein. Yair gosta muito de máquinas. Vou dar a ele de presente o despertador quebrado, e ensiná-lo a montar e desmontar. Pode ser que Yair venha a ser engenheiro: você já reparou como ele é atraído por máquinas, molas e motores? Você já viu um garoto de quatro anos e meio entender, quando se explica, em linhas gerais, o funcionamento de um aparelho de rádio? Não me considero uma pessoa brilhante, nem sedutora em especial, você sabe. Nem o gênio que meu pai pensava, ou dizia que pensava, que eu fosse. Não sou nada especial, Hana, mas o Yair, você tem que amá-lo com todas as suas forças. Você se sentirá bem amando-o assim. Não, não estou dizendo que você o negligencia. Que bobagem. Mas me parece que você não tem grande entusiasmo por ele. A paixão é essencial, Hana, às vezes é preciso mesmo saber ir além dos limites. Gostaria de pedir que você comece a... bem... não sei como explicar com palavras esse sentimento. Vamos supor. Faz alguns anos, quando estávamos, você e eu, sentados em um café, eu olhei para você e olhei para mim, e disse para mim mesmo, não nasci para ser príncipe encantado e muito menos algum tipo de cavaleiro andante, como se diz. E você é bonita, Hana, você é linda. Eu contei para você o que meu pai me disse em Holon, na semana passada? Disse que para ele você é uma poeta, apesar de não escrever poesia. Veja bem, Hana, não sei por que estou dizendo essas coisas para você agora. Você cala e cala. Um de nós sempre ouve e se cala. Por que estou contando todas essas coisas agora? Não para ofender, ou ferir você. Veja bem, não deveríamos ter insistido no nome Yair. Afinal, o nome não iria modificar em nada a nossa relação com o menino. E nós ferimos um sentimento muito frágil. Um dia vou perguntar, Hana, como aconteceu de você escolher justo a mim entre todos os homens interessantes que você certamente conheceu. Mas já é tarde e eu falo demais, e devo estar deixando você espantada. Hana, por favor, comece a arrumar as camas, já vou ajudar. Vamos dormir, Hana, papai morreu. Eu mesmo já sou pai. Todo esse... esse arranjo... de repente me parece uma brincadeira muito boba, de crianças. Nós brincávamos num canto do nosso conjunto residencial, num terreno baldio, já no limite com as dunas de areia: fazíamos uma fila comprida e o primeiro da fila jogava a bola e corria para o fim da fila, até que o último se tornasse o primeiro e o primeiro, o último, e de novo, de novo, de novo, não me lembro qual era o objetivo desse jogo. Nem me lembro se havia algum objetivo, e como se vencia. Nem sequer me lembro se alguém vencia, se havia alguma lógica naquela grande bobagem. Você esqueceu de apagar a luz da cozinha."

27.

Os dias de luto chegaram ao fim. De novo meu marido e eu nos sentamos frente a frente à mesa da cozinha, no café da manhã, imóveis e calados, e se um estranho nos visse agora pensaria que estamos tranquilos. Estendo o bule para Michel. Michel me estende duas xícaras para eu encher. Eu sirvo o café. Michel corta o pão. Adoço as duas xícaras e mexo e mexo, mais e mais, até que sua voz me interrompe:

"Chega, Hana, já misturou. Você não está cavando um poço."

Prefiro café preto. Michel costuma acrescentar um pouco de leite. Conto: quatro, cinco, seis gotas de leite em sua xícara.

Sentamos assim: minhas costas apoiadas no lado da geladeira elétrica, e meu olhar voltado para o retângulo inundado de azul que é a janela da cozinha. Michel de costas para a janela, e seus olhos enxergam os potes vazios alinhados sobre a geladeira, a porta da cozinha, uma parte do corredor e a porta do banheiro.

Depois o rádio nos traz alegres músicas matinais, canções israelenses que fazem lembrar minha juventude, e a Michel, lembram que o tempo passa e ele pode se atrasar. Ele se levanta sem palavras, debruça-se sobre a pia e lava seu copo e seu prato. Sai da cozinha. No corredor tira os chinelos e calça os sapatos. Veste o paletó preto. Tira o chapéu do cabide. Com o chapéu na mão e a velha pasta preta sob o braço, volta à cozinha para me beijar no rosto e se despedir de mim. Não se esqueça de comprar querosene mais tarde. O querosene está quase acabando. E ele próprio anotou no caderninho que deverá passar pelo Departamento de Águas para pagar a conta e esclarecer com eles um possível engano.

Michel sai de casa, e a vontade de chorar me aperta a garganta. Pergunto ao meu coração de onde vem tamanha tristeza. De que maldita caverna ela surgiu para anuviar essa manhã de um azul celestial. Como se eu fosse uma contadora em algum escritório comercial, vasculho uma pilha de lembranças esparsas. Checo cada algarismo nas longas colunas de contas. Onde estará oculto o grande engano? Será ilusão? Ou será que encontrei um erro grave? A música do rádio cessou. Agora ele fala da indignação que se alastra por algumas aldeias. Caio em mim. Oito horas. O tempo não descansa e nem dá descanso. Apanho a bolsa. Apresso Yair sem nenhuma necessidade, pois ele já está pronto faz tempo. De mãos dadas, vamos para o jardim de infância de Sara Zeldin.

Nas ruas de Jerusalém a manhã é transparente. Sons límpidos. Um velho carroceiro se espalha na boleia e canta a plenos pulmões. Os alunos da escola religiosa para meninos Tachemoni usam boinas puxadas para o lado. Estão no meio-fio da calçada, do outro lado da rua. Riem, tentam provocar o velho carroceiro, e debochar dele. O carroceiro acena para eles com a mão, como se respondesse a um cumprimento, sorri e continua a cantar a plenos pulmões. Meu filho me explica que na linha 3 trafegam ônibus Ford e Fargo. O motor dos Ford é muito mais possante. O dos

Fargo é fraquinho. De repente Yair pensa que eu deixei de prestar atenção às suas explicações. Ele me testa. Estou pronta para ser testada. Ouvi bem cada palavra, filho. Você é um bom menino, e esperto. Estou ouvindo.

Azul e transparente é o ar que banha Jerusalém nessa manhã. Até mesmo as pedras cinzentas dos muros do quartel Schneller tentam não parecer pesadas, e nos terrenos baldios irrompe vigorosa uma vegetação exuberante: cardos espinhosos, pequenas margaridas selvagens, trepadeiras e outros tipos de mato rasteiro de que não sei o nome, e que são chamados de mato e pronto. De repente eu estaco, gelada:

"Será que tranquei a porta da varanda antes de sair, Yair?"

"Papai fechou e trancou aquela porta ainda ontem à noite. E hoje ninguém abriu. Mãe, o que você tem hoje?"

Passamos em frente ao pesado portão de ferro do quartel Schneller. Nunca cruzei esses muros sombrios. Quando eu era criança o exército inglês ficava aquartelado ali, e podíamos ver metralhadoras apontando pelas seteiras. Há muitos anos esta fortaleza era chamada de Orfanato Sírio. É um nome estranho, e parece dirigido, de alguma maneira, a mim.

Um sentinela louro está postado diante do portão e sopra as pontas dos dedos para aquecê-los. Ao passarmos, o jovem soldado arrisca uma olhada para minhas pernas, para o espaço que fica entre a barra da saia e as meias soquete brancas. Resolvo sorrir para ele. Ele me crava um olhar penetrante onde se misturam fome, vergonha, desejo e desculpas. Olho o relógio — oito e quinze. Oito e quinze da manhã, o dia é azul e transparente, e já estou cansada. Gostaria de dormir. Mas só na condição de que os sonhos se esqueçam de mim.

Todas as terças-feiras Michel se demora na cidade antes de voltar da universidade para casa, para fazer a reserva na agência Kahana de duas entradas para a segunda sessão de cinema. Em nossa ausência, Yoram, o filho dos Kamnitzer, nossos vizinhos, fica de olho em Yair. Certa vez, ao voltarmos do cinema, encontrei um bilhete entre as folhas do romance que estava próximo à minha cama. Yoram havia escrito uma nova poesia, e a deixara ali para que eu desse a minha opinião. Em seu poema Yoram descreve um rapaz e uma moça que passeavam num pomar ao entardecer, e de repente um cavaleiro desconhecido surge a sua frente. Era um cavaleiro negro, seu cavalo era negro e sua lança era de fogo negro, e, no rastro de seu galope, uma cortina de trevas se estendia sobre toda a Terra e sobre os amantes. Entre parênteses, ao pé da página, Yoram esclarece que o cavaleiro negro é a noite. Yoram não confiava em mim.

No dia seguinte, ao encontrar Yoram Kamnitzer nas escadas do prédio, disse a ele que tinha gostado do poema, e que talvez valesse a pena enviá-lo a um dos jornais para jovens. Yoram agarrou com força o corrimão da escada. Por um momento me fitou com olhos amedrontados, e por seus lábios perpassou um riso pálido e ansioso:

"É tudo mentira, senhora Gonen", disse o jovem com voz sumida.

"Agora é que você mentiu", sorri.

Ele virou-se e subiu a escada correndo. Parou. Voltou o rosto, gaguejou uma desculpa amedrontada, como se tivesse esbarrado em mim ao fugir.

É o início do shabat. Desce a noite sobre Jerusalém. No topo da colina de Romema, o alto reservatório de água é inundado pela luz do crepúsculo. A folhagem das árvores filtra agulhas luminosas, como se a cidade estivesse em chamas. Uma bruma rasteira move-se lentamente em direção ao oriente, deslizando seus dedos pálidos pelas muralhas de pedra e pelas grades de ferro. Ela foi enviada para nos trazer a paz. Por toda a volta, algo se dissolve em silêncio. Um anseio ardente se propaga pela cidade. Grandes rochas liberam seu calor e se entregam aos dedos frios da neblina. Um vento leve varre os terrenos baldios, revira pedaços de papel e logo os abandona, por não ver neles nenhuma utilidade. Vizinhos em roupas festivas saem para as orações do shabat. O ruído de um carro distante se mistura aos sussurros dos pinheiros. Condutor, pare a carroça, pare! Vire o rosto para mim para que também eu o veja.

Sobre a nossa mesa, uma toalha branca. Um vaso de margaridas amarelas. Uma garrafa de vinho tinto. Michel corta a *chalá*, o pão do shabat. Yair canta três canções de shabat que aprendeu no jardim de infância. Eu sirvo peixe assado. Velas de shabat, nós não costumamos acender, pois Michel considera uma hipocrisia se não somos religiosos.

Michel conta para Yair alguns fatos acontecidos durante os tumultos de 1936. O menino bebe cada palavra, sôfrego. Faz perguntas inteligentes e finaliza com as palavras: "Eu terminei". A postura de Yair na cadeira revela sua atenção total. Também presto atenção às palavras de meu marido. Há também uma menina bonita vestida de azul, e essa menina quer me chamar, de fora da janela, e por isso golpeia a vidraça com seus punhos frágeis. Parece angustiada. Não está muito longe do desespero. Seus lábios dizem algo e voltam a dizer, e eu não consigo entender, e ela já desiste, seu rosto ainda permanece, mas de novo é só o vidro. Yossef, meu falecido pai, costumava abençoar o vinho e o pão no shabat. Em nossa casa também acendíamos velas. Meu pai não sabia até que ponto os preceitos da religião eram verdadeiros. Por isso mesmo os obedecia. Só quando meu irmão

Emanuel se engajou num movimento juvenil de esquerda foi que deixamos de festejar a vinda do shabat. O apego às tradições se tornou muito débil. Meu pai era um homem extremamente indeciso.

    No sopé da ladeira que leva à Colônia Alemã, ao sul de Jerusalém, um trem, cansado, empreende a subida. A locomotiva uiva e bufa. Arqueja exausta e parece desabar sobre as plataformas vazias. Deixa escapar o que resta de vapor num triste assobio. Pela última vez, seu longo silvo corta o silêncio. Mas o silêncio domina tudo. A locomotiva emudece, sucumbe, esfria. É a noite do shabat. Vaga expectativa. Também os pássaros se calam. Quem sabe se os pés dele cruzam agora os portões da cidade. Ou paira sobre os pomares de Shiloach, ou para além da colina do Mau Conselho. Uma luz amarelada flui nas ramificações das linhas elétricas até a aldeia de Deir Yassin e também até o edifício Generali. A água vinda de fontes longínquas, na planície, é puxada por grandes bombas e corre pelos canos. Basta tocar a torneira para que ela jorre, fria e transparente. É noite de shabat. Jerusalém é toda silêncio. Nada se materializou. A expectativa se suaviza em cristalina transparência. A cidade escurece.

    "*Shabat Shalom*", um bom shabat para todos, digo, ainda divagando.

    Meu filho e meu esposo riem. Michel ainda diz:

    "Como você está festiva, Hana, e como esse novo vestido verde cai bem em você."

    No começo de setembro a vizinha histérica do terceiro andar, a sra. Glick, foi internada em um hospital psiquiátrico. Vinha tendo ataques cada vez mais frequentes. Entre ataque e ataque, ela vagueava pela escada, pelo pátio e pela rua, com o rosto inexpressivo. Era uma mulher robusta, de um beleza madura e suculenta, que se encontra às vezes em mulheres que, chegando aos quarenta anos, não tiveram filhos. Vestia sempre roupas descuidadas, soltas e desabotoadas, como se tivesse acabado de se levantar. Já tinha acontecido de tê-la cumprimentado e tê-la visto enrubescer e me fitar com uma cólera muda. Uma vez, no pátio, ela se precipitou sobre o sensível Yoram, dando tapas no rosto dele, rasgando sua camisa com as unhas e xingando-o de cafajeste, voyeur, acusando-o de ter olhos obscenos.

Em uma noite de shabat no começo de setembro, a sra. Glick apanhou os dois candelabros com as velas acesas e os arremessou ao rosto do marido. O sr. Glick se refugiou no nosso apartamento. Desabou na poltrona, soluçando. Michel apagou o cachimbo, desligou o rádio e foi à farmácia telefonar. Uma hora depois apareceram enfermeiros vestidos de aventais brancos. Um de cada lado, seguraram a doente, e com cuidado a levaram para a ambulância. Como se transportada nos braços do amado, a sra. Glick desceu as escadas cantando uma alegre música em iídiche. Todos os moradores do prédio se postaram silenciosos em frente às suas portas. Yoram Kamnitzer veio se colocar ao meu lado. Sussurrava: "Senhora Gonen, senhora Gonen", e seu rosto estava branco como neve. Estendi a mão para tocar seu braço, mas a meio caminho a recolhi.

"É shabat, é shabat", berrava a sra. Glick, ao entrar na ambulância. E o marido implorava, chorando:

"Tudo bem, Dova, não é nada, vai passar. Vai passar, Dova, você vai ficar boa."

As roupas de shabat do sr. Glick estavam amarrotadas em seu pequeno corpo. O bigodinho ralo tremia como se tivesse vida própria.

Antes que a ambulância partisse, pediram ao sr. Glick para assinar uma declaração. Era um formulário exaustivo e cheio de detalhes. À luz dos faróis da ambulância, Michel o leu para o sr.

Glick, item por item. Michel também assinou o formulário, em dois lugares, para poupar ao sr. Glick a quebra dos preceitos do shabat. Depois Michel o amparou pelo braço até que a rua ficasse vazia de curiosos, e em seguida o trouxe para casa e lhe ofereceu café.

Talvez tenha sido esse o motivo pelo qual o sr. Glick acabou sendo um visitante assíduo em nossa casa. Soube pelos vizinhos que o dr. Gonen coleciona selos. E, veja só, por sorte tem uma caixa com muitos e muitos selos que para ele não têm nenhuma utilidade, e ficaria feliz em dá-los de presente ao dr. Gonen. Dados, sem precisar devolver. Desculpe, o senhor não tem o título de doutor? Não faz mal, todos os filhos de Israel são iguais perante o Criador, menos aqueles que não são queridos pelo Criador. Doutor, sargento, artista, todos nos parecemos muito uns aos outros, as diferenças são pequenas. O fato é o seguinte: a pobre sra. Dova tem irmão e irmã, em Antuérpia e Johannesburgo, e eles lhe enviam muitas cartas, e colam nelas muitos selos bonitos. Deus não lhe deu filhos, e portanto os selos não lhe fazem nenhuma falta. De presente, sem retorno, ele os passa às mãos do dr. Gonen. Por outro lado, ele tem um humilde pedido a nos fazer: que possa visitar nossa casa de vez em quando para ler a nova enciclopédia judaica. O fato é o seguinte: ele quer ter mais cultura, pretende ler todos os tomos da enciclopédia. Não de uma vez, claro. Algumas páginas em cada visita. E ele, por sua vez, promete não incomodar e nem fazer barulho, e nem trazer lama para nossa casa, mas esfregar bem as solas dos sapatos antes de entrar.

Assim o nosso vizinho se tornou um visitante assíduo. Afora os selos ele também dá a Michel os exemplares do jornal *Hatzofé*, da edição de sábado, por incluir um suplemento científico. De agora em diante um desconto especial me será oferecido na loja de armarinhos Glick, na rua David Yelin. Já zíper, trilho de cobre para cortina, botões, fivelas e linhas de bordar, ele me dá de presente, dado, sem retorno. E eu não sei recusar seus presentes.

Por muitos anos o sr. Glick foi um observador rigoroso dos preceitos de nossa religião. E, agora, o fato é o seguinte: depois da tragédia com a sra. Dova, ele foi assaltado por algumas dúvidas. Grandes dúvidas. Quer ampliar sua cultura, e aprender na enciclopédia. Vejam só, já chegou ao verbete "atlas", e aprendeu que não é apenas a palavra hebraica para uma seda lustrosa, mas também o nome de um gigante grego, sobre cujos ombros o mundo inteiro repousa. Muitos pensamentos novos iluminaram o sr. Glick nos últimos tempos. E a quem deve agradecer? A nós, a generosa família Gonen que muito o ajuda. Seu desejo é retribuir gentileza com gentileza, e não saberia o que fazer se não aceitássemos de bom grado o gigantesco Loto de Animais que ele oferece de todo coração ao nosso filho Yair.

Aceitamos de bom grado.

Estes são os amigos que costumam nos visitar:
Minha melhor amiga, Hadassa, e seu marido, Aba. Aba é um alto funcionário do Ministério de Indústria e Comércio. Hadassa é telefonista nesse mesmo ministério. Estão pensando em economizar o suficiente para comprar um apartamento no bairro de Rehávia, e só depois disso tratar de trazer mais uma criança ao mundo. É por seu intermédio que Michel toma conhecimento de fatos políticos que não aparecem nos jornais. Hadassa e eu trocamos lembranças comuns dos tempos da escola e da época do Mandato Britânico.

Professores assistentes, muito educados, e jovens professores substitutos do departamento de geologia aparecem de vez em quando e brincam com Michel sobre o velho tema: ninguém consegue progredir na universidade sem que morra um dos velhos. Deveria haver algum regulamento que desse também aos mais jovens oportunidades de acordo com seus talentos.

De vez em quando recebemos a visita de Liora, do kibutz Tirat Yaar, sozinha ou acompanhada do marido e dos filhos. Sobem a Jerusalém para fazer compras, ou para tomar um sorvete, e vêm conferir se ainda estamos vivos.

Como essas cortinas são bonitas, e como sua cozinha brilha de tão limpa. Será que podem também dar uma olhadinha no banheiro? O kibutz deles está para construir novas residências, e eles estão interessados em copiar bons exemplos. E em nome da Comissão de Cultura convidam Michel para dar uma palestra na noite do shabat sobre a estrutura geológica das montanhas da Judeia. Admiram muito o tipo de vida que têm os intelectuais: a rotina nunca corrói o trabalho científico, assim pensa Liora. Ainda se lembra do Michel dos tempos de movimento juvenil: rapaz discreto e responsável. E eis que não passa muito tempo e ele é o orgulho da turma. Quando Michel for a Tirat Yaar dar a sua palestra poderá levar também a família. O convite é coletivo. São tantas as lembranças em comum.

A cada dez dias vem o sr. Avraham Kadishman. É tido como um dos moradores mais antigos da cidade, dono de uma conhecida firma fabricante de calçados, velho amigo da tia Lea. Foi ele quem pesquisou, antes do casamento, se eu procedia de uma boa família, e avisou às tias, ainda antes de verem pela primeira vez a minha cara, que sim, que eu vinha de boa família.

Quando vem à nossa casa, ele tira o paletó no corredor e sorri para Michel e para mim, como se estivesse nos trazendo os bons ventos do grande mundo e como se tivéssemos ficado sentados, aguardando-o, desde sua última visita. Sua bebida preferida é chocolate. Suas discussões com Michel giram sempre em torno do sistema de governo. O sr. Kadishman participa do diretório do Partido Libertador, de direita, em Jerusalém. Entre ele e Michel, as discussões voltam sempre aos mesmos temas: o assassinato do líder socialista Arlozoroff, as disputas entre os movimentos clandestinos antibritânicos e o navio *Altalena*, posto a pique pelo governo. Não sei que graça Michel vê em manter essa amizade com o sr. Kadishman. Talvez o gosto pelos cachimbos, ou pelo xadrez, ou a sua relutância em afastar de nós um homem velho e solitário. Com o nosso filho, o sr. Kadishman costuma brincar de compor rimas, como por exemplo:

Yair Gonen iluminará e defenderá,
*Ao seu povo, luz e espada dará.**

ou:

Desperta, Yair, os dorminhocos da nação,
Para conduzi-los ao Muro da Lamentação.

Sirvo chá, café e chocolate. Trago o carrinho de chá da cozinha até a sala de visitas. A sala de visitas está embaçada com a fumaça dos cachimbos. O sr. Glick, meu marido e o sr. Kadishman estão sentados à mesa e se servem como crianças em festa de aniversário. O sr. Glick me olha de lado e pisca muito, como se tivesse medo de que de repente eu lhe fizesse um desaforo. Os outros dois cavalheiros estão debruçados sobre o tabuleiro de xadrez. Corto o bolo. Coloco uma fatia em cada pratinho. As visitas elogiam a dona da casa. Meu rosto ostenta um sorriso educado, do qual não participo. A conversa transcorre mais ou menos assim:

"Costumavam dizer que com a saída dos ingleses viria a redenção", diz o sr. Glick, hesitante. "Os ingleses já se foram e a redenção ainda não veio."

O sr. Kadishman:

---

* "Yair", escrito com a primeira letra do alfabeto hebraico, *alef*, significa iluminar, e a palavra "gonen" significa defender.

"É porque o Estado caiu nas mãos de pessoas pequenas. O Alterman de vocês escreveu em algum lugar que Dom Quixote luta heroicamente, mas é Sancho Pança quem sempre sai vencedor."
E meu marido:
"Não faz sentido reduzir tudo à boa vontade ou à má vontade. Há, na política, forças objetivas e procedimentos objetivos."
O sr. Glick:
"Em lugar de sermos a luz dos povos, tornamo-nos um povo igual a qualquer outro, e quem sabe se igual aos melhores ou se aos piores."
Sr. Kadishman:
"Isso porque são esses funcionariozinhos que governam agora o Terceiro Templo.* Contadores de kibutzim em vez do Messias. Quem sabe se não serão as crianças da geração do Yair, esse ótimo menino, a restituir a dignidade ao nosso povo."
E eu, distraída, enquanto empurro o açucareiro a um ou outro visitante, digo às vezes uma frase do tipo:
"Onde iremos parar com esses modismos?"
E às vezes digo:
"É preciso acompanhar o espírito do seu tempo."
Ou:
"É o reverso da moeda."
Digo essas coisas para não ficar quieta o tempo todo, dando a impressão de que me acho superior. E a dor corrosiva: como fui parar aqui. *Nautilus. Dragon.* Ilhas. Vem, vem, meu belo motorista de Buchara, Rahamim Rahamimov. Faça soar bem alto a sua buzina. A sra. Yvonne Azulay está prontinha para a viagem. É só levantar e sair. Não precisará nem trocar o vestido, está maravilhosamente pronta. Já.

---

* Referência ao moderno Estado soberano de Israel. Essa denominação estabelece uma continuidade em relação à antiga soberania judaica do período do Primeiro Templo (destruído por Nabucodonosor em 586 a.C.) e à do Segundo Templo (destruído por Tito, imperador romano, em 70 d.C.).

28.

Os dias se parecem e se parecem. Não esqueço nada. Eu me recuso a abandonar um mísero grão de memória às garras geladas do tempo. Eu o odeio. Assim como o sofá, as poltronas e as cortinas, também os dias são matizes suaves de uma mesma cor. Menina linda e inteligente de casaco azul, uma professora de jardim de infância retraída, as varizes inchadas na coxa, e entre elas o vidro que vai perdendo a transparência apesar do desesperado esfregar. Yvonne Azulay ficou para trás. Um trapaceiro da pior espécie a levou no bico. Certa vez minha melhor amiga Hadassa me contou sobre o diretor de nossa escola, que adoeceu, com câncer. Quando o médico lhe revelou qual era sua doença, ele não se conteve e explodiu indignado: pagava todas as contas em dia, foi estrito cumpridor de seus deveres, durante a guerra se apresentou como voluntário na unidade médica, apesar da idade. A ginástica a que se dedicara com rigorosa disciplina, por todos esses anos. E a dieta. Nem um cigarro pusera na boca durante toda a vida. E seu livro sobre os fundamentos da gramática hebraica.

Argumentos patéticos. Mas o logro também é coisa patética, e podre. Minhas condições não são excessivas. Quero apenas que o vidro permaneça transparente. Nada mais.

Yair está crescendo. No ano que vem ele vai para a escola. Yair é um menino que jamais se queixa de tédio. Michel diz:

"Aí está uma criança autárquica. Ele cuida dele mesmo, é autossuficiente."

No tanque de areia que fica no pátio eu brinco com Yair — cavamos um túnel. Minha mão cava em direção à sua mãozinha até que nos encontramos e nos tocamos sob a areia. Então ele ergue a cabeça e sussurra, com sua expressão inteligente:

"Encontramos."

Certa vez Yair me fez uma pergunta:

"Mãe, vamos supor que eu fosse Aron, e Aron fosse eu. Como você iria saber de qual dos dois você deveria gostar?"

Uma, duas horas, Yair é capaz de ficar brincado em seu quarto, sem dar um pio. Até que de repente aquele silêncio me apavora, e corro ao seu quarto, em pânico: desgraça, eletricidade. Ele me dirige um olhar tranquilo e espantado:

"Mãe, o que há com você?"

Menino limpo e cuidadoso. Menino sensato. Às vezes ele vem da rua cheio de marcas e arranhões. Por fim, depois de súplicas e ameaças, ele resume da seguinte maneira o acontecido:

"Houve uma briga. Os meninos ficaram zangados. Eu também. Não ligo e não dói. Às vezes as pessoas ficam zangadas. Isso é tudo."

Os traços do meu filho se parecem com os de meu irmão, Emanuel. Os ombros fortes, a cabeça volumosa, os gestos sonolentos. Mas não tem nada da jovialidade franca e transbordante de meu irmão. Quando o beijo, ele se encolhe, como se impusesse a si mesmo suportar com estoicismo e aguardar. Quando conto a ele alguma coisa engraçada, ele me crava um olhar inquiridor. De soslaio. Atento. Perspicaz. Sério. Como se procurasse descobrir o que me teria levado a escolher justamente essa história. Objetos o interessam muito mais do que palavras e pessoas: mola, torneira, parafusos, cavilhas, chaves.

Os dias se parecem e se parecem. Michel sai para o trabalho e volta às três da tarde. Tia Gênia já comprou para ele uma pasta nova, pois a que ganhou do pai, de presente de casamento, se desfez. Rugas sulcam a parte inferior de seu rosto. Conferem a ele uma expressão de fria e amarga ironia, da qual Michel está bem distante. A elaboração da tese de doutorado prossegue lenta, mas não é esquecida. Todas as noites Michel lhe dedica as duas horas que permeiam entre o noticiário das nove e o das onze. Nas noites em que não temos visitas, e o rádio não transmite nenhum programa interessante, peço a Michel que leia para mim algumas páginas de seu trabalho. Sua voz é pausada e tranquila. A luz da luminária de mesa. Seus óculos. O repouso de seu corpo sobre a poltrona enquanto ele discorre sobre a irrupção das forças vulcânicas ou sobre o resfriamento das camadas cristalinas. De meus sonhos sonhados vieram todas essas palavras, e aos sonhos retornarão. Meu marido é contido e metódico. Às vezes me lembro de um gatinho, cinza e branco, que chamávamos de Tzach. O salto desastrado do bichinho, que pretendia abocanhar a mariposa no teto.

Temos pequenos problemas de saúde. Entretanto, desde que Michel completou catorze anos ele não mais adoeceu, nem uma única vez. Também eu não tive nada além de simples resfriados.

Mas Michel é muitas vezes acometido de azia. O dr. Urbach o proibiu de comer frituras. Eu sofro de doloridas contrações na garganta. Por diversas vezes passei algumas horas afônica.

Às vezes nós nos envolvemos em pequenas rusgas. Depois fazemos as pazes, tranquilamente. Por um momento culpamos um ao outro, mas já no momento seguinte nos arrependemos e cada um se culpa a si próprio. Sorrimos um para o outro como dois estranhos que esbarram sem querer em uma escadaria mal iluminada. Perplexos, mas muito gentis.

Compramos um fogão a gás. Teremos também máquina de lavar roupa já no próximo verão. Já assinamos o contrato de compra e pagamos a primeira parcela. Graças à intervenção do sr. Kadishman, Michel e eu conseguimos um grande desconto. Pintamos de azul o quarto de Yair. Michel acrescentou mais algumas prateleiras de livros ao seu escritório, que já foi varanda. Na ocasião montamos também no quarto do menino mais duas prateleiras de livros.

Tia Gênia veio festejar conosco o Rosh Hashaná, o ano-novo. Nós a hospedamos por quatro dias, pois o feriado caiu no dia seguinte ao shabat. Ela envelheceu e seus traços endureceram. Em sua face se petrificou uma expressão parecida com um amargo soluço. Ela continua fumando muito, apesar das fortes dores que sente junto ao coração. É duro ser médica em um país quente e nervoso.

Michel e eu passeamos com tia Gênia no monte Hertzl e no monte Tzion. Estivemos também na colina onde será construída a nova universidade. A tia trouxe de Tel Aviv um romance polonês com encadernação parda, que lia, na cama, até de madrugada.

"Por que você não dorme, tia Gênia? Você deve aproveitar esses dias para descansar bastante."

"Você também não está dormindo, Han'ke. Na minha idade já se pode, na sua não."
"Eu posso preparar um chá de hortelã para você. É bom para fazer dormir e acalmar."
"Mas o sono não me acalma Han'ke. Obrigada."

No feriado tia Gênia nos perguntou:
"Se vocês já decidiram não se mudar desse lugar horroroso, por que vocês não têm mais um filho?"
Michel pensou um pouco, e depois sorriu:
"Pensamos, talvez, depois que eu terminar minha tese de doutorado..."
Eu disse:
"Não, ainda não desistimos de nos mudar. Vamos ter um apartamento novo e bonito. E também faremos uma viagem para o exterior."
E tia Gênia, numa explosão de tristeza e revolta:
"Meus caros, o tempo passa, o tempo passa, e vocês vivem como se os anos estivessem parados, esperando pelas Vossas senhorias. Os anos não param e não esperam por ninguém."

Duas semanas depois, na festa de Sucot, completei vinte e cinco anos. Quatro anos mais jovem do que meu marido. Quando Michel tiver setenta, eu serei uma senhora de sessenta e seis anos. Como presente de aniversário, Michel me comprou uma vitrola e três discos de música clássica: Bach, Beethoven, Schubert. Era o passo inicial para nossa discoteca. Colecionar discos vai me fazer bem, assim disse Michel. Ele havia lido num livro que a música acalma as pessoas. O próprio colecionar acalma. Veja, ele próprio coleciona cachimbos e também selos para Yair. Ele também está tentando se acalmar, quase perguntei. Mas não quis que me desse aquele sorriso. Por isso não perguntei.

Yoram Kamnitzer soube por Yair do meu aniversário. A mãe lhe pediu que viesse à nossa casa tomar emprestado nossa tábua de passar. De repente, desajeitado, estendeu para mim um pacote embalado em papel pardo. Abri o presente: era um livro de poesias de Yaacov Fichman. As palavras de agradecimento ainda estavam em meus lábios, e o jovem já voava escada acima. A tábua de passar foi devolvida no dia seguinte pela irmãzinha de Yoram.

Na véspera de Sucot fui ao cabeleireiro e cortei o cabelo bem curto. Fiz um penteado de rapaz. Michel disse:

"O que é que há com você, Hana, não entendo o que se passa com você."

Pelo meu aniversário, minha mãe me enviou um pacote do kibutz Nof Harim, com duas toalhas de mesa verdes. Em ambas mamãe bordou um buquê de ciclamens de cor violeta. Era um bordado feito com muito capricho.

E no feriado de Sucot fizemos um passeio ao Jardim Zoológico Bíblico.

Uma caminhada de dez minutos, de nossa casa ao Jardim Zoológico Bíblico, e parece que estamos em outro planeta. O zoológico fica num bosque, na encosta de uma colina rochosa. No sopé da colina, brota um país deserto. *Wadis* — riachinhos — traçam curvas sinuosas. O vento sussurra na copa dos pinheiros. Vi pássaros negros planando numa amplidão azul. Acompanhei seu voo com os olhos. Por um momento, todas as coisas perderam o cabimento. Julguei que não eram as aves que planavam, mas era eu quem caía e caía. E um velho guia tocou meu ombro como quem pede: por aqui, minha senhora, por aqui.

Michel explicava ao filho as diferenças entre animais diurnos e animais noturnos. Empregava palavras simples, evitando adjetivos. Yair fez uma pergunta. Michel respondeu. Não pude distinguir as palavras, mas ouvi as vozes, e o som do vento e os gritos dos macacos nas jaulas. Sob a luz ofuscante do sol, os macacos se empenhavam em jogos lascivos. Não consegui me manter indiferente a essas cenas. Despertaram em mim uma alegria selvagem e feia, como aquela que me invade às vezes, quando em sonho sou possuída por estranhos. Um senhor vestido de casaco cinza, com a gola levantada, estava diante da jaula dos macacos. Suas mãos ossudas se apoiavam no cajado esculpido. De propósito, jovem e garbosa em meu vestido de verão, atravesso entre ele e as jaulas. O homem olha e olha, como se eu fosse transparente, e os macacos continuassem a copular através da minha carne. Para onde o senhor está olhando. Por que a senhora pergunta. O senhor me ofende. Minha senhora, a senhora é muito sensível, a senhora é das sensíveis. O senhor vai embora. Estou indo para casa, minha senhora. Onde fica sua casa, cavalheiro. Por que me pergunta, não tem esse direito. Meu lugar é meu. O lugar dela é dela. O que há com a senhora. Quem imagina que sou. Desculpe-me, cavalheiro, eu me enganei ao lhe atribuir intenções inconvenientes. A senhora está cansada. Fala sozinha, não compreendo suas palavras, como se estivesse doente. Ouve-se música à distância, meu senhor, será uma orquestra que toca ao longe. O que está para além das árvores não posso afirmar, senhora, é difícil confiar numa mulher estrangeira, e doente. Ouço a melodia, senhor. É tudo ilusão, minha filha, só os macacos gritam de prazer, devassos são esses sons. Não, eu me recuso a acreditar no senhor, o senhor me engana. Um cortejo passa agora para além do bosque e das casas, na rua Malkei Israel. Lá a juventude canta e desfila, e lá robustos policiais montam cavalos fogosos ao som da banda militar, em alvos uniformes de gala e vistosas dragonas douradas. O senhor me engana, sua intenção é me isolar até que eu fique vazia. Ainda não pertenço ao senhor, mas já não pareço mais comigo mesma, não permitirei ao cavalheiro que me seduza com palavras. E será que os lobos magros e cinzentos ainda correm atordoados em círculos, com suas patas macias, à volta das grades de suas jaulas, e suas mandíbulas pendem, e seu focinho é úmido, e em seu pelo há respingos de lama e saliva, e tocam em nós, e é contra nós que despejam toda a sua fúria, agora, muito.

29.

Os dias se parecem e se parecem. O outono virá. À tarde o sol bate na janela voltada para o oeste, traçando desenhos de luz sobre o tapete e o forro das poltronas. A cada ligeiro movimento das copas das árvores no quintal, os desenhos tremem suavemente, num movimento surpreendente e intrincado. A cada anoitecer, um incêndio irrompe na figueira. As vozes das crianças que brincam lá longe são ruídos selvagens. O outono virá. Lembro de ouvir meu pai dizer, quando eu era criança, que no outono as pessoas tornavam-se mais calmas, mais sensatas.

Ser quieta e sensata: como é chato.

Uma noite Yardena veio à nossa casa. É amiga de Michel desde os tempos de estudante. Logo nos contagiou com sua jovialidade. Começaram juntos os estudos, ela e meu marido. E agora, vejam, o brilhante Michel já tinha atingido os píncaros da glória, enquanto ela, coitada, nem fica bem dizer isso, continua derrapando, atolada num maldito trabalho final.

Coxas fartas tem Yardena. Alta. Veste uma saia justa e curta. Seus olhos também são verdes. Cabelos louros e fartos. Veio pedir ajuda a Michel: encontra dificuldades no trabalho final. Desde o primeiro dia, tinha notado a grande inteligência de Michel. Ele tem que salvá-la.

Yardena chamava Yair carinhosamente de Espertinho, e a mim de Benzinho.

"Benzinho, você não se importa se eu sequestrar o seu marido por meia horinha? Se ele não me explicar logo esse Davis, eu me jogo do telhado. Está me deixando maluquinha."
Disse, e tocou o cabelo de Michel, como se fosse sua dona. Com a mão grande e branca, tocou-lhe o cabelo. Com dedos de unhas compridas, adornados por dois largos anéis.
Fiz cara feia. Logo me envergonhei de ter feito. Tentei responder a Yardena no mesmo tom. Disse:
"Pode levar. De graça. Presente. Junto com o Davis de vocês."
"Benzinho", disse Yardena, e um riso amargo perpassou o seu rosto. "Benzinho, não diga isso, depois você se arrepende, e muito. E você não parece ser aquela heroína que pretende ser."
Michel resolveu sorrir. Em seu sorriso, tremeram os cantos dos lábios. Acendeu o cachimbo e convidou Yardena a entrar no escritório. Por meia hora, ou talvez uma hora ficaram sentados junto à mesa de trabalho. A voz dele era sóbria e profunda. A dela era entremeada o tempo todo por risinhos abafados. E, ao entrar no escritório com o carrinho de chá para servir a eles café e biscoitos, pude ver suas cabeças, a loura e a grisalha, flutuando na fumaça do cachimbo.

"Benzinho", disse Yardena, "você com certeza nem liga para o fato de ter agarrado um jovem gênio. No seu lugar, eu o devoraria. Mas você, benzinho, você não me parece tão voraz. Não, não tenha medo de mim. Sou um cachorro que late muito, mas que quase não morde. Agora, por favor, deixe-nos terminar a aula, para que eu possa devolver esse sábio e ingênuo cordeirinho a você. Esse filho de vocês é o próprio espertinho: fica aí parado, quietinho e sonso, olhando para mim como se fosse um homenzinho. Olhar do pai, tímido mas esperto. Leve daqui esse garoto antes que ele me deixe doidinha."

Fui para a cozinha. Na janela, cortinas azuis. Com estampas de flores. No terraço da cozinha há uma grande tina pendurada. É a tina onde lavo nossas roupas enquanto espero chegar a máquina de lavar, no próximo verão. Sobre o parapeito há uma plantinha morta e um lampião de querosene coberto de fuligem. Muitas vezes temos interrupções de energia em Jerusalém. Por que fui cortar meu cabelo desse jeito, eu me pergunto, murmurando. Alta e charmosa é Yardena, e seu riso é forte e alegre. Vou preparar o jantar.

Desço apressada à quitanda do persa Eliahu Moshía. Já estava fechando. Mais dois minutos e não o encontraria, disse o verdureiro alegremente. Comprei tomates, pepinos, salsinha. Pimentões vermelhos e verdes. Eliahu ria e ria de meus movimentos desastrados. Peguei a cesta com as duas mãos e corri para casa. De repente, fiquei apavorada: havia esquecido de trazer a chave.

Tudo bem, Michel e a visitante estão em casa. A porta não está trancada, e além disso os vizinhos Kamnitzer guardam chaves de reserva, para qualquer eventualidade.

Apressara-me em vão. Yardena já estava na escada, despedia-se do meu marido e não acabava nunca de se despedir. Nossa visitante apoiava uma perna bem torneada na grade do corrimão. Um odor de suor e perfume misturados pairava no vão da escada. Era um cheiro agradável e ativo. Eu estava sem fôlego pela corrida e pelo susto com a chave. Yardena disse:

"Em meia hora seu tímido maridinho resolveu um problema de meio ano para mim. Não sei como agradecer a vocês dois."

Disse, e de repente estendeu dois dedos bem cuidados ao meu queixo, para remover uma casquinha ou um fio solto de cabelo.

Michel tirou os óculos de leitura. Sorriu tranquilo. Num impulso, agarrei o braço do meu marido e fiquei apoiada nele. Yardena riu e se foi. Entramos em casa. Michel ligou o aparelho de rádio. Preparei uma salada.

As chuvas custaram a chegar. A cidade foi tomada por um frio intenso. O aquecedor elétrico ficava ligado o dia inteiro em nossa casa. De novo, o vapor úmido cobria as vidraças. Com o dedo, meu filho desenha figuras nos vidros da janela. Às vezes me coloco atrás dele, observo e não consigo decifrar.

No shabat Michel subiu pela escada ao depósito que fica entre o forro e a laje, deixou lá as roupas de verão e trouxe consigo as roupas de inverno. Eu já estava enjoada das roupas do ano passado. O vestido de cintura alta me parecia agora roupa de velha.

Após o shabat fui à cidade fazer compras. Tomada por uma obsessão, comprei e comprei. Numa só manhã gastei o salário do mês inteiro. Para mim comprei um casaco verde e delicados chinelos de couro. E um par de sapatos de camurça. E três outros vestidos, de manga comprida. E um agasalho esportivo, cor de laranja com zíper. Para Yair comprei um uniforme de marinheiro, de lã inglesa.

Depois, caminhando pela rua Yafo em direção a oeste, passei pela loja de aparelhos elétricos que há muitos anos pertenceu ao meu falecido pai. Descansei meus pacotes perto da entrada. Fiquei ali parada, pálida, diante do desconhecido. Perguntou o que eu desejava. Seu modo de falar denotava paciência, e no fundo fiquei grata por isso. Mesmo quando teve que repetir a pergunta, o homem não levantou a voz. Na penumbra do fundo da loja pude ver a entrada do quartinho baixo, ao qual se desce por dois degraus. Nesse quartinho, papai executava pequenos consertos. Ali eu ficava sentada, lendo livros de aventuras, de meninos,

nos dias em que ia visitar a loja. Nesse quartinho papai costumava preparar um copo de chá, duas vezes por dia, às dez da manhã e às cinco da tarde. Por dezenove anos a fio meu pai fervia chá, duas vezes por dia, às dez e às cinco, fosse verão ou inverno.

Uma menina feia saiu do quartinho segurando uma boneca sem cabelo. Seus olhos estavam vermelhos de tanto chorar.

"Em que posso servi-la?", perguntou o estranho pela terceira vez. E sua voz não revelava qualquer surpresa. Peço um bom barbeador, um barbeador elétrico que poupe meu marido dos transtornos do barbear com navalha. Ele se barbeia como um rapazinho — arranha a pele com a navalha até o sangue brotar, e deixa tufos de barba sob o queixo. Um barbeador do melhor tipo, e o mais caro que tiver, quero fazer a ele uma boa surpresa.

Contei o dinheiro que havia restado na carteira, e de repente os olhos da menina feia brilharam. Acha que me conhece. Não sou a doutora Kupermann, do posto médico de Katamon? Não, minha filha, você me confunde com outra pessoa. Meu nome é senhora Azulay, faço parte da seleção nacional de tênis. Obrigada e shalom para vocês. Seria bom acender o aquecedor, aqui dentro está frio. E úmido.

Michel fica perplexo à visão dos pacotes que trago ao voltar da cidade:

"Mas o que há com você, Hana, não consigo entender o que se passa com você."

Respondi:

"Você por certo se lembra da história da Cinderela. O príncipe a escolheu porque ela tinha o menor pé do reino, e ela o quis para deixar a madrasta e as irmãs malvadas mortas de ódio. Você não concorda comigo que a decisão do príncipe e da Cinderela de constituir família foi baseada em argumentos fúteis e infantis? O pé pequeno. Eu garanto para você, Michel, que esse príncipe era um bobalhão e que Cinderela era uma idiota. Talvez por isso mesmo eles se deram tão bem e viveram felizes para sempre."

"Não consigo captar", queixou-se Michel, em tom de seca ironia. "É profundo demais esse seu exemplo. Literatura não é meu território. Não sou forte em decifrar metáforas. Por favor, me explique de novo o que você queria dizer, mas fale com palavras bem simples. Se for mesmo importante."

"Não, caro Michel, não é nada importante, nem sei ao certo o que tentei explicar. Não sei. Todas as roupas novas eu comprei para ficar feliz com elas, e o barbeador, para que você também fique feliz."

"E por acaso não sou uma pessoa feliz?", perguntou Michel baixinho. "E você, Hana, você não é feliz? O que aflige você, Hana. Não consigo entender o que a atormenta o tempo todo."

"Lembro-me de uma canção infantil muito bonita", respondi, "na qual uma menina pergunta: palhacinho, você dançaria comigo? E outra criança responde: meu querido palhacinho, com todos você dança. Você acha, Michel que essa resposta satisfaz a pergunta da menina?"

Michel pensou em dizer algo. Desistiu. Calou-se. Desfez os pacotes. Guardou cada coisa em seu lugar. Foi ao escritório. Passado algum tempo voltou, hesitante. Disse que eu o obrigo a pedir dinheiro emprestado de algum amigo, talvez do sr. Kadishman, para podermos chegar ao fim do mês. E por quê? Qual o motivo, ele quer entender. Pois deve haver no céu ou na terra algum motivo.

"As pessoas devem tomar muito cuidado quando empregam a palavra motivo. Você mesmo me disse isso, Michel, há menos de seis anos."

30.

Outono em Jerusalém. As chuvas demoram a vir. O céu está de um azul profundo, como o azul de um mar calmo. O frio seco penetra na carne. Nuvens esparsas se arrastam em direção ao oriente. Bem cedo, pela manhã, essas nuvens baixam e deslizam entre as casas como um cortejo silencioso. Lançam um véu sobre os arcos de pedra fria. Logo às primeiras horas da tarde, a cerração envolve a cidade. Às cinco, cinco e quinze, já é noite. Não são muitos os lampiões de rua em Jerusalém. Sua luz é amarela e mortiça. Pelos pátios e becos, as folhas secas se revolvem em rodamoinhos. Um aviso fúnebre, em estilo solene, foi colado em nossa rua: *Nachum Hanun, dos respeitáveis da comunidade Buchara, avançado em anos, partiu para seu repouso eterno.* Eu me surpreendi pensando em Nachum Hanun. Na longevidade. E na morte.

    O sr. Kadishman apareceu sombrio, agitado, metido num casaco de pele russo. Disse:

    "Em breve haverá guerra. E dessa vez conquistaremos Jerusalém, Hebron, Belém e Nablus. O Eterno, bendito seja, agiu com justiça nesse caso: se privou de juízo nossos dirigentes de faz de conta, em compensação confundiu o entendimento dos nossos inimigos. Como se tirasse com uma das mãos e devolvesse com a outra. O que a sabedoria dos judeus não fez, a estupidez dos árabes fará: em breve vai eclodir uma grande guerra, e os lugares sagrados retornarão às nossas fronteiras."

"Desde o dia em que o Templo foi destruído", Michel repetia as palavras tão gratas ao pai, Yehezkiel. "Desde o dia em que o Templo foi destruído nos foi facultado o dom da profecia... Se o senhor me perguntar, senhor Kadishman, qual a minha opinião, eu lhe diria que a próxima guerra não será travada por Hebron ou por Nablus, mas por Gaza e por Rafiah."

"Os prezados cavalheiros perderam o juízo", eu disse, rindo. "Ambos os dois."

Pelos pátios calçados de pedra, estende-se um tapete de agulhas mortas de pinheiros. O outono chega duro e denso. O vento varre as folhas mortas de um espaço vazio para outro espaço vazio. Nas madrugadas do bairro de Mekor Baruch, os telheiros de zinco erguidos sobre os terraços ressoam rumorosos à passagem do vento. O ritmo abstrato do tempo se parece com a efervescência de cristais num tubo de ensaio: pura, radiante e letal. Em plena noite de 10 de outubro, pude ouvir de longe o rugido de motores pesados. Era um ronco abafado, como se a custo conseguissem conter uma energia crescente. Tanques se movimentavam dentro dos muros da base Schneller, próxima a nosso bairro. Eles rosnavam surdamente sobre suas esteiras. Imaginei cães enlameados e furiosos, puxando com raiva as correntes que lhes prendem o pescoço.

E há também o vento. Ele revira o lixo dos terrenos baldios, levanta turbilhões de poeira e os lança contra a velha persiana. Faz flutuar retalhos amarelados de jornal e com eles cria formas fantasmagóricas no escuro. Toca nos lampiões de rua provocando sombras dançarinas. As pessoas andam encurvadas sob a violência das rajadas. Às vezes o vento se apodera de uma porta esquecida e a arremessa contra o batente, até se ouvir de longe a saraivada dos estilhaços de vidro. O dia inteiro o aquecedor fica ligado em nossa casa. Tampouco à noite o desligamos. Nos noticiários do rádio, as vozes dos locutores são graves e austeras. Uma contenção amarga e prolongada está prestes a explodir numa fúria desmedida.

Em meados de outubro nosso verdureiro persa, o sr. Eliahu Moshía, foi convocado para o serviço militar, como reservista. Sua filha Levana passou a tomar conta da quitanda. Seu rosto é pálido e a voz, muito suave. Levana é uma jovem retraída. Gosto de ver o esforço acanhado que ela faz para agradar. Morde as tranças claras, de pura timidez. Seu gesto me comove. À noite sonhei com Miguel Strogoff. Estava de pé diante de velhos tártaros de cabeça raspada, cujas faces revelavam uma crueldade estúpida. Em silêncio suportou a tortura, e não revelou seu segredo. Seus lábios eram desejáveis e maravilhosos. Aço azulado corria em seus olhos.

Durante o almoço, Michel deu sua opinião sobre o noticiário do rádio: há uma regra bem conhecida, regra criada, se a memória não me falha, por Bismarck, o Chanceler de Ferro alemão. Segundo ele, se você enfrenta uma aliança de forças inimigas, você deve bater justamente na mais forte dentre elas. E assim será desta vez também, conjeturou meu marido, com serena certeza. Primeiro vamos assustar terrivelmente a Jordânia e o Iraque, para depois atacarmos o Egito, de surpresa.

Olhei para o meu marido como se de repente estivesse me falando em sânscrito.

31.

Outono em Jerusalém.
Todas as manhãs recolho folhas mortas do terraço da cozinha. Novas folhas vêm cair no lugar delas. Desfazem-se entre meus dedos, com estalos secos.
A chuva custa a chegar. Cheguei a pensar, por algumas vezes, que ouvira cair os primeiros pingos. Corri ao pátio para tirar as roupas do varal. Mas a chuva não veio. Só o vento úmido, para arrepiar as minhas costas. Estava resfriada, e rouca. A garganta doía muito pela manhã. E que tensão se sentia na cidade. Um novo silêncio tocava os objetos inanimados.
Na quitanda as vizinhas contavam que a Legião Árabe cavava trincheiras para canhões ao redor de Jerusalém. Latas de conserva, velas e lampiões eram arrancados das prateleiras. Também eu comprei um pacote de *matzá*, o pão ázimo.
No bairro de San'hedria sentinelas atiraram à noite. No bosque de Tel Arza foram posicionadas unidades de artilharia. Vi reservistas estendendo redes de camuflagem no descampado que

fica para além do Jardim Zoológico Bíblico. Hadassa, minha melhor amiga, veio me contar que segundo seu marido a reunião do gabinete se estendera até a madrugada, e que à saída os ministros pareciam emocionados. À noite, trens repletos de soldados sobem a Jerusalém. No Café Allenby, na rua King George, vi quatro oficiais franceses muito bonitos. Usavam bonés, e divisas cor de púrpura adornavam seus ombros. Como eles, eu só havia visto no cinema.

E na rua David Yelin, quando voltava do armazém carregada de sacolas de compras, passei por três paraquedistas em uniforme camuflado de campanha. Com submetralhadoras a tiracolo. Estavam no ponto de ônibus da linha 15. Um deles, magro e moreno, chamou-me: "Boneca". Seus companheiros também riram. Gostei do riso deles.

Na quarta-feira uma onda de frio invadiu a nossa casa. Foi o dia mais frio daqueles meses. Levantei-me descalça para cobrir Yair. O frio intenso que senti nos pés me deu prazer. Michel, no sono, soltou um longo suspiro. A mesa e as poltronas eram massas de sombra. Parei diante da janela. A difteria que me atacou aos nove anos de idade me trazia agora boas recordações. O poder de ordenar aos meus sonhos que me transportassem para além da linha do despertar. A autoridade implacável. O jogo dos volumes em tons que vão do cinza-pálido ao cinza-escuro.

De frente para a janela, eu tremia de júbilo e esperança. Pelas frestas da persiana, pude ver como o sol envolto em nuvens avermelhadas lutava para romper a delicada membrana de vapor transparente. Passados alguns momentos vi irromper o sol, incendiando as copas das árvores e inflamando bacias de zinco penduradas em áreas de serviço. Estava fascinada. De camisola e descalça, a testa colada no vidro da janela. Sobre a vidraça desabrochavam flores de gelo. A mulher de penhoar acordou cedo para esvaziar a lata de lixo. Seu cabelo, assim como o meu, estava revolto.

O despertador tocou.

Michel afastou as cobertas. As pálpebras estavam coladas. O rosto parecia amassado. Resmungou para si mesmo, numa voz rachada:

"Que frio. Que dia terrível."

Depois abriu os olhos e me olhou, espantado:

"Hana, você está maluca?"

Olhei para ele, mas não consegui falar. Novamente havia perdido a voz. Tentei balbuciar alguma coisa, mas em lugar de palavras brotou da minha garganta uma dor intensa. Michel me tomou pelo braço e me puxou com força de volta para a cama:

"Você está maluca, Hana", repetiu Michel. "Você está doente."

Tocou de leve minha testa com os lábios e acrescentou:

"Mãos geladas e testa ardendo. Você está doente, Hana."

Embaixo das cobertas, continuei a tremer. Mas também estava tomada por uma alegria contagiante, que não experimentava desde pequena. Eu ardia de felicidade. Ria e ria sem emitir nenhum som.

Michel se vestia. Deu o nó na gravata xadrez e a prendeu com um pequeno alfinete. Foi à cozinha aquecer para mim um copo de chá com leite. Adoçou com duas colherinhas de mel. Não consegui engolir. Minha garganta queimava. Era uma nova dor. Fiquei contente por sentir essa nova dor, à medida que aumentava.

Michel colocou a xícara num banquinho, ao lado da minha cama. Meus lábios sorriram para ele. Eu me sentia um esquilo, atirando pequenos pinhões em um urso sujo. A nova dor era minha, era eu quem a experimentava.

Michel foi se barbear. Aumentou o volume do rádio acima do zumbido do barbeador elétrico para poder ouvir o resumo do noticiário. Limpou depois o barbeador com um sopro e desligou o rádio. Desceu à farmácia para telefonar ao nosso médico, o dr. Urbach, da rua Alfandari. Ao voltar, vestiu Yair rapidamente e o mandou para o jardim de infância. Seus movimentos eram precisos como os de um militar bem treinado. Assim disse:

"Lá fora faz um frio terrível. Não se levante da cama. Liguei também para Hadassa. Ela prometeu que mandaria a empregada para cá, para cuidar de você e cozinhar. O doutor Urbach prometeu vir às nove ou nove e meia. Hana, por favor, tente de novo tomar o leite quente."

À minha frente, empertigado como um jovem garçom, meu marido segurava a xícara com firmeza. Não aceitei o leite, e apertei a mão que estava livre. Beijei os seus dedos. Não contive o riso que brotava. Michel sugeriu que tomasse uma aspirina. Recusei com um movimento de cabeça. Ele deu de ombros. Foi um gesto educado. Colocou o cachecol e o chapéu. Ao sair, disse:

"Lembre-se, Hana, não se levante antes da chegada do doutor Urbach. Darei um jeito de voltar cedo. Fique tranquila. Você está resfriada, Hana, só isso. Faz frio nesta casa. Vou botar o aquecedor mais perto da sua cama."

Assim que Michel fechou a porta, pulei descalça da cama e corri para a janela. Eu era uma menina levada e rebelde. Como se estivesse bêbada, estiquei todas as cordas vocais para gritar e cantar. A dor e o prazer ampliavam um ao outro. A dor era doce e transbordante. Enchi os pulmões. Urrei, uivei e imitei os sons de animais e pássaros, como fazíamos tão bem, eu e Emanuel, quando crianças. Mas não se ouvia som algum. Era mágica pura. Só o prazer e a dor me inundavam. Eu era simplesmente arrastada por violentos fluxos de dor e prazer. Estava fria, e minha testa ardia. Fiquei nua e descalça dentro do banheiro, como um bebê num dia escaldante. Abri todas as torneiras, até o fim. E afundei na água gelada. Com as mãos, espirrei água à volta toda — nos ladrilhos do piso, nas paredes, no teto, nas toalhas e no roupão de Michel, que estava pendurado num gancho atrás da porta. Enchi a boca de água e esguichei vezes e vezes seguidas na minha cara refletida no espelho. Eu estava roxa de frio. A dor cálida me penetrou pela nuca, escorreu pela espinha, e os mamilos enrijeceram. Os dedos dos pés viraram pedras. A cabeça queimava, mas não deixei de cantar e cantar, sem nenhum som. Um anseio violento penetrou fundo em todas as cavernas do meu corpo, nos recessos mais vulneráveis e sensíveis, que são meus e que jamais verei, até o dia da minha morte. Eu tinha um corpo e ele era meu e ele transbordava e palpitava e estava vivo. Como alucinada, percorri os quartos, a cozinha, o corredor, a água respingava e molhava tudo. Nua e molhada, atirei-me na cama e abracei travesseiros e cobertas com meus braços e pernas. Muitos amigos estenderam mãos pressurosas em meu socorro, e me tocaram. O toque de seus dedos em minha pele me inundou de calor. Silenciosos, os gêmeos agarraram meus dois braços, para prendê-los atrás das costas. O poeta Shaul se inclinou, para me arrepiar com seu bigode e me atordoar com seu cálido perfume. O belo motorista Rahamim Rahamimov também veio, e me enlaçou pela cintura como se fosse um selvagem. Na dança desvairada que se seguiu, ele ergueu meu corpo bem alto, no ar. A música tocava ao longe. Rugia. Mãos profanavam meu corpo. Apertavam. Sondavam. Exploravam. Batiam. Eu ria e gritava à exaustão. Nenhum som. Os soldados se apinhavam à minha volta, rodeavam-me de uniformes camuflados de campanha. O cheiro penetrante do suor exalava em ondas dos homens. Eu pertencia a todos. Eu era Yvonne Azulay. Yvonne Azulay, o exato oposto de Hana Gonen. Estava gelada. Fluida. As pessoas nasceram para a água, para submergir, penetrar frias e fortes nas ondas, nos desertos, na imensidão das planícies, nas alvas estepes e para evoluir entre as estrelas. As pessoas nasceram para a neve. Para ser, e não para descansar, gritar, e não murmurar, tocar, e não contemplar, fluir, e não ansiar. Sou feita de gelo, minha cidade é feita de gelo e de gelo serão feitos seus cidadãos. Todos. Assim falou a princesa. Sobre Dantzig cairá o granizo e toda a cidade será fustigada por ele — forte, cristalino e transparente. Ao chão, cidadãos rebeldes! Ao chão, testa na neve, todos! Todos vocês se tornarão brancos de hoje em diante, claros e alvos serão vocês, pois sua princesa é alva. Alvos, límpidos e frios devemos ser para não sermos pulverizados. Toda a cidade será formada de cristais. Folha alguma cairá, pássaro algum alçará voo, mulher alguma tremerá. Assim falou a princesa.

Era noite em Dantzig. A neve havia recoberto Tel Azra e seus bosques. O bairro de Machané Yehudá era uma grande estepe que se estendia por Agripas, Sheich Bader, Rehávia, Beit Hakerem, Kiriat Shmuel, Talpiot, Gvat Shaul, até as encostas da aldeia de Lifta. Estepe, neblina e trevas. Essa era a minha Dantzig. Uma ilha brotou no meio do lago, na descida da rua Mamila. Sobre ela se erguia a estátua da princesa. Dentro da pedra, eu.

Mas entre os muros do quartel Schneller se conspirava em segredo. Um tom de revolta sufocada pairava no ar. Os dois destróieres negros, o *Dragon* e o *Tigris*, levantaram âncora. As formidáveis lâminas de suas proas fenderam a espessa crosta de gelo. Um marinheiro encapotado veio ocupar seu posto de observação no topo do mastro que oscilava. Seu corpo era feito de neve, como o do alto-comissário que nós, Halil, Hana e Aziz, fizemos no inverno da grande nevasca, em 1941.

Tanques pesados rolavam no escuro ladeira abaixo, esmagando gelo na rua Gueúla, para seguir em direção ao bairro de Meá Shearim. Nos portões do quartel Schneller um grupo de oficiais de unidades de combate cochichava, envergando grossos capotes. Não fui eu quem deu ordens para essa movimentação. Meu comando foi de suspender as operações. Era uma rebelião. Comandos cruciais estavam sendo transmitidos secretamente. Leves flocos de neve riscavam o céu escuro. Breve e seco era o som das travas dos fuzis. E nas pontas dos grossos bigodes, cintilavam cristais de gelo.

Pesados e precisos em seu poder destrutivo, os tanques baixos se espalhavam pelas ruas de minha cidade adormecida. Eu estava só. Chegou a hora de os gêmeos surgirem no Largo dos Russos. Esgueiraram-se calados e descalços. A última etapa de seu trajeto, fizeram-na rastejando silenciosos, prontos para cravar a faca nas costas das sentinelas por mim incumbidas de guardar a prisão. A escória da cidade foi libertada, e um grito espantoso irrompeu das gargantas. Pelos becos fervilhava a correnteza humana. Algo de muito ruim oprimia a respiração.

Enquanto isso caíram os últimos bolsões da resistência. Os pontos-chave foram dominados. O fiel Strogoff, capturado. Mas, nos arrabaldes mais remotos, a disciplina dos rebeldes entrou em colapso. Soldados bêbados, brutamontes, traidores — tanto quanto os elementos leais —, invadiram as casas de cidadãos e comerciantes. Seus olhos estavam injetados de sangue. Mãos calçadas com luvas de couro apoderavam-se das mulheres e do butim. A cidade caiu nas mãos de forças vis. Nos subterrâneos da estação transmissora, na rua Melissanda, o poeta Shaul foi encarcerado. A ralé o torturava. Não pude suportar. Chorei.

Canhões deslizavam sobre silenciosas rodas de borracha em direção aos bairros altos. Vi como um rebelde, de cabeça descoberta, escalava até o alto do Terra Sancta e lá trocava as bandeiras em silêncio. Os caracóis do seu cabelo estavam revoltos. Era um sublevado belo e furioso.

Riam ferozmente os prisioneiros libertados, dispersando-se pela cidade em suas roupas listradas. Do nada surgiu o brilho de facas. Invadiram os subúrbios para amargos ajustes de contas. Em seu lugar, foram enviados às masmorras eruditos e intelectuais. Ainda sonolentos, humilhados e confusos, tentavam protestar em meu nome. Lembravam os laços de amizade. Exigiam seus direitos. E já apareciam entre eles os vira-casacas, dispostos a declarar seu velho ódio por mim. Os cabos dos fuzis pressionavam suas costas para apressar-lhes a marcha e fazê-los calar. Uma outra força reinava sobre a cidade.

Os tanques cercam o castelo da princesa segundo um plano detalhado, elaborado em segredo. Abrem profundas cicatrizes no campo nevado. A princesa está à janela, e grita com todas as forças os nomes de Strogoff e do capitão Nemo, mas sua voz sumiu, e só os lábios se movem, compondo caretas, como se ela quisesse divertir os soldados que a aclamavam. Não pude imaginar o que se passava nos corações dos comandantes de minha guarda. Talvez também eles tomassem parte na conspiração. De quando em quando, olhavam seus relógios. Talvez aguardassem o momento combinado.

Os destróieres *Dragon* e o *Tigris* encontram-se às portas do palácio. Canhões escuros giravam lentamente sobre gigantescas torres giratórias. Como os dedos de um monstro, estão apontados para minha janela. Para mim. Estou doente, tentou sussurrar a princesa. Viu clarões rubros iluminarem o céu, a oriente, para além do monte Tzion, na direção do deserto de Judá. Os primeiros fogos de artifício de uma festa que não era dada em sua honra. Ansiosamente, os assassinos se inclinaram sobre ela. Piedade, desejo e zombaria, viu a princesa em seu olhar. Eram tão jovens, os dois. Morenos e perigosamente bonitos. Altiva e calada, tentei me postar diante deles, mas também o corpo me traía. Vestida apenas de fina camisola, a princesa se arrojou sobre os ladrilhos de gelo. Exposta aos olhares febris. Os gêmeos sorriram, cúmplices. Os dentes alvíssimos. Um tremor, que não pressagiava nada de bom, percorreu seus corpos. Como o sorriso cheio de malícia de rapazes que olham o vestido de uma mulher ser repentinamente erguido pelo vento, na rua.

Um carro blindado, com alto-falante, patrulha as ruas da cidade. Uma voz clara e pausada transmite o resumo dos comandos do novo governo. Alerta para julgamentos-relâmpago e para execuções sumárias, impiedosas. Quem resistir será fuzilado como um cão raivoso. O reinado da louca princesa do gelo terminou. Nem mesmo a baleia branca poderá mais escapar. A cidade entrou numa nova era.

Ouço vagamente, pois as mãos dos assassinos estão estendidas para mim. Ambos rosnam, roucos, como um animal aprisionado rosna. A luxúria queima em seus olhos. Os prazeres da dor me fazem estremecer, inundam-me, acendem-me até a ponta dos dedos, envolvem-me em centelhas incandescentes, uma vertigem doce se apossa de minhas costas, da minha nuca, de meus ombros, de todo meu corpo. Um grito eclode do mais fundo em mim, sem voz. Os dedos do meu marido tocam e não tocam a minha face. Quer que eu abra os olhos. Não percebe o quanto meus olhos estão abertos. Quer que o ouça. E qual a mulher capaz de ouvir como eu. Sacode e sacode meu ombro. Chega os lábios à minha testa. Ainda pertenço ao reino das neves e já estou sendo arrastada por forças estranhas.

32.

Miúdo e bem-feito como uma miniatura de porcelana é o nosso médico, o dr. Urbach, da rua Alfandari. As têmporas altas. O olhar melancólico e amistoso. Durante a consulta, faz, como de costume, um pequeno discurso:

"Em uma semana, gozaremos de plena saúde. Completa. Simplesmente nos resfriamos e nos comportamos de modo desorientado. *Ach*, o corpo está tentando sarar, mas talvez a alma tente impedir. A alma e o corpo não são como o motorista e o automóvel, mas como, por exemplo, as vitaminas na comida, ou algo assim. Senhora Gonen, senhora Gonen, a senhora já é mãe, minha senhora. Por favor, leve em conta o menino também. Senhor Gonen, o corpo precisa de repouso completo, os nervos e o espírito também. Isso, em primeiro lugar. Além do mais podemos tomar aspirina três vezes ao dia. Para a garganta, o mel ajuda bastante. E também aquecer o quarto de dormir. E não discutir, de maneira nenhuma, com a esposa. Só dizer sim. Sempre sim. Precisamos descansar. Ficar calmos. Toda discussão traz complicações e sofrimentos. Falar muito pouco. Tratar só de assuntos básicos, neutros. Estamos agitados, muito agitados. Podem me chamar por telefone imediatamente se houver alguma complicação. Mas, se os sintomas forem de histeria, é preciso calar-se e esperar com toda paciência. Não aumentar o drama. O espectador passivo liquida o drama como o antibiótico liquida o vírus. É preciso tranquilidade total. Silêncio interior. Estimo as melhoras. Por favor."

À tardinha melhorei. Michel trouxe Yair ao meu quarto para dizer de longe: "Boa noite". Eu também me esforcei para sussurrar: "Boa noite para vocês dois". Michel colocou o dedo sobre os lábios: proibido falar, não force as cordas vocais.

Serviu o jantar ao menino e o colocou para dormir. Depois voltou ao nosso quarto. Ligou o rádio. A locutora agitada relatou a advertência feita pelo presidente dos Estados Unidos. O presidente exige que as partes envolvidas se contenham. Demonstrem moderação. Evitem incidentes. Notícias não confirmadas sobre forças iraquianas cruzando a fronteira do Reino Hashemita da Jordânia. O comentarista político prefere calar. O governo pede aos cidadãos que se mantenham atentos e serenos. Observadores militares hesitam. O gabinete francês de Guy Mollet se reuniu duas vezes. Atriz famosa se suicida. Em Jerusalém a previsão é de geada também para esta noite.

Michel disse:

"Simcha, a empregada de Hadassa, virá de novo amanhã. E eu vou tirar um dia de folga. Vou falar com você, Hana, mas você não vai me responder, pois está proibida de falar."

"Posso falar, Michel, não dói", sussurrei.

Michel se levanta da poltrona e vem se sentar à beira de minha cama. Afasta com cuidado a beirada do cobertor. Também afasta um pouco o lençol. Senta-se sobre o colchão. Balança a cabeça diversas vezes, como se tivesse afinal conseguido resolver uma equação complicada, e então repassasse seus cálculos. Por alguns momentos me observou. Cobriu depois o rosto com a mão e por fim falou mais para si mesmo do que para mim:

"Fiquei muito assustado, Hana, quando voltei para casa na hora do almoço e encontrei você desse jeito."

Ao dizer isso Michel apertou os olhos, como se as palavras que tinha pronunciado o tivessem feito sofrer. Levantou-se, arrumou o lençol e o cobertor, acendeu a lâmpada de cabeceira e desligou a luz grande, do teto do quarto. Tomou minha mão na sua. Acertou os ponteiros de meu relógio de pulso que havia parado de funcionar pela manhã. Deu corda no relógio. Seus dedos eram quentes, e as unhas, retas. Em seus dedos havia músculos, nervos, tendões, ossos e vasos sanguíneos. Nos meus tempos de estudante de literatura tive que decorar um poema de Ibn Gabirol em que está escrito que somos feitos de fluidos fétidos. Enquanto o veneno químico é puro: cristais brancos e límpidos. Também a terra é uma crosta verdejante sobre um núcleo de contida convulsão vulcânica. Tomei nas mãos os dedos do meu marido. O que fez Michel abrir um largo sorriso, como se tivesse pedido perdão, e o recebido. Chorei. Michel acariciou minha face. Mordeu os lábios. Preferiu se calar. Com o mesmo gesto ele costuma acariciar a cabeça de seu filho, Yair. Essa comparação me deixou triste por um motivo que não consigo explicar, ou sem nenhum motivo.

"Depois que você sarar, nós vamos passear em algum lugar bem distante", disse Michel, "talvez para o kibutz Nof Harim. Quem sabe poderemos deixar o menino lá, aos cuidados da sua mãe e de seu irmão, e então ver se vamos para uma casa de repouso, talvez em Eilat. Ou Naharia. Boa noite, Hana. Vou apagar a luz e deixar o aquecedor no corredor. Parece que cometi algum erro. Mas não sei qual foi. Isto é, não sei o que eu deveria ter feito para evitar isso, e o que não poderia ter feito para que você não chegasse a essa situação. Em Holon, na escola primária, tive um professor de ginástica chamado Yehiam Peled. Ele me chamava sempre de Golem Gantz, Ganso Manso, porque meus reflexos eram meio lentos. Eu era muito bom em matemática e inglês, mas Ganso Manso nas aulas de educação física. Todo mundo tem seus pontos fortes e fracos. Que frase banal. Bom, mas isso não tem nada a ver. Queria dizer, Hana, que eu, de minha parte, estou feliz por termos nos casado um com o outro, e não com outras pessoas. E tento sempre compreender você, chegar até você, até onde eu consigo chegar. Por favor, nunca mais me assuste como me assustou quando encontrei você daquele jeito ao voltar na hora do almoço. Por favor, Hana, afinal eu também não sou de ferro. De novo eu disse uma banalidade. Boa noite. Amanhã levarei a roupa suja à lavanderia Keshet. Se precisar de alguma coisa durante a noite, não levante a voz, para não forçar a garganta. Você pode simplesmente bater na parede, eu estarei no escritório e virei imediatamente. Aqui no banquinho eu deixo uma garrafa térmica com chá quente para você. E aqui está o Luminal. Tome só no caso de não conseguir dormir de jeito nenhum. Seria muito bom se você conseguisse dormir sem ele. Peço por favor a você. Não é sempre que eu peço um favor, e agora, já é o terceiro. Puxa, como estou sendo impertinente. Boa noite, Hana.

Na manhã seguinte Yair perguntou:

"Mamãe, se o papai fosse rei, é verdade que eu seria duque?"

"*Se vovó tivesse asas*", murmurei com um sorriso rouco, "*vovó seria águia e voaria sobre as casas.*"

O garoto se cala. Talvez tentando figurar para si mesmo o conteúdo da minha frase. Traduzir para o mundo das imagens. Por fim, recusando a imagem, ele concluiu, calmamente:

"Não, a vovó com asas é vovó, e não águia. Você é que inventa essas coisas bobas, sem pensar. Como a história que você me contou, do Chapeuzinho Vermelho, em que tiraram a avó da barriga do lobo. Barriga de lobo não é depósito de vovós. E, ao devorar, os lobos mastigam. Para você tudo é possível. O papai presta mais atenção às coisas que diz e não diz coisas apenas fantasiadas, só o que tem lógica."

Posso ouvir a voz de Michel, apesar do assobio da chaleira em que ferve a água:

"Chispa já daí, venha imediatamente para a cozinha, por obséquio. Sente-se e coma. Sua mãe está doente. Pare de aborrecê-la. Você não tem vergonha? Eu avisei."

Simcha, a empregada de Hadassa, pendurou a roupa de cama na janela para arejar. Enquanto isso eu fiquei sentada na poltrona. Meu cabelo estava desgrenhado. Michel desceu ao armazém para comprar pão, queijo, azeitonas e creme de leite, conforme o bilhete que lhe entreguei. Hoje ele tirou uma folga no trabalho. Diante do espelho, no corredor, está Yair: desmancha o topete, penteia no capricho e de novo despenteia. Acaba ameaçando o espelho com suas caretas.

Simcha bate o colchão. Eu observo o rio de poeira dourada escalar o raio de luz em direção à janela. Uma doce lassidão se apodera de mim. Sem sofrimentos e sem desejos. Um pensamento preguiçoso e vago: comprar em breve um tapete persa, grande e bonito.

Soa a campainha. Yair abre a porta. O carteiro se recusa a entregar a uma criança a carta registrada, pois o recibo deve ser assinado. Nesse momento Michel sobe a escada, trazendo o saco de compras. Recebe do carteiro a convocação para o exército, e assina. Ao entrar no quarto seu rosto é grave e solene.

Quando será que esse homem perderá o controle? Que uma única vez eu possa vê-lo em pânico. Exultante. Selvagem.

* * *

    Em poucas palavras Michel me explica que nenhuma guerra pode se prolongar por mais de três semanas. Em se tratando, claro, de uma guerra local. Os tempos mudaram. Não mais haverá 1948. O equilíbrio entre as grandes potências é muito delicado nesse momento. Agora, que os Estados Unidos estão em vésperas de eleições e os russos se complicam na Hungria, surgiu uma ocasião favorável. Não, de modo algum, essa guerra não vai ser longa. Além disso, ele serve em uma unidade do setor de comunicações. Não é piloto e nem paraquedista. Então por que essas lágrimas todas? Em alguns dias ele está de volta, e ainda trazendo de presente um legítimo bule árabe para fazer café. Disse de brincadeira. Mas por que eu estou chorando? Quando voltar vamos fazer uma bela viagem, como havia prometido. À Galileia Superior. Ou Eilat. Será que estou pensando em ficar viúva? Então? Ele vai e volta logo. E se suas suposições estiverem simplesmente erradas? Talvez se trate apenas de um grande exercício militar, e não de uma guerra. Se houver possibilidade, vai me enviar cartas pelo caminho. Nenhuma vez, Hana, tivemos chance de nos corresponder. Mas não quer me decepcionar, é bom avisar logo que escrever cartas não é o seu forte. Veja, logo vai se vestir e arrumar sua mochila de reservista. Será que eu poderia telefonar para Nof Harim e pedir à minha mãe que fique aqui comigo até ele voltar?
    Como parece estranho na roupa cáqui. Não engordou nada nesses anos todos. Você se lembra, Hana, como meu falecido pai ficava com o uniforme de sentinela vestido por cima do pijama, para brincar com o Yair? Mas quanta bobagem. Pede que o desculpe. Claro que não deveria tocar nesse assunto bem neste momento. Está vendo? Por pura burrice causou sofrimento a nós dois. Hana, não devemos procurar significados ocultos em cada palavra. Palavras são apenas palavras. Conversa. Não mais que isso.

Aqui, na gaveta, ele está me deixando cem libras. E aqui, neste papel sob o vaso de flores, estão anotados seu número de registro militar e o número de sua unidade. As contas de luz, água e gás já foram pagas no começo do mês. A guerra vai ser muito breve. É o que leva a crer a lógica da política. Pois os americanos... bem, agora não importa. Não fique aí me olhando, Hana, com esses olhos. Assim, você só torna tudo mais duro para você e para mim também. A Simcha, da Hadassa, vai trabalhar em nossa casa até a minha volta. Vou telefonar para a Hadassa. E também para a Sara Zeldin. Você está me olhando de novo daquele jeito. Não tenho culpa nenhuma, Hana, e não sou piloto e nem paraquedista. Onde está a malha do exército? Obrigado. Sim, vou levar também um cachecol. As noites estão frias. Diga a verdade, Hana, como eu estou com esta farda? Como um professor na festa de Purim? Ganso Manso? Cabo da Companhia de Comunicações. Estou brincando, Hana, em vez de rir, você chora. Pare de chorar. Não estou indo me divertir. Não chore. Você me magoa sem a menor necessidade. Eu... eu vou pensar em vocês. Vou escrever, se houver jeito. Vou tomar cuidado. E você também... Não, Hana, não é o momento de falar sobre sentimentos. Para que declarações? O sentimento só traz aflição. E eu... eu não sou piloto e nem paraquedista. Já disse isso várias vezes. Gostaria de te encontrar saudável e alegre ao voltar. Espero que você não me deteste enquanto eu estiver longe de casa. E eu também pensarei com muito carinho em você. Assim, não estaremos completamente separados. E enfim...

Como se eu fosse para ele apenas um pensamento. Como pode alguém querer ser mais do que um pensamento no coração de outra pessoa. Eu sou real, Michel, não sou apenas um pensamento em seu coração.

33.

Simcha, a empregada de Hadassa, lava os talheres na cozinha. Cantarola distraída canções de Shoshana Damari: *Sou a corça do amor. A estrela brilha na noite e o chacal uiva no wadi. Vem, querido, Heftziba te espera.*

Estou deitada em minha cama. Tenho na mão um romance de John Steinbeck, que Hadassa, minha melhor amiga, me trouxe ontem, quando veio me visitar. Não estou lendo. Meus pés estão gelados, e eu os mantenho junto à bolsa de água quente. Estou tranquila, e de olhos bem abertos. Yair já foi para o jardim de infância. De Michel ainda não chegou, e nem poderia ter chegado, qualquer notícia. A carroça do vendedor de querosene passa por nossa rua, e ele toca e toca o sino. Jerusalém está desperta. Uma mosca se debate contra o vidro da janela. Mosca, nem sinal, nem vestígio. Mosca. Não tenho sede. Vejo que o livro que tenho na mão está gasto, a capa foi colada com fita adesiva transparente. O vaso está no lugar. Sob o vaso está o papel onde Michel anotou seu número de registro militar e o número de sua unidade. O *Nau-*

tilus repousa, bem fundo, sob a crosta de gelo do estreito de Bering. O sr. Glick está em sua loja, e lê o jornal *Hatzofé*. Na cidade sopra um vento frio de outono. Estou calma.

Às nove o rádio informou o seguinte:
Forças do exército de Israel penetraram nesta noite pelo deserto de Sinai, conquistaram Kuntila e Ras-an-Nakab e se posicionaram junto a Naachel, sessenta quilômetros a leste do canal de Suez. O comentarista militar explica. Do ponto de vista político. Provocações repetidas há muito tempo. Violação grosseira do direito à navegação. O aspecto moral. Terrorismo e sabotagem. Mulheres e crianças indefesas. Tensão crescente. Civis inocentes. Setores esclarecidos da opinião pública em Israel e no mundo. Ação basicamente defensiva. Serenidade. Não sair de casa. Observar o blecaute. Não acumular gêneros. Obedecer às recomendações. Devemos demonstrar calma. O país todo é uma frente de combate. O povo todo é um exército. Ao sinal intermitente das sirenes. Até o momento, os acontecimentos se desenrolaram de acordo com o plano estabelecido.

Às nove e quinze:
O armistício está morto e enterrado e não mais será ressuscitado. Nossas forças investem. A resistência inimiga cede e se desintegra.

Até as dez e meia o rádio transmite marchas que fizeram parte da minha adolescência: *Do rio Dan a Beer Sheva, não te esqueceremos. Acredite-me, o dia chegará.*

Por que devo acreditar? E se vocês não esquecerem, e daí?
Às dez e meia:
O deserto de Sinai, o histórico berço da nação israelita.

Em comparação com Jerusalém. Tento com todas as minhas forças ficar orgulhosa. Será que Michel se lembrou de levar as pílulas contra azia. Sempre limpo e arrumado. E então, cinco anos em danças se passaram, e no sexto, tchau, pombinha inocente.

Há uma viela esquecida, do outro lado de Jerusalém, no bairro de Beit Israel, onde se respira um outro ar. É uma viela calçada de pedra. As lajes já racharam, mas brilham como se fossem polidas. Abóbadas pesadas separam a ruazinha das nuvens baixas. É uma passagem coberta. O tempo se coagula nas reentrâncias da pedra. Um senhor já idoso, convocado para a Defesa Civil, vigia sonolento, apoiado em uma parede. Casas trancadas. Um sino soa à distância. Das montanhas desce o vento, que se divide e redemoinha na ruazinha sinuosa. Ao deslizar por ela, toca nas persianas de ferro e também nas portas, defendidas por tramelas enferrujadas. Um menino judeu ortodoxo está postado atrás de uma janela. Caracóis emolduram sua face pálida. O menino segura uma maçã. Olha os pássaros que piam na copa do álamo plantado no pátio. O menino não se mexe. O velho vigia tenta chamar a atenção do garoto através da vidraça. Sente-se tão só que faz graça para o menino. Nada se descongela. É meu esse menino. Uma luz cinza-azulada é capturada nos ramos do álamo. Ao longe as montanhas, e aqui a quietude das badaladas que flutuam. O silêncio domina tudo, pássaros e gatos da rua. Grandes vagões virão, passarão e irão para bem longe. Se eu fosse feita de pedra. Dura e calma. Fria e presente.

E quem sabe se também o alto-comissário britânico se enganou. No Palácio do Comissariado, a sudeste de Jerusalém, sobre a colina do Mau Conselho, a reunião se prolonga até o amanhecer. Pela janela já se vê o pálido dia nascendo. Mas as lâmpadas elétricas ainda estão acesas. A cada duas horas, as estenógrafas se revezam. E a guarnição do palácio está cansada e nervosa.

Miguel Strogoff traz uma mensagem secreta, guardada na memória. Obstinado e solitário, ele atravessa a noite sob as ordens do alto-comissário. Homem duro e forte é Miguel Strogoff, cercado de homens primitivos e ignorantes. O brilho das facas, os risos bêbados. Não com palavras. Como a luta entre Aziz e Yehuda Gotlieb, da rua Ussishkin, no terreno baldio. Eu era a juíza. E o prêmio. Suas faces se contorciam. Seus olhos lançam jatos de ódio. Tentam acertar a barriga por ser macia. Despejam torrentes de energia. Esperneiam, lançando violentos pontapés. Mordem. Um deles escapa. No meio da fuga se volta e passa a ser o perseguidor. Apanha uma pedra pesada, atira e erra por um triz. O outro cospe nele, furioso. Rolam ambos sobre um rolo de arame farpado coberto de ferrugem. Rangem os dentes. Arranham. Sangram. Tateiam à procura da garganta ou da genitália. Praguejam por entre dentes cerrados. De repente caem ambos juntos, exaustos, como um só homem. Por um momento se deixam ficar nos braços do inimigo, como se fossem dois amantes. Com o ofegar dos amantes que se abraçam, assim ofegam Aziz e Yehuda Gotlieb. Logo recuperam a energia e retomam a luta desvairada. As cabeças se entrechocam. Unhas nas pupilas. Socos no queixo. Joelho na virilha. As costas rasgadas pelas farpas do arame enferrujado. Lábios cerrados. Não há voz. Uivo ou queixume, não se ouve. Calados e calados. Mas ambos choram em completo silêncio. Choram juntos, como um só. As faces molhadas. Sou eu a juíza e sou eu o prêmio. Rio cruelmente, quero ver sangue. Ouvir um grito lancinante. No vale de Refaim o trem de carga apita. O tumulto e a fúria cessarão. E as lágrimas.

Tarde demais virá a chuva. Uma chuva que não é de palavras açoitará os blindados britânicos. Na descida da ruazinha, à noite, os terroristas se escondem, escapam deslizando pelas passagens cobertas do bairro de Musrara. Deslizam nas trevas, colados às muralhas de pedra. Cegam o único lampião da ruela. Ligam o pavio à espoleta mas o explosivo ainda é ferro inerte. Uma centelha elétrica irromperá o vulcão oculto sob crostas de terra, ardósia e granito. Faz frio.

Virá a chuva.

Macias, as brumas percorrerão o bosque do Vale da Crucifixão.

No monte Scopus soará o grito de uma ave. Um vento de tempestade envergará as copas dos pinheiros. A terra não se conterá. A leste, o deserto. Nos extremos de Talpiot se veem lugares onde a chuva jamais terá permissão de tocar. Os montes de Moab. O mar Morto, lá embaixo. A chuva torrencial se precipitará sobre Arnona, em frente à cinzenta aldeia de Tzur Bahar. E os minaretes das mesquitas serão açoitados por violentas rajadas. E em Belém os jogadores se abrigarão dentro dos cafés, abrirão seus tabuleiros de gamão, e a música plangente da Rádio de Amã se difundirá por toda parte. Encolhidos e silenciosos, os jogadores. Longos capotes e bigodes pesados. Café escaldante. Fumaça. Em uniforme de combate, os gêmeos armados de submetralhadoras.

Depois da chuva, o límpido granizo. Pedras bonitas e afiadas. Os velhos vendedores ambulantes do barro de Machané Yehudá vão se espremer, tiritando, sob a proteção das sacadas. Nos montes de Abu-Gush, em Kiriat Yaarim, em Nevé-Ilan, em Tirat Yaar, os bosques fechados terão as copas entrelaçadas de seus pinheiros imersas em branca neblina. Lá se escondem os vagabundos para que o braço da lei não os alcance. Silenciosos, os desertores amargurados afundam em veredas lamacentas, perdidos na chuva.

O céu é baixo sobre o mar do Norte. O *Dragon* e o *Tigris* sairão juntos em patrulha por entre blocos de gelo flutuantes. Perscrutam, investigam, examinam, tentam descobrir nas telas de radar o paradeiro de Moby Dick, o monstro marinho, ou do *Nautilus*. *Ahoi, ahoi*, gritará um marinheiro em seu capote preto, do alto do posto de observação. *Ahoi*, capitão, descoberto um corpo estranho no nevoeiro a quatro nós e seis milhas náuticas a leste, a dois graus a bombordo da aurora boreal, transmitirá o operador de rádio com uma voz de timbre metálico, para o comando geral das tropas aliadas, situado em um distante abrigo submarino. Também a Palestina mergulhará em sombras, pois chuva e neblina cobrirão os montes de Hebron, até Talpiot, até o monte Augusta Victoria, até a fronteira do deserto, que a chuva jamais terá permissão para atravessar, e até o palácio do Alto-Comissariado.

Ao anoitecer, o alto-comissário britânico, grande e frágil, está sozinho junto à janela, as mãos enlaçadas atrás das costas, cachimbo entre os dentes, os olhos azuis, inexpressivos. Verterá nas taças uma bebida forte e transparente, uma taça para si e a outra para o robusto Miguel Strogoff, que retorna de sua missão noturna — penetrar em território inimigo tumultuado por tropas ferozes até a costa, e pelo fundo do mar até a ilha secreta onde o aguarda bem atento, olhos cravados no binóculo de alta potência, o incansável engenheiro Smith. Pensávamos que estivéssemos sozinhos nesta ilha remota, mas nos enganamos. Não estamos sós nesta ilha. Um inimigo se oculta no coração da montanha. Por duas vezes já esquadrinhamos esta ilha, de ponta a ponta, segundo um plano meticuloso, mas não conseguimos prender aquele que das trevas nos observa com um sorriso de escárnio no rosto pálido, como se estivesse sempre às nossas costas, silencioso e inatingível, e só o podemos perceber pela manhã, ao nos deparar com suas pegadas impressas nas trilhas enlameadas. Emboscado e emboscado, na sombra, na neblina, na chuva, na ventania, na selva tenebrosa, emboscado sob as crostas da Terra, emboscado atrás dos muros dos conventos da aldeia de Ein Kerem está aquele desconhecido, aquele que espreita incessante. Virá num átimo e me lançará ao chão e penetrará meu corpo e irá rosnar e grunhir e responderei com um grito e estarei mergulhada em pavor e fascínio, pavor e prazer, gritarei, arderei, sugarei vampira, nau à deriva, o leme enlouquecido, e à noite estarei bêbada à sua chegada, cantarei para ele, explodirei de prazer, serei inundada, flutuarei, serei uma égua que espuma e galopa e voa na escuridão da noite sob a chuva, aos borbotões a água inundará Jerusalém. O céu estará baixo as nuvens chegarão à terra e o vento enlouquecerá pela cidade.

34.

"Bom dia, senhora Gonen."
"Bom dia, doutor Urbach."
"Ainda estamos bravos, senhora Gonen?"
"A febre já baixou, doutor Urbach, em dois ou três dias espero estar boa. Como sempre."
"*Como sempre*, senhora Gonen. *Ach*, mas *como sempre* é uma expressão abstrata para um significado conhecido, não é mesmo? O senhor Gonen não está em casa?"
"Meu marido foi convocado, doutor Urbach. Agora, deve estar no deserto de Sinai. Ainda não recebi nenhuma notícia dele."
"Dias cruciais são estes, senhora Gonen, dias fatais. É muito difícil evitar pensamentos bíblicos em tempos como estes. Ainda estará inflamada nossa garganta? Vamos examinar e saberemos. Nada bom. Nada bom a senhora fez, senhora Gonen, quando mergulhou na água gelada em pleno inverno, como se fosse possível apaziguar o alma encolerizando o corpo. Perdão,

qual é o campo de atividade do doutor Gonen? Biologia? *Ach*, geologia. Naturalmente. Perdão. Nos enganamos. Então. Notícias otimistas chegam hoje da guerra: ingleses e franceses lutarão ao nosso lado contra os muçulmanos. O rádio já os chama de 'aliados'. Quase como na Europa. E no entanto, senhora Gonen, há também algo de Fausto nessa guerra. Pois quem estava mais próxima da verdade era justamente a pequena Gretchen. E como foi fiel essa Gretchen, e também não foi nada ingênua, como se costuma descrevê-la. Por favor, senhora, dê-me o braço. É obrigatório que eu faça agora a medida da pressão sanguínea. Exame muito simples. Absolutamente não dói. Um grave defeito mental se constata em alguns judeus: nós não conseguimos odiar aqueles que nos odeiam. É uma desordem mental. Veja, ontem a exército de Israel conquistou com seus tanques o monte Sinai. Quase Apocalipse, diria eu, mas apenas quase. Tenho que pedir agora mil desculpas, pois devo fazer um pergunta muito íntima. Perdão, mas por acaso a senhora sofreu nos últimos tempos algum alteração no ciclo mensal? Não? Bom sinal. Muitíssimo bom sinal. Sinal de que também o corpo não concorda em participar do drama. *Ach*, de geologia seu marido se ocupa, não de antropologia. Houve uma pequena engano. Precisamos continuar nossa repouso por mais alguns dias. Descansar bastante. Não se esforçar em demasiado com pensamentos. O sono é o melhor remédio. Em certo sentido o sono é o situação mais natural do ser humano. As dores de cabeça não nos devem atemorizar. Enfrentaremos a enxaqueca armados com aspirina. A enxaqueca não é uma doença autônoma. A propósito, as pessoas não morrem tão rápido como às vezes nos quer parecer quando radicalmente aflitos. Melhoras."

O dr. Urbach saiu e Simcha, a empregada de Hadassa, chegou. Tirou o casaco e se pôs diante do aquecedor, com as mãos estendidas. Perguntou: "Como vai a senhora?". Perguntei como estavam indo as coisas na casa de minha amiga Hadassa. Simcha leu de manhã no jornal *Heruf* que os árabes já perderam e nós já ganhamos. Bem feito. Eles merecem. De verdade. Quanto é possível aguentar calada?

Simcha foi à cozinha. Ferveu o leite. Abriu depois a janela do escritório para arejar a casa. O ar penetrou, frio e cortante. Simcha esfregou as vidraças com jornais velhos amarfanhados. Com um pano tirou a poeira de cima dos móveis. Desceu ao armazém. Ao voltar me contou que segundo as vizinhas um navio de guerra árabe pegou fogo hoje no mar de Haifa. Ela deve agora começar a passar as roupas?

Hoje meu corpo todo está bem. Eu estava doente. Não precisava me concentrar em nada. Queimada viva em alto-mar, tudo isso já foi há muito tempo, no passado remoto, e nem sequer foi a primeira vez.

"Hoje a senhora está muito pálida", observou Simcha preocupada, "seu marido me recomendou antes de viajar para não falar muito com a senhora por causa da saúde."

"Fale então você comigo, Simcha", pedi. "Conte sobre você, fale todo o tempo. Não se cale."

Simcha ainda não casou. Mas está noiva. Quando o noivo, Bachor, voltar da tropa vão comprar um apartamento no novo bairro de Beit Mazmil. Na primavera farão o casamento. Bachor já tem bastante economias guardadas. Trabalha de motorista de táxi da companhia Kesher. Rapaz um pouco envergonhado, mas educado. Simcha reparou que muitas amigas suas se casaram com rapazes parecidos com o pai delas. Bachor também se parece com o pai de Simcha. Tem uma regra. Uma vez Simcha leu uma explicação na revista feminina *Mulher*: o noivo é como o pai. Se a gente gosta de uma pessoa, quer que ela seja pelo menos parecida com alguém de quem já gostávamos antes de conhecê-la. Gozado, ela esperou e esperou o ferro esquentar e esqueceu completamente que a luz está cortada em Jerusalém.

Pensei com meus botões:
Um jovem, num conto de Somerset Maugham, ou de Stefan Zweig. Um jovem que chega de uma cidadezinha para jogar na roleta de um cassino internacional. Já no começo da noitada havia perdido dois terços do seu dinheiro. Depois de contar cuidadosamente o que restou, conclui que dará justo para saldar a conta do hotel e pagar a passagem do trem, para sair da cidade sem vexames. São duas horas da manhã. Será ele capaz de se levantar agora e sair? As roletas ainda giram iluminadas, e todos os lustres fazem brilhar, feéricos, seus cristais. Será que a maravilhosa sorte grande o aguarda justamente no final da próxima rodada? Sentado à sua frente, o filho do xeque do principado de Hatzarmut acaba de garfar dez mil de uma tacada só. Não. Não pode levantar-se e cair fora agora. E principalmente porque, desde o começo da noite, uma velha lady inglesa tem os olhos de coruja cravados nele, através do pincenê, e é bem capaz de lhe desfechar um olhar glacial, cheio de escárnio. Lá fora, a neve cai. E se ouve, surdo, o bramido do mar. Não. O jovem não pode se levantar agora e sair. Com o resto do dinheiro comprará as últimas fichas. Fechará os olhos com força e os reabrirá em seguida. Reabre-os. E logo pisca, como que deslumbrado pela luz. Lá fora, na escuridão, apenas o ruído abafado do mar e a neve silenciosa caindo e caindo.

Estamos casados há mais de seis anos. Mesmo quando você tem de ir a Tel Aviv tratar de assuntos de trabalho, você sempre volta para casa à noite. Nunca estivemos separados por mais de duas noites desde o casamento. Há seis anos estamos casados, e morando aqui neste apartamento. E eu ainda não sei abrir e fechar a persiana da varanda porque é você quem cuida disso. Agora que foi convocado, a persiana fica aberta dia e noite. Tenho estado pensando em você. Você já sabia que os reservistas seriam convocados para a guerra, e não para exercícios. Guerra contra o Egito, e não na frente oriental. Que seria uma guerra curta e não prolongada. Tudo isso você calculou com o auxílio de um mecanismo interno perfeitamente regulado, com o qual você executa incessantes e cuidadosas operações mentais. Tenho de apresentar-lhe uma equação da qual eu dependo como uma pessoa à beira de um precipício depende da resistência de uma grade.

Esta manhã eu estava sentada na poltrona soltando os botões da manga do seu terno preto para pregá-los do jeito que agora está mais na moda. Enquanto isso eu me perguntava que impenetrável redoma de vidro desceu sobre nós dois para separar nossa vida das coisas, lugares, pessoas e ideias. É claro, Michel, que há amigos, há visitas, há colegas de trabalho, vizinhos, parentes, mas, quando eles estão na sala de estar e conversam conosco, suas palavras são sempre abafadas pelo vidro que nem sequer é transparente. Só pela expressão de seus rostos eu consigo adivinhar parte de seus pensamentos. Às vezes suas figuras se diluem: volumes desprovidos de contornos. Coisas, lugares, pessoas e ideias, eu preciso deles e não posso continuar a viver sem eles. E você, Michel, você tem o suficiente, ou não? Como posso saber. Pois se às vezes você está triste. Você tem o suficiente ou não? E se eu morrer. E se você morrer. Ainda estou tateando na introdução, no prefácio, ainda decoro e decoro um papel complicado que terei que desempenhar em tempos que ainda virão. Embrulho. Preparo. Me acostumo. Quando será que essa viagem vai começar, Michel, estou cansada de esperar e esperar. Seus cotovelos estão apoiados no volante. Cochila ou medita? Não posso saber, você está sempre quieto e sereno, todo o tempo. Anda, Michel, dê a partida para a viagem, estou pronta, tenho estado pronta há anos.

35.

Simcha trouxe Yair do jardim de infância. Os dedos do garoto estavam roxos de frio. Na rua encontraram o carteiro, que entregou um cartão-postal militar vindo do deserto do Sinai. Meu irmão Emanuel me dá as boas-novas: tudo bem com ele, presenciou grandes proezas e também as realizou. O próximo cartão-postal ele vai nos enviar do Cairo, capital do Egito. Espera que nós em Jerusalém estejamos firmes e fortes. Ele não encontrou Michel: o deserto é grande, comparado com ele o nosso Neguev parece um tanquinho de areia. Você se lembra, Hana, da viagem a Jericó, que fizemos com papai, quando éramos pequenos? Da próxima vez atacaremos a Jordânia. De novo poderemos descer até Jericó e comprar esteiras trançadas. Emanuel manda um beijo estalado para o Yair. Vai crescer, ficar um belo rapaz e será soldado. Com amor e carinho, do tio Emanuel.

De Michel não recebemos nenhuma notícia.

Uma visão:

À luz da lâmpada do radiotransmissor, a face vincada expressa cansaço e responsabilidade. Os ombros curvados. Os lábios apertados. Ele se debruça sobre o aparelho. Concentrado. Com certeza está de costas para a lua que desponta, pálida e minguada.

À tarde recebi a visita de duas pessoas, que vieram ver como estou passando:
Pela hora do almoço o sr. Kadishman e o sr. Glick se encontraram na rua HaTurim. Pelo sr. Glick o sr. Kadishman ficou sabendo que a sra. Gonen estava doente e que o sr. Gonen tinha sido convocado para a guerra. De imediato ficou combinado que iriam visitá-la naquela mesma noite e oferecer a ajuda que fosse necessária. Juntos vieram me visitar: se viesse um homem sozinho, daria ocasião às más línguas.
O sr. Glick disse:
"Senhora Gonen, está claro que é difícil para a senhora. Dias tensos, está fazendo muito frio, e a senhora, sozinha."
Enquanto isso o sr. Kadishman examinava com seus grandes dedos carnudos o copo de chá à minha cabeceira.
"Frio", observou o sr. Kadishman, pesaroso. "Completamente frio. Talvez a senhora Gonen me permita invadir sua cozinha, invadir com aspas duplas, claro, e preparar para ela um novo copo de chá?"
"Pelo contrário", disse, "tenho permissão para descer da cama. Visto o penhoar e logo sirvo café e chocolate aos senhores."
"Deus nos livre, senhora Gonen, que os céus a protejam, Deus me livre", assustou-se o sr. Glick, piscando os olhos como se eu tivesse revelado alguma parte que estaria melhor se velada pela modéstia. Um estremecimento rápido, nervoso, perpassou seus lábios: como o tremor de um coelhinho que se arrepia ao ouvir uma voz estranha.
O sr. Kadishman revelou interesse:
"E o que escreve o nosso amigo da guerra?"

"Não chegou ainda nenhuma carta", disse eu sorrindo.

"Os combates já terminaram", atalhou o sr. Kadishman, o rosto radiante, tentando desviar do assunto, "os combates já terminaram, e os que odeiam Israel já não estão sobre o deserto de Horeb."

"Por gentileza, senhor Kadishman, poderia acender a luz do teto? À sua esquerda. Por que devemos ficar no escuro?"

O sr. Glick beliscou o lábio inferior entre o polegar e o indicador. Seus olhos pareceram acompanhar o percurso da corrente elétrica desde o interruptor até a lâmpada no teto. Talvez tenha sentido de repente que não estava sendo útil. Perguntou:

"Será que eu também poderia oferecer à senhora alguma ajuda?"

"Obrigada, meu caro senhor Glick, mas não preciso de nenhuma ajuda."

De repente resolvi acrescentar:

"Com certeza para o senhor também é difícil, senhor Glick, sem a sua esposa, assim... sozinho?"

O sr. Kadishman se demorou por um momento perto do interruptor, como se quisesse ainda constatar os resultados de seu ato de acender a luz e tivesse dificuldade em acreditar em seu pleno sucesso. Voltou a se sentar. Ao sentar, o sr. Kadishman pareceu pesado como um daqueles seres pré-históricos de corpo volumoso mas de crânio pequeno. Percebi de repente certos traços mongólicos no rosto do sr. Kadishman. Têmporas largas e achatadas, um semblante onde coexistem traços grosseiros e traços muito delicados. Uma cabeça de tártaro. A cabeça de inquisidor arguto de Miguel Strogoff. Sorri para ele.

"Senhora Gonen", disse o sr. Kadishman depois de ter se sentado pesadamente, "senhora Gonen, nestes dias cruciais eu tenho pensado longamente que embora os discípulos do grande Zeev

Jabotinsky tenham sido condenados ao ostracismo, sua doutrina festeja hoje uma grande vitória. Uma vitória muito grande."

Falou como se desabafasse a respeito de algo que o oprimia. Gostei de suas palavras: há uma provação, mas, depois de uma prolongada provação, vem a recompensa. Assim eu traduzi para mim mesma, do idioma dos tártaros para minha própria língua. Para não ofendê-lo com o meu silêncio, eu disse:

"O tempo dirá."

"Mas estes dias já estão dizendo. Coisas extremamente claras nos dizem estes dias", disse o sr. Kadishman, e seu estranho rosto se iluminou.

Enquanto isso o sr. Glick havia formulado a resposta tardia a uma pergunta que eu, tendo-a feito, havia apagado por completo da memória:

"Minha esposa, a pobre Dova, está sendo tratada com eletricidade. Com choques. Dizem que ainda há esperança. Não se deve desesperar, dizem eles, se Deus quiser..."

Com as grandes mãos, ele torcia e amassava o chapéu surrado. O bigode ralo tremia como as asas de um pequeno inseto assustado. A voz medrosa implorava por uma clemência imerecida: o desespero é um pecado terrível.

Eu disse:

"Ela vai melhorar."

O sr. Glick:

"Deus queira, amém. Tomara. Que desgraça. E tudo por quê, eu pergunto?"

O sr. Kadishman:

"De agora em diante o Estado de Israel vai mudar de cara. Desta vez a mão que segura o machado, nas palavras de Bialik, é a nossa. E chegou a vez de eles se lamentarem, perguntando se há justiça neste mundo, e quando ela virá. Israel não é mais um cordeirinho desgarrado e nem uma ovelhinha entre setenta lobos, e nem um rebanho disperso tangido para o abatedouro. Chega. Sejamos lobos com os lobos. Tudo como previra Jabotinsky em seu romance profético *Sansão*. Por acaso a senhora já leu esse livro, *Sansão*, na brilhante tradução de Kropnik? Vale a pena, muito, lê-lo, senhora Gonen. Especialmente nestes tempos, quando nossas forças perseguem o fugitivo exército do Faraó, e o mar não mais se abrirá para os perversos do Egito."

"Mas por que os senhores ainda estão de casaco? Vou ligar o aquecimento. Preparar bebidas quentes. Tenham a bondade de tirar o casaco, cavalheiros."

Como se tivesse sido censurado, o sr. Glick se levantou rapidamente:

"Não, não, senhora Gonen, nem pensar. Não precisa. Pois nós... nós só viemos dar um pulinho, pelo sagrado preceito da visita aos doentes. Já estamos de saída. Não se levante. Não é preciso acender o aquecimento."

O sr. Kadishman:

"Também eu já vou me despedindo. Dei uma passada a caminho da reunião do comitê, só para saber em que posso ajudá-la."

"Ajudar, senhor Kadishman?"

"Talvez a senhora esteja precisando de alguma coisa, providências em alguma repartição do governo ou..."

"Agradeço muito sua boa vontade, senhor Kadishman, o senhor pertence a uma espécie em extinção, a dos verdadeiros gentleman."

Sua face dinossáurica se iluminou. Garantiu:

"Voltarei a passar amanhã ou depois para saber o que escreve o nosso amigo."

"Venha mesmo, senhor Kadishman", disse eu, em velado tom de deboche. Às vezes Michel me espanta ao escolher seus amigos.

O sr. Kadishman meneou vigorosamente a cabeça:

"Agora que a senhora teve a bondade de me convidar, virei com toda a certeza."

O sr. Glick disse:

"Desejo-lhe pronto e completo restabelecimento, senhora Se for necessário também eu posso lhe prestar ajuda, indo ao armazém ou ao mercado. A senhora precisa de alguma coisa?"

"É muita gentileza de sua parte, meu bom senhor Glick", disse eu. Ele se pôs a examinar o chapéu amarrotado ainda com maior interesse. Fez-se silêncio. Os dois senhores estavam agora na extremidade oposta do quarto, comprimindo-se em direção à saída, o mais distante possível de minha cama. O sr. Glick notou um fiapo branco nas costas do casaco do sr. Kadishman e o removeu. O vento soprava lá fora. Da cozinha se ouviu o zumbido da geladeira elétrica, como se de repente o motor tivesse ganhado novo alento. De novo me assaltou a límpida e tranquila sensação de que em breve estarei morta. Como é vazia essa sensação. Uma mulher equilibrada não é indiferente à própria morte. Eu e a morte somos indiferentes uma à outra. Próximas e estranhas. Conhecidas de vista, distantes, não se dão. Senti naquele momento que deveria dizer algo, e que não poderia me despedir agora dos amigos e simplesmente deixá-los ir. Talvez nesta mesma noite virão as primeiras chuvas. Pois eu ainda não estou velha. Conheço as regras de boas maneiras. Devo me levantar agora mesmo e vestir o penhoar. Devo preparar café e chocolate, servir biscoitos, conversar, discutir, interessar-me, ser interessante. Eu também sou culta e tenho minhas ideias e pontos de vista. Algo se comprimiu em minha garganta.

Disse:

"Então os senhores estão com muita pressa?"

O sr. Kadishman respondeu:

"Infelizmente devo me despedir. O senhor Glick pode ficar, se quiser."

O sr. Glick colocava um cachecol espesso.

Não vão embora, velhos irmãos, não agora, ela não pode ficar sozinha. Sentem-se nas poltronas, tirem os casacos, fiquem à vontade. Vamos discutir sobre política e sobre princípios. Trocaremos ideias sobre questões de fé religiosa e de justiça. Sejamos animados e cordiais. Bebamos juntos. Não se vão. Ela tem medo de ficar sozinha em casa. Fiquem. Não a abandonem.

"Estimo as melhoras à senhora Gonen. E uma boa noite."

"Vocês já estão indo. Estou aborrecendo vocês."

"De modo algum, nem pensar, nem pensar", misturavam-se suas vozes alarmadas.

Esses dois homens se movimentam vagarosos, pois não tiveram filhos e não são mais jovens, e não estão acostumados a visitar mulheres doentes.

"A rua está deserta", disse eu.

"Estimo as melhoras", respondeu o sr. Kadishman, enfiando o chapéu em sua testa achatada como se cerrasse de repente a portinhola de um guichê.

À saída me disse o sr. Glick:

"Senhora, não se aflija. Não há por que se preocupar. Tudo vai se arranjar. Tudo, tudo voltará a ser como antes, como se diz. Sim. A senhora sorri. Como é bom ver o seu sorriso."

As visitas se foram.

Logo liguei o aparelho de rádio. Arrumei o cobertor. Será que sofro de alguma doença contagiosa? Por que os velhos companheiros se esqueceram de apertar minha mão tanto ao entrar como ao sair?

O rádio informou que foi concluída a conquista da península. O ministro da Defesa anunciou que a ilha de Yotvat, que era chamada de Tiran, volta a pertencer ao Terceiro Reino de Israel.

Hana Gonen voltará a ser Yvonne Azulay. Mas nosso objetivo é atingir a paz, anunciou o ministro, no seu jeito característico de falar. Se as forças mais sensatas do lado árabe conseguirem sobrepujar as facções sombrias que ainda clamam por vingança, alcançaremos a paz tão almejada.

Por exemplo: os meus gêmeos.

No bairro de San'hedria os ciprestes se curvam ao vento e voltam a se aprumar, se aprumam e se curvam. Na minha modesta opinião toda flexibilidade é encantamento. Ela flui, é fria e repousante ao mesmo tempo. Faz alguns anos, num dia de inverno, no monastério Terra Sancta, anotei algumas frases melancólicas do professor de literatura hebraica: desde Avraham Mapu até Peretz Smolenskin, o movimento do Renascimento Hebraico passou por dolorosas transformações. Uma crise de decepção e de desilusão. Quando os sonhos se estilhaçam, as pessoas sensíveis se quebram, mas não se dobram. "Os teus destruidores e devastadores", dizia o professor, "sairão do teu próprio seio." "Essa frase deve ser compreendida de duas maneiras", disse o professor. Em primeiro lugar, o movimento do Renascimento Hebraico nutriu, no seu próprio seio, as ideias que mais tarde o levariam à destruição. Algum tempo depois, e numerosos dentre os melhores foram aqueles que partiram em busca de outras fontes. O crítico Avraham Uri Kovner foi uma figura trágica, semelhante ao escorpião que inocula veneno em sua própria carne quando o círculo de fogo se fecha sobre ele. Quando se consideram as décadas de 70 e 80 do século passado, experimenta-se a sensação de um angustiante círculo vicioso. Se não fosse pela ação de alguns elementos combativos e sonhadores, realistas que se rebelaram contra a própria realidade, não teríamos vivido o renascimento do povo judeu, e teríamos sido completamente aniquilados. Mas as grandes proezas são realizadas justamente pelos sonhadores, concluiu o professor. Não esqueci. Como é grande o trabalho de tradução que me espera. Tudo isso eu tenciono traduzir para a minha própria língua. Não quero morrer. A sra. Hana Grinbaum-Gonen, iniciais HG, festa, quem dera se todos os dias de sua vida fossem dias de festa. Já faz tempo que meu amigo morreu, o gentil bibliotecário do Terra Sancta, que usava um quipá e costumava brincar comigo de fazer jogos de palavras. Restaram as palavras. Cansei das palavras. Que engodo.

36.

Pela manhã o rádio anunciou que a Nona Brigada havia capturado as baterias de artilharia costeira do golfo de Salomão. O prolongado bloqueio marítimo havia sido suspenso. De agora em diante novos horizontes estarão abertos para nós.

Naquela manhã o dr. Urbach também era portador de boas notícias. Sua face irradiava aquele sorriso melancólico e amigável, e por duas vezes encolheu seus ombros de bibelô, como se não desse a mínima para as palavras que dizia:

"Já estamos autorizados a andar um pouco e trabalhar um pouco. Sob a condição de não fazermos nenhum forte esforço espiritual e não cansarmos nossa garganta. E sob a condição de começarmos a estabelecer uma convivência pacífica com a realidade objetiva. Estimo as melhoras."

Pela primeira vez desde a convocação de Michel pude levantar e sair à rua. Foi uma mudança. Como se de repente houvesse cessado um som alto e penetrante. Como se à tardinha tivessem desligado um motor que tivesse zumbido o dia todo no pátio.

Durante o dia, ninguém tinha se dado conta do barulho. Só foi percebido quando parou — silêncio repentino. Existiu e cessou. Cessou, portanto existiu.

    Liberei a empregada. Escrevi uma carta tranquilizadora para minha mãe e minha cunhada no kibutz Nof Harim. Fiz uma torta de queijo. Lá pelo meio-dia telefonei ao escritório das Forças Armadas em Jerusalém. Pedi que me dissessem onde se encontrava a unidade de Michel. Responderam com uma polida evasiva: impossível saber, grande parte das forças ainda está em movimento. O serviço postal está muito irregular. Não há por que se preocupar. O nome de Michel não consta de nenhuma relação.

    Trabalho perdido. Ao voltar da farmácia encontrei uma carta de Michel na caixa de correio. Pela data deu para ver que houve um atraso pelo caminho. Antes de tudo ele pergunta pela minha saúde, como tenho passado, pelo menino e pela nossa casa. Depois ele informa que está bem, fisicamente, apesar da azia que voltou a incomodar por causa da comida mal preparada, e apesar de ter quebrado os óculos de leitura ainda na viagem. Michel obedece fielmente as regras da censura militar e não revela o paradeiro de seu batalhão. Mas, por via indireta, deu a entender que sua unidade não participou de combates, mas ocupou-se de missões de segurança dentro das fronteiras do país. Por fim Michel me lembra que Yair tem uma consulta com o dentista marcada para a próxima quinta-feira.

    Ou seja, amanhã.

    No dia seguinte levei Yair ao Centro de Saúde Strauss, onde funciona a enfermaria odontológica da região. Yoram Kamnitzer, o filho dos vizinhos, nos acompanhou, pois o seu movimento juvenil, o Bnei Akiva, fica próximo ao Centro de Saúde. Yoram teve dificuldades em me explicar o quanto ele lamentara pela minha doença, e o quanto estava feliz por me ver restabelecida.

Paramos num quiosque que vendia milho cozido. Ofereci milho a Yair e também ao jovem. Yoram preferiu recusar. Sua recusa foi hesitante, e suas palavras saíram débeis. Resolvi tratá-lo cruelmente. Perguntei por que ele me parecia hoje tão sonhador e distraído, será que se apaixonou por alguma menina da turma?

Minha pergunta fez com que a testa de Yoram se cobrisse de grossas gotas de suor. Tentou enxugar o rosto mas não conseguiu, pois as mãos estavam pegajosas por causa da espiga de milho que afinal consegui dar a ele. Fiz questão de cravar nele meu olhar, com o firme propósito de deixá-lo ainda mais constrangido. A afronta e o desespero provocaram no jovem a irrupção de uma apavorada ousadia. Voltou para mim um rosto sombrio e aflito, murmurando:

"Senhora Gonen, não tenho nada com nenhuma colega da minha turma, e nem com qualquer outra. Sinto muito, não pretendo ofendê-la, mas não havia necessidade de me fazer essa pergunta. Eu também não pergunto. Amor e algumas outras coisas parecidas são sempre assuntos... particulares."

Era outono em Jerusalém, um outono tardio. O céu não estava nublado, mas também não estava completamente limpo. Sua cor era outonal: azul-acinzentado. Parecida com a cor da estrada, e com a cor das antigas casas de pedra. Era o tom certo. Novamente eu sentia que esta não era, de modo algum esta não era a primeira vez. Já tinha estado aqui e agora, antes.

Eu disse:

"Desculpe, Yoram, por um momento esqueci que você recebe educação religiosa. Fui impertinente. Você não é obrigado a dividir os seus segredos comigo. Você tem dezessete anos, e eu vinte e sete. Sem dúvida, para você eu devo parecer uma velha coroca."

Dessa vez provoquei no jovem uma aflição ainda mais terrível. E foi de propósito. Desviou o olhar para o outro lado. Tomado por crescente aflição, empurrou Yair por engano e quase o derrubou. Tentou falar, fracassou ao escolher as palavras, entrou em completo desespero e desistiu.

"Velha? A senhora... pelo contrário, senhora Gonen, pelo contrário. Eu quis dizer que... a senhora se interessa pelo meu problema, e... com a senhora eu às vezes até posso... Não. Como se diz, saiu tudo ao contrário. Eu só quis dizer que..."

"Calma, Yoram, você não precisa dizer nada."

Ele estava em minhas mãos. Eu o dominava. Estava no papo. Por inteiro. Eu poderia traçar em seu rosto a expressão que bem entendesse. Como se fosse uma folha de papel. Passaram-se muitos anos desde a última vez em que eu tinha me deliciado com este jogo impiedoso. Por isso fui adiante, mantive a pressão, enquanto saboreava em pequenos goles a alegria crescendo dentro de mim.

"Não, Yoram, você não precisa dizer nada. Você pode escrever uma carta para mim. Além do mais, você já disse quase tudo. A propósito, alguma moça já lhe disse que você tem olhos lindos? Se tivesse um pouquinho mais de autoconfiança, meu jovem amigo, estaria conquistando muitos corações. Se eu fosse uma jovem da sua idade, e não uma velha coroca, não sei qual jeito eu daria para não me apaixonar por você. Você é um belo rapaz."

Não desviei meu olhar gelado de seu rosto. Recolhi o espanto, a ânsia, a angústia e a esperança enlouquecida. Estava enlevada.

Yoram gaguejou:

"A senhora não precisa, senhora Gonen..."

"Hana. Pode me chamar de Hana."

"Eu... eu a respeito, e... respeito, talvez não seja a palavra certa, ou seja... bem, no que diz respeito a... em consideração, e... em atenção."

"Por que você se desculpa, Yoram. Você me agrada. Agradar não é pecado."

"A senhora faz com que eu me arrependa, senhora Gonen... Hana... Não vou falar mais para não me arrepender mais tarde. Perdão, senhora Gonen."

"Fale, Yoram, eu já não tenho tanta certeza de que você vai se arrepender por ter falado."

Nesse ponto, subitamente Yair interveio. Disse enquanto moía os grãos de milho com os dentes:

"Se arrepender é com os ingleses. Na Guerra de Independência eles estavam do lado dos árabes, e agora, já arrependido, eles estão do nosso lado."

Yoram disse:

"Senhora Gonen, aqui eu devo tomar à direita. Retiro tudo o que disse e lhe peço mil desculpas."

"Espere, Yoram, espere um pouco, tenho um pedido a fazer."

Yair:

"Quando estivemos em Holon, e o vovô Zalman ainda vivia, ele me explicou que os ingleses têm sangue frio, como as cobras."

"Sim, senhora Gonen, o que deseja? Com todo o prazer."

"Mamãe, o que quer dizer que o sangue da cobra é frio?"

"Quer dizer que a circulação dela não é quente. Fria. Yoram, você é tão gentil, queria te pedir..."

"Mas por que o sangue da cobra não é quente? E por que o sangue das pessoas é quente, menos o dos ingleses?"

"Diga que não está zangada comigo, senhora Gonen. Talvez eu tenha dito alguma bobagem."

"O coração empurra o sangue, e em alguns seres vivos também o aquece. Não posso explicar exatamente. Não se atormente, Yoram. Quando eu tinha a sua idade eu também tinha muita força para amar. Gostaria de conversar com você ainda hoje ou amanhã. Yair, fique calado. Não aborreça, quantas vezes seu pai já disse para não interromper a conversa dos outros. Hoje ainda, ou amanhã, é o que eu gostaria de pedir. Gostaria de conversar com você. Quero dar um conselho."

"Não interrompi nenhuma conversa. Talvez só depois que o Yoram interrompeu, foi ele que interrompeu minha conversa."

"Por enquanto não se aflija sem necessidade. Até logo, Yoram. Não estou zangada com você, e espero que não se zangue com você mesmo. Já respondi, Yair, é assim. Nem tudo no mundo dá para explicar. Como e por que e onde e como. *Se vovó tivesse asas, a vovó seria águia e voaria sobre as casas.* Quando seu pai voltar, você vai ter explicações para tudo, porque seu pai é mais inteligente do que eu e sabe tudo."

"Papai não sabe tudo, mas quando papai não sabe ele me diz que não sabe, e não diz que sabe mas que não dá para explicar. Isso não. Todas as coisas que sabemos podemos explicar. Terminei."

"Graças a Deus, Yair."

O menino jogou fora a espiga roída e enxugou as mãos meticulosamente, com um lenço. Absteve-se de reagir ao meu comentário sarcástico. Calou-se. Mesmo quando lhe perguntei, subitamente apavorada, se tínhamos desligado o gás antes de sair de casa, continuou calado. Eu detestava esse orgulho obstinado. Ao chegarmos ao Posto de Saúde, eu o empurrei com toda a força para sentar na cadeira do dentista, embora ele nunca tenha oposto qualquer resistência. Desde que Michel lhe explicara como a cárie ataca a raiz dos dentes, Yair sempre tinha se mostrado compreensivo e colaborado com o tratamento. Os dentistas nunca lhe pouparam os mais rasgados elogios. E mais, as brocas e o resto da parafernália despertavam nele uma atenta curiosidade. A meu ver, abominável: um garoto de cinco anos que se derrete de admiração por cáries só poderá se transformar em um adulto repugnante. Essa ideia me fazia mal, mas não conseguia me livrar dela.

Enquanto o dentista tratava de Yair, eu me sentei num banquinho, na sala de espera, e relacionei para mim mesma tudo o que tencionava dizer a Yoram Kamnitzer.

Antes de tudo eu gostaria de arrancar dele a confissão que tanto o tortura. Sabia que seria muito fácil. E então eu poderia novamente me deliciar pelo uso dos poderes que ainda não me foram inteiramente tomados, embora o tempo os venha corroendo, esboroando, desintegrando, com seus dedos pálidos e precisos.

Depois, quando o almejado domínio estiver por inteiro em minhas mãos, pretendo persuadir Yoram a optar por viver na corda bamba. Isto é, convencê-lo a ser, por exemplo, poeta, e não professor de Tanach, o Velho Testamento. Isto é, vê-lo na margem oposta. Isto é, submeter pela última vez um derradeiro Miguel Strogoff à disciplina e ao comando de uma princesa deposta.

Não tinha a intenção de lhe dar nada em troca, afora algumas palavras afetuosas, de forma bem vaga, pois ele era um jovem sensível, e, além disso, eu não havia percebido nele aquela flexibilidade encantada, e nem o brotar de uma energia interior.

Esse plano acabou não dando em nada. O rapaz não cumpriu sua insensata promessa e não veio me visitar. Devo ter instilado nele um terror ainda mais forte do que ele próprio.

Ao final desse mesmo mês um poema de amor de Yoram saiu publicado num jornal inexpressivo. Ao contrário de seus poemas anteriores, dessa vez ele ousou mencionar partes do corpo da mulher. Era a mulher de Putifar, que desvendava partes de seu corpo para seduzir o virtuoso José.

O sr. e a sra. Kamnitzer foram imediatamente convidados para uma conversa com o diretor da escola secundária religiosa. Ficou acertado entre eles que evitariam o escândalo sob a condição de enviar o jovem para uma instituição educativa num kibutz religioso no sul do país. Lá ele cursaria seu último ano do segundo grau. Só vim a saber desses detalhes algum tempo depois. Só mais tarde, também, chegou às minhas mãos a arrojada poesia sobre as aflições do virtuoso José. Foi-me enviada pelo correio, num envelope com meu nome escrito em letras de fôrma, quadradas. Era um poema grandiloquente e rebuscado: o clamor de um corpo aprisionado que ressoa através da barreira das mentes mesquinhas.

Reconheci minha derrota: Yoram estará portanto destinado a cursar a universidade. E será contratado como professor de Tanach, a Bíblia, e de língua hebraica. Poeta não será. Quem sabe se ainda vai compor uns versinhos didáticos, de vez em quando. Por exemplo, no cartão de boas-festas que talvez nos envie a cada ano-novo. Também nós, a família Gonen, enviaremos um cartão a Yoram e à sua jovem família desejando-lhes boas-entradas, e que seu nome seja inscrito no Livro da Vida. O tempo continuará presente. É uma presença gélida, altiva e transparente, que não gosta de Yoram e também não gosta de mim, e não agoura nada de bom.

A verdade é que tudo foi provocado pela vizinha histérica, a sra. Glick, que atacou Yoram no pátio algum tempo antes de ser internada. Rasgou sua camisa, bateu-lhe no rosto e o xingou de cafajeste, voyeur, e ainda o acusou de ter olhos obscenos.

Porém fui eu a derrotada. Essa foi a minha última tentativa. A presença fria e ameaçadora do tempo se revelou mais forte do que eu. De agora em diante me deixarei levar pela corrente. E apenas me manterei à tona, passiva.

37.

No dia seguinte, à tardinha, enquanto dava banho em Yair e esfregava sua cabeça, pude ver no retângulo da porta um homem magro e empoeirado. Por causa do ruído da água e do falatório incessante de Yair, não ouvi quando entrava. Lá estava ele, de meias, à porta do banheiro. É possível que tenha ficado nos observando por alguns momentos, em silêncio, antes que déssemos por ele. Deixei escapar um som abafado de medo e surpresa. Havia descalçado os sapatos antes de entrar, para não trazer lama para dentro de casa.

"Michel", quase disse, com um sorriso. Mas um soluço expulsou o nome de minha garganta.

"Yair, Hana, boa noite para vocês dois. É bom vê-los com saúde. *Shalom*, queridos, estou de volta."

"Pai, você matou árabes?"

"Não, filho, pelo contrário. O exército judeu quase me matou. Depois conto as histórias. Hana, enxugue o garoto e o vista para que não se resfrie. A água está esfriando."

* * *

O batalhão de reservistas de Michel anda não foi desmobilizado, mas Michel teve sua dispensa antecipada porque foram convocados por engano mais dois operadores de rádio, e os óculos quebrados de Michel o tornaram praticamente inútil para operar um transmissor de rádio. De qualquer forma, em alguns dias todos os soldados daquela unidade serão dispensados e voltarão para casa, e além disso ele, Michel, está adoentado.

"Você está doente", levantei a voz, como se o censurasse.

"Eu disse adoentado: não precisa armar uma gritaria, Hana. Você está vendo que eu ando, falo e respiro. Adoentado. Parece ser intoxicação."

"Foi só a emoção, Michel, já vou parar. Já parei. Acabou. Sem lágrimas. Consegui. Senti saudades de você. Você faz muita falta. Quando você viajou, eu estava doente e ruim. Agora estou boa. Eu quero você. Tome seu banho e enquanto isso ponho o Yair para dormir. Vou preparar um jantar de rei para você. Estenderei uma toalha branca. Vamos abrir uma garrafa de vinho. Assim começaremos nossa noite. Veja só, eu, burra, acabo de estragar a surpresa."

"Não creio que possa tomar vinho esta noite", disse Michel se desculpando, com um sorriso sereno. "Não me sinto muito bem."

Depois do banho, Michel desfez sua mochila de campanha. Jogou as roupas sujas e suadas no cesto apropriado e colocou cada coisa em seu devido lugar. Enrolou-se no cobertor de inverno. Tiritava. Pediu que o desculpasse por ter estragado a noite de nosso reencontro com seu mal-estar.

Seu rosto estava estranho. Depois de ter quebrado os óculos, Michel lia o jornal com dificuldade. Desligou a luz e virou-se para a parede. Acordei várias vezes durante aquela noite. Pensei ter ouvido gemidos de Michel, ou talvez apenas soluços. Perguntei a ele se queria que preparasse um copo de chá. Agradeceu mas recusou. Levantei-me e fiz o chá. Insisti para que tomasse. Ele aceitou e engoliu com dificuldade. Novamente sua garganta emitiu um som estranho, nem gemido e nem soluço. Parecia sentir náuseas muito intensas.

"Dói, Michel?"

"Não, não dói. Dorme, Hana, amanhã conversamos."

De manhã mandei Yair para o jardim de infância e chamei o dr. Urbach. O médico entrou com seus passinhos de biscuit, arriscou seu sorriso melancólico e disse que estávamos precisando de um exame urgente no hospital. Por fim, empregou mais uma vez sua eterna fórmula tranquilizadora:

"As pessoas não morrem tão depressa como às vezes nos quer parecer quando radicalmente aflitos. Melhoras."

No táxi, a caminho do Hospital Shaarei Tzedek, Michel tentou brincar, para aliviar a minha preocupação.

"Estou me sentindo como um herói de guerra de filme soviético. Quase."

Depois pensou um pouco e me pediu: se por acaso seu estado piorasse, queria que eu telefonasse para tia Gênia em Tel Aviv e a avisasse.

Eu me lembro. Quando tinha mais ou menos treze anos meu pai, Yossef Grinbaum, adoeceu pela última vez. Morreu vítima de um tumor maligno. Nas semanas que antecederam sua morte seu rosto foi se arruinando. A pele enrugou e se tornou amarelada, as bochechas murcharam, o cabelo caía rapidamente. Os dentes se estragaram. Ele parecia encolher a cada hora. O que mais me impressionava era ver sua boca afundar. Parecia manter um eterno sorriso astuto. Como se a doença fosse um ardil demoníaco, muito bem imaginado. Nos seus últimos dias de vida meu pai também foi tomado por uma súbita e forçada vontade de fazer graça: dizia que a questão da sobrevivência da alma após a morte tinha despertado sua curiosidade ainda na juventude, em Cracóvia. Certa vez chegou até a escrever uma carta em alemão para o professor Martin Buber sobre essa questão. E em uma outra ocasião tivera um comentário seu, sobre o mesmo assunto, publicado na seção de cartas do jornal *Hamashkif*. E eis que, dentro de poucos dias, terá a resposta vinda de fonte segura para o enigma da imortalidade da alma. Papai também tinha a resposta escrita em alemão de próprio punho pelo professor Buber, afirmando que nossa vida continua pelos nossos descendentes e pelas nossas obras.

"Pelas obras não há muito do que me orgulhar", sorriu com sua boca funda, "mas também tenho meus filhos. Você se sente, Hana, como continuação da minha alma ou do meu corpo?"

E logo acrescentou:

"Estou brincando. Seus sentimentos são seus sentimentos. Para esses assuntos já os antigos diziam que não há resposta."

Papai morreu em casa. Os médicos não viram razão para interná-lo no hospital, pois não havia mais qualquer esperança: ele sabia disso, e os médicos sabiam que ele sabia. Receitaram-lhe sedativos e se admiraram da tranquilidade que demonstrava em seus últimos dias. Durante toda a vida papai havia se preparado para o dia da morte. Passou a última manhã sentado na poltrona. Vestia um robe marrom e resolvia as palavras cruzadas do jornal inglês *Palestine Post*, valendo prêmios. Pela hora do almoço, foi à caixa de correio enviar as palavras cruzadas solucionadas para a redação. Ao voltar, entrou no seu quarto e fechou a porta atrás de si, sem trancá-la. Debruçou à janela, de costas para o quarto, e morreu. Sua intenção foi poupar os que lhe eram queridos de imagens desagradáveis. Emanuel, meu irmão, já estava cumprindo seu serviço militar em um kibutz bem distante de Jerusalém. Mamãe e eu estávamos no cabeleireiro. Do front chegavam notícias não confirmadas de uma guinada decisiva na batalha de Stalingrado. Em seu testamento, papai havia legado três mil libras para o meu casamento. Metade dessa quantia eu deveria repassar a Emanuel caso ele resolvesse abandonar o kibutz. Meu pai se habituara a economizar. Deixou também uma pasta de papelão contendo uma dúzia de cartas de pessoas ilustres que tiveram a bondade de responder às suas cartas, versando sobre diversos assuntos. Duas ou três dessas cartas eram realmente manuscritas por pessoas de renome mundial. Deixou-nos também uma caderneta cheia de anotações.

No princípio pensei que nessa caderneta papai havia anotado em segredo seus pensamentos mais transcendentais. Mais tarde me dei conta de que eram frases de homens célebres ouvidas ao longo dos anos. Por exemplo, durante uma viagem de trem de Jerusalém a Tel Aviv papai se pôs a conversar com o falecido Menachem Ussishkin, do qual ouviu a seguinte frase: *Devemos pôr em dúvida cada uma de nossas ações, mas devemos também agir como se não houvesse dúvidas neste mundo.* Estas palavras eu encontrei na caderneta de anotações de papai, e entre parênteses estavam anotados o autor, a data e as circunstâncias. Papai era um homem atento, que procurava sempre sinais e presságios. Não pensava ter seu prestígio diminuído por se prostrar todos os dias de sua vida diante de forças poderosas cuja natureza lhe era vedado conhecer. Eu o amei mais do que amei qualquer outra criatura neste mundo.

Michel esteve internado três dias no Hospital Shaarei Tzedek. Foram detectados os primeiros sintomas de uma doença gástrica. Graças às suspeitas do dr. Urbach, a doença foi diagnosticada em sua fase inicial. De agora em diante ele estará proibido de comer determinados alimentos. Na semana que vem, Michel estará liberado para retornar ao trabalho normal.

Durante uma das visitas que fizemos ao hospital, Michel teve oportunidade de cumprir a promessa de contar ao filho histórias da guerra. Contou sobre patrulhas, emboscadas e estados de alerta máximo. Não, ele não tem como responder às perguntas sobre os combates: pena que seu pai não tomou o destróier egípcio na baía de Haifa e não lutou em Gaza. Também não saltou de paraquedas às margens do canal de Suez. Não é piloto nem paraquedista.

Yair revelou compreensão:

"Você não era o tipo adequado para essas missões. Por isso dispensaram você."

"Na sua opinião, quem seria o tipo adequado para a guerra, Yair?"

"Eu."

"Você?"

"Quando crescer, vou ser um soldado forte. Sou mais forte do que alguns dos meninos grandes que brincam no pátio. Ser fraco não é bom, como nos jogos do nosso quintal. Terminei de falar."

Michel disse:

"Tem que ter juízo, meu filho."

Yair permaneceu calado. Meditou. Comparou. Conectou. Compôs. Estava sério, concentrado. Por fim, foi incisivo:

"Ter juízo não é o contrário de ser forte."

Eu disse:

"Pessoas fortes e sensatas são as minhas prediletas. Um dia eu gostaria de encontrar um homem forte e sensato."

Claro que Michel respondeu com um sorriso e o silêncio.

Os amigos demonstraram toda a sua dedicação. Fizeram muitas visitas a Michel. O sr. Glick. O sr. Kadishman. Os geólogos. Minha melhor amiga, Hadassa, e seu marido, Aba. E por fim Yardena, a loura amiga de Michel. Veio em companhia de um oficial das forças da ONU. Era um gigante canadense, do qual eu não conseguia despregar o olho. Apesar de Yardena já ter notado meus olhares e ter sorrido para mim por duas vezes. Ela se debruçou sobre a cama de Michel, beijou-lhe a mão magra como se ele estivesse agonizando, e disse:

"Chega, Mika, não fica bem para você, todas essas doenças. Fico admirada. Acredite ou não, já entreguei aquele trabalho, e até já me inscrevi para os exames finais. Devagar e sempre. E você, vai ser o meu Mika do coração e vai me dar uma ajudazinha para eu me preparar para os exames finais?"

"Claro", respondeu Michel, sorrindo, "vou ajudá-la. Estou feliz por você, Yardena."

Yardena disse:

"Mika, você é maravilhoso. Ainda estou para conhecer uma pessoa inteligente e legal como você. Estimo as melhoras."

Michel se recuperou e voltou ao trabalho. Voltou também à sua pesquisa após longa interrupção. De novo sua sombra se movimenta à noite através do vidro semitransparente que separa o escritório do meu quarto de dormir. Às dez horas da noite sirvo a ele chá sem limão. Às onze ele se concede uma pausa de alguns minutos para ouvir o último noticiário do dia. Depois disso, as sombras voltam a se contorcer e se contorcer sobre a parede, a cada movimento — abrir gaveta, virar folhas, apoiar a cabeça no braço, estender a mão para alcançar um livro.

Os óculos de Michel voltaram do conserto. Sua tia Lea comprou e enviou para ele um cachimbo novo. Emanuel, meu irmão, enviou de Nof Harim uma caixa de maçãs. Minha mãe me tricotou um cachecol vermelho. E também nosso verdureiro persa, o sr. Eliahu Moshía, foi desmobilizado do front e voltou para casa.

Em meados do mês de novembro, a chuva tão esperada começou a cair. Por culpa da guerra, chegou atrasada este ano. Com fúria e estrondo. A cidade está isolada. Tudo está encharcado. O som das calhas é lamuriento. Nosso pátio está molhado e vazio. Noite após noite, ventos de tempestade fazem tremer as persianas. Em frente ao terraço da cozinha, ergue-se a velha e desconsolada figueira, exposta ao vento e à chuva. Mas os pinheiros estão verdes e parecem mais viçosos. Eles sussurram sensualmente. Nunca me deixam sozinha. Cada carro que passa pela rua consegue produzir um longo chiado no asfalto molhado.

Duas vezes por semana eu compareço ao curso de inglês para alunos adiantados, promovido pela Organização das Mães Trabalhadoras. Nos intervalos entre as pancadas de chuva, Yair lança barcos e destróieres na poça d'água que se forma em frente à nossa casa. Sente agora uma estranha saudade do mar. Quando a chuva nos prende em casa, o tapete e a poltrona se transformam em oceano e porto. As pedras do jogo de dominó são a esquadra. Grandes batalhas navais são travadas na sala de estar. Um destróier egípcio arde em alto-mar. Canhões cospem fogo. O capitão toma decisões vitais.

Às vezes, quando termino de preparar o jantar mais cedo, também participo da brincadeira: meu estojo de pó de arroz se transforma em submarino. Eu sou o inimigo. Uma vez eu não resisti e o agarrei aos beijos e abraços, quando por um momento Yair me pareceu um verdadeiro capitão. Por isso fui imediatamente expulsa do jogo e da sala. Meu filho revelou de novo seu orgulho insolente: tenho permissão de participar do jogo sob a condição de ser estrangeira e insensível durante as batalhas.

Talvez eu tenha me enganado. Yair tem revelado sinais de um temperamento frio e dominador. Não foi Michel quem lhe transmitiu. Nem eu. Sua memória poderosa sempre me deixa perplexa. Ainda se lembra da quadrilha de Hassan Salama que atacou Holon a partir de Tel Arich, como aprendeu de seu falecido avô há mais de um ano e meio.

Em alguns poucos meses, Yair vai passar do jardim de infância para a escola primária. Michel e eu decidimos enviá-lo para Beit Hakerem, e não para a escola religiosa Tachemoni, próxima à nossa casa: estamos resolvidos a tornar nosso filho uma pessoa esclarecida e tolerante.

Os vizinhos do terceiro andar, a família Kamnitzer, dedicam-me um ódio cortês. Retribuem polidos meus cumprimentos. Mas deixaram de enviar a filha pequena para pedir emprestado o ferro de passar, ou a fôrma de bolo.

O sr. Glick nos visita a cada cinco dias, conforme o combinado. Já adiantou bastante a leitura da nova enciclopédia judaica, chegou ao verbete "Bélgica". Em Antuérpia, na Bélgica, vive o irmão de sua pobre esposa, Dova, que negocia com diamantes. Sua esposa está reagindo bem ao tratamento. Os médicos prometem a alta para abril ou maio. A gratidão de nosso vizinho não conhece limites: além do suplemento de fim de semana do jornal *Hatzofé*, ele costuma nos trazer de presente todo tipo de caixinhas de grampos e alfinetes, clipes, etiquetas, selos de diversos países.

Nos últimos tempos, Michel conseguiu despertar em Yair um grande interesse por sua coleção de selos. Todos os sábados pela manhã, os dois cuidam da coleção. Yair mergulha os selos na água, separa-os cuidadosamente dos retalhos de envelopes onde estavam colados e os coloca virados para baixo, para secar sobre uma grande folha de mata-borrão que nos foi dada de presente pelo sr. Glick. Michel classifica os selos lavados e os prende no álbum. Enquanto isso eu coloco um disco na vitrola, acomodo-me confortavelmente na poltrona sentada sobre meus pés descalços, faço tricô, ouço música. Tranquila. Meus olhos podem acompanhar através da janela o trabalho da vizinha que põe, com muito esforço, a roupa de cama sobre as grades da varanda, para arejar. Não penso e não sinto. O tempo está presente, e passa. Eu o ignoro, de propósito, só para deixá-lo bem humilhado. Eu trato o tempo do jeito que reagia, quando era jovem, aos olhares atrevidos que os homens grosseiros me lançavam: não desviava deles o olhar e nem virava o rosto. Mantinha nos lábios um sorriso gélido e desdenhoso. Não me abatia e nem entrava em pânico. Como se dissesse, desafiadora:

"E daí?"

E no entanto estou ciente, e admito: é uma reação bem precária. Mas o logro também é precário, e feio. Não imponho exigências descabidas: apenas que o vidro se mantenha transparente. A menina linda e esperta, de casaco azul. Assistente de jardim de infância, com rugas no rosto e varizes inchadas na coxa. Yvonne Azulay se movimenta entre elas, num vaivém incessante. Que o vidro permaneça transparente. Não mais que isso.

38.

Durante o inverno, Jerusalém conhece sábados límpidos e ensolarados. O céu veste um tom de azul que não é celeste, mas é concentrado e muito profundo. Como se o mar viesse se esparramar sobre a cidade, de cabeça para baixo. É uma claridade cintilante, cristalina, luminosa até o deslumbramento, bordada de bandos de pássaros enlouquecidos. Os objetos distantes e imóveis — colinas, casas, bosques — de repente parecem estar em permanente tremeluzir. É a umidade que causa esse fenômeno visual ao se evaporar, segundo me explicou Michel.

Em sábados como esses nós costumamos fazer a refeição da manhã mais cedo para sair em longos passeios. Deixamos para trás os bairros ortodoxos e chegamos até Talpiot, até Ein Kerem, Malcha, até Gvat Shaul. Pela hora do almoço fazemos uma parada em algum dos bosques e almoçamos o farnel que trazemos conosco de casa. À tardinha, voltamos para casa no primeiro ônibus a trafegar após o shabat. Esses dias são serenos. Às vezes fico pensando que Jerusalém está aberta diante de mim, com todos os seus esconderijos iluminados. Não esqueço que a luz azul é uma visão passageira. Os pássaros migrarão. Mas também aprendi a renunciar. Flutuar. Não resistir.

Num desses passeios, encontramos o velho professor com quem aprendi literatura hebraica na juventude. Após um esforço comovente e sobre-humano, o estudioso conseguiu se lembrar de mim, e ligar meu rosto ao meu nome. Perguntou:

"Que surpresa está a senhora preparando em segredo para nós? Um livro de poemas?"

Neguei.

O professor pensou um pouco, nos dirigiu um sorriso educado e disse:

"Quão maravilhosa é nossa Jerusalém. Não foi debalde que por incontáveis gerações ansiamos por ela das trevas da Diáspora."

Concordei com ele. Despedimo-nos com um aperto de mão. Michel desejou-lhe saúde e felicidade. O professor chegou a ensaiar uma ligeira mesura e acenou com o chapéu. Alegrei-me com esse encontro.

Colhemos flores nativas: ranúnculos, narcisos, ciclamens, heliocrísios. Pelo caminho, atravessamos terrenos baldios. Descansamos à sombra de um rochedo cinzento e úmido. Ao longe podemos descortinar a planície costeira, os montes Hebron, o deserto de Judá. Brincamos de esconde-esconde ou de pegador. Tropeçamos e achamos muita graça. Michel está leve e alegre. De vez em quando ele manifesta uma emoção comovida, como:

"Jerusalém é a maior cidade do mundo. Você atravessa duas ou três ruelas, e já se encontra em outro continente, outra geração e até outro clima."

Ou:

"Como é bonito aqui, Hana. E como você está bonita, minha triste nativa desta linda cidade."

Yair se interessa principalmente por dois assuntos: os combates da Guerra de Independência e as linhas de ônibus da companhia Hamekashe.

Sobre o primeiro assunto, Michel não poupa explicações. Faz largos gestos, indica pontos vitais na paisagem, traça mapas na areia, dispõe pedrinhas e pequenos galhos: aqui estavam os árabes, aqui nós. Eles se preparavam para atacar por aqui. Nós os cercamos por ali.

Michel considera necessário descrever também os erros, as avaliações militares malfeitas, os fracassos. Também presto atenção e aprendo de suas palavras. Como eu sabia pouco sobre a Batalha de Jerusalém. O casarão que pertenceu a Rashid Shchada, o pai dos gêmeos, foi repassado à Organização de Saúde que o transformou num posto de atendimento a gestantes e recém-nascidos. Na área restante do terreno, foi construído um prédio residencial. Os gregos e os alemães abandonaram a Colônia Alemã e a Colônia Grega. Em seu lugar vieram novos habitantes. Jerusalém teve sua população acrescida de novos homens, mulheres e crianças. Esta não foi a última batalha por Jerusalém. Foi o que ouvi de nosso amigo, o sr. Kadishman. Eu também sinto algo se tramando em segredo, forças poderosas se agitando, inchando, erguendo-se e pressionando para romper a crosta da superfície.

Fico admirada pela facilidade com que Michel explica coisas complicadas ao menino usando uma linguagem muito simples, quase sem adjetivos. Admiro também as perguntas sensatas e objetivas que Yair é capaz de fazer.

A guerra se desenha aos olhos de Yair como um jogo extraordinariamente complexo e fascinante, onde imperam a lógica e o método. Ambos, meu marido e meu filho, veem o tempo como o conjunto de quadradinhos num caderno de matemática, e esses quadradinhos determinam linhas e formas.

Nunca surgiu a necessidade de explicar a Yair a origem das ambições em conflito. Estavam subentendidas: conquistar e dominar. Suas perguntas se referem apenas ao encaminhamento interno do processo. Árabes. Judeus. Colina. Vale. Ruínas. Estrada. Trincheira. Blindados. Movimento. Surpresa. Estratégia.

Também a rede dos transportes coletivos fascina a imaginação de nosso filho, pela relação complexa estabelecida entre diferentes objetivos. A análise da malha viária lhe proporciona um intenso prazer intelectual: o cálculo das distâncias entre paradas, a superposição coordenada entre as numerosas linhas, a sua convergência em direção ao centro da cidade, a segmentação.

Nessa matéria Yair pode nos ensinar, a ambos. Michel faz vistosas profecias: quando crescer vai ser guarda de trânsito. Mas não esquece de deixar claro que não fala sério.

Yair também conhece perfeitamente as marcas e tipos de ônibus que trafegam em cada linha. A razão pela qual cada tipo foi empregado em cada linha, ele também adora explicar: aqui há ladeiras íngremes, ali uma curva fechada, lá o asfalto está esburacado. A maneira pela qual o garoto explica esses detalhes se parece demais com o estilo das explicações que ouve de seu pai. Os dois gostam de empregar determinadas palavras: "portanto", "apesar de que", "concluindo", e também a expressão "é uma possibilidade a considerar".

Faço o possível para ser uma aluna aplicada e atenta. De ambos.

Imagem:

Meu filho e meu marido debruçados sobre um mapa gigantesco estendido sobre uma mesa ampla. Diversos marcadores estão espalhados sobre o mapa. Alfinetes de cabeças coloridas também estão espetados conforme um plano convencionado por ambos, e que a meus olhos parece uma grande bagunça. Estão envolvidos em uma discussão cortês em alemão. Ambos trajam ternos cinzentos e discretas gravatas mantidas por prendedores de prata. Estou presente, cansada, vestida de camisola descuidada e não muito limpa. Estão imersos em sua tarefa. Banhados de luz branca, não projetam sombras. Suas figuras expressam concentração e prudente responsabilidade. Resolvo intervir. Faço alguma observação, ou pedido. Ambos demonstram simpatia e compreensão. Não demonstram estar irritados pela minha intervenção. Estão dispostos a ajudar. Terão todo o prazer em atender ao meu pedido. Será que eu faria a fineza de aguardar uns cinco minutos?

Há também passeios de shabat de outro tipo:
Passamos pelos bairros mais requintados da cidade, Rehávia ou Beit Hakerem. Escolhemos uma casa para morar. Passamos por construções. Conversamos sobre as vantagens e desvantagens de apartamentos de diversos tipos. Distribuímos entre nós os quartos. Resolvemos onde colocar cada móvel. Aqui os brinquedos de Yair. Ali o escritório. O sofá, aqui. A biblioteca. As poltronas. O tapete.
Michel diz:
"Deveríamos ter começado a economizar, Hana. Não podemos continuar a viver por anos e anos sem nenhuma reserva."
Yair propõe:
"Podemos vender a vitrola e os discos. O rádio já toca bastante música. Também acaba enjoando."
Eu:
"Gostaria de passear pela Europa. Ter telefone em casa. Comprar um carrinho para podermos ir à praia aos sábados. Quando eu era pequena, tínhamos um vizinho árabe chamado Rashid Shchada. Era um árabe muito rico. Agora por certo eles

estão vivendo num desses acampamentos de refugiados. Tinham uma casa no bairro de Katamon. Era uma mansão construída em torno de um pátio interno. A casa rodeava o pátio. Dava para sentarmos ao ar livre e ao mesmo tempo estar protegidos e escondidos dos olhares. Quero morar numa casa igualzinha a essa. E num bairro de rochas e pinheiros. Espere, Michel, ainda não cheguei ao fim da minha lista. Também quero ter uma empregada fixa. E um jardim bem grande em volta."

"E um motorista com uniforme de cerimônia", sorri Michel.

"E um submarino particular", diz Yair, que o seguia com passadas curtas mas firmes.

"E que seu marido seja um príncipe poeta pugilista e piloto", acrescenta Michel.

Yair franze a testa como seu pai costuma fazer ao mergulhar num raciocínio complexo. Dois minutos depois exclama:

"E eu quero um irmãozinho. O Aharon tem a minha idade, exatamente, e já tem dois irmãos. Eu mereço um irmão."

Michel diz:

"Um apartamento aqui em Rehávia ou em Beit Hakerem está custando uma fortuna. Mas, se começarmos a economizar metodicamente, podemos também pedir um pouco emprestado da tia Gênia, um pouco do Fundo de Auxílio da Universidade, alguma coisa do senhor Kadishman. Não estou nas nuvens, falando de alguma coisa impossível."

"Não", digo eu, "não é a coisa que está nas nuvens. Nós é que estamos."

"Estamos o quê?"

"Estamos nas nuvens, Michel. Não só eu. Você também. Você está até para lá das nuvens, no espaço. Menos Yair, o nosso pequeno realista."

"Você está pessimista, Hana."

"Estou cansada, Michel. Vamos voltar para casa. Lembrei-me agora de que preciso passar roupa. Muita roupa. E amanhã virão os pintores."
"Pai, o que é realista?"
"É uma palavra com diversos significados, filho. Mamãe quis dizer uma pessoa que é sempre lúcida e não fica sonhando."
"Mas eu também sonho à noite."
Pergunto com um riso forçado:
"Que tipo de sonhos você tem à noite, Yair?"
"Sonhos."
"Quais?"
"Todo tipo."
"Por exemplo?"
"Sonhos. Chega."

À noite passei roupa. No dia seguinte nossa casa recebeu uma pintura completa. Hadassa, minha melhor amiga, novamente me emprestou sua empregada Simcha por dois dias. Pelo meio da semana, voltaram as chuvas de inverno. As calhas conduziam as águas da chuva aos gemidos. A melodia era triste e furiosa. Houve vários cortes de energia, que só retornava depois de longas interrupções. A rua estava tristonha.

Depois de ter a casa pintada e limpa, tirei quarenta e cinco libras da carteira de Michel. Fui à cidade num intervalo entre uma chuva e outra. Comprei lustres novos para toda a casa. De agora em diante haverá cristal em minha sala de estar. Cristal. A palavra cristal me faz bem. E também o próprio cristal.

39.

Os dias se parecem, e eu me pareço comigo mesma. Entretanto alguma coisa mudou. E não sei o que é. Meu marido e eu somos como dois estranhos que se encontram por acaso na saída de uma clínica, na qual fizeram um tratamento que envolvia desagradáveis procedimentos de ordem física: ambos estão embaraçados, e cada um pode adivinhar os sentimentos do outro. Nossa proximidade é desconfortável e constrangedora. Tateamos frouxamente no encalço do tom apropriado para podermos nos dirigir um ao outro, agora.

A tese de doutorado de Michel se aproxima de seus capítulos finais. No ano que vem há grande possibilidade de ele conseguir uma promoção em sua carreira acadêmica. Por dez dias, no início do verão de 1957, Michel esteve no deserto de Neguev efetuando as observações e experiências necessárias para completar sua pesquisa. Trouxe para nós, de presente, uma garrafa de vidro cheia de areias coloridas que formavam desenhos.

Soube, por um de seus colaboradores, que ao terminar sua pesquisa meu marido pretende disputar uma bolsa para um prolongado aperfeiçoamento em geologia teórica numa das universidades americanas. O próprio Michel preferiu não me contar sobre seus planos, por conhecer muito bem meu ponto fraco. Não quer provocar em mim novos sonhos. Pois os sonhos podem evaporar, causando decepção.

Ao longo dos anos lentas mudanças ocorreram no bairro de Mekor Baruch: novos conjuntos habitacionais foram construídos na parte oeste. Ruas foram pavimentadas. Coberturas em estilo moderno foram acrescentadas aos andares inferiores de construções que datavam ainda do tempo dos turcos. A prefeitura de Jerusalém colocou bancos verdes e recipientes de lixo nas ruas. Um pequeno jardim público foi inaugurado. Oficinas e tipografias se espalharam por terrenos baldios, onde faz pouco havia apenas mato.

Os habitantes mais antigos vão abandonando o bairro. Funcionários públicos, do governo e da Agência Judaica se mudaram para Rehávia ou para Kiriat Shmuel. Os funcionários mais modestos, caixas, escriturários, compraram apartamentos em conjuntos habitacionais de concreto aparente, erguidos pelo governo ao sul da cidade. Os comerciantes de tecidos e armarinho migraram para o bairro de Romema. Nós ficamos para tomar conta das ruas moribundas. Foi um declínio rápido e imperceptível. Persianas e parapeitos de ferro enferrujam dia após dia. Um empreiteiro religioso cavou fundações em frente à nossa casa, trouxe montes de cascalho e areia, e de repente desistiu da empreitada. Talvez tenha se arrependido. Ou morrido. A família Kamnitzer também abandonou nosso prédio e a cidade, e foi morar em Ramat Hasharon. Yoram conseguiu uma licença de sua unidade no exército para vir ajudar a embalar a mudança. De longe, Yoram me cumprimentou com um aceno. Pareceu-me robusto e bronzeado em seu uniforme militar. Não pude conversar com ele, pois seu pai rondava por perto, atento. E o que teria para dizer a Yoram, agora.

Nos apartamentos desocupados vieram morar muitas famílias ortodoxas. Também vieram novos imigrantes que começavam a se aprumar, em sua maioria vindos do Iraque e da Romênia. Foi uma transformação lenta. Varais se multiplicavam nas ruas, de sacada em sacada. À noite pude ouvir gritos em uma língua gutural. Nosso verdureiro persa, o sr. Eliahu Moshía, passou a loja para dois irmãos em permanente estado de mau humor. Até mesmo os alunos da escola religiosa Tachemoni, apenas para meninos, me pareciam mais selvagens e atrevidos do que eram há alguns anos.

No final do mês de maio nosso amigo, o sr. Kadishman, morreu de insuficiência renal. Deixou uma pequena quantia como herança para a sede do Partido Libertador em Jerusalém. Para Michel e para mim, deixou todos os seus livros: Hertzl, Max Nordau, Jabotinsky e Klausner. Em seu testamento, ele também ordena ao advogado que nos faça uma visita para agradecer pelo calor humano de que sempre desfrutou em nossa casa. O sr. Kadishman foi uma pessoa solitária.

No verão de 1957, morreu também a velha dona do jardim de infância, Sara Zeldin, atropelada por um caminhão do exército na rua Malachi. O jardim de infância fechou. Consegui um emprego de meio expediente como escriturária no Ministério de Indústria e Comércio. Aba, o marido de Hadassa, minha melhor amiga, foi quem me arranjou esse emprego. E no outono morreram três amigos de nossa família, dos meus tempos de criança. Não contei sobre eles porque o esquecimento tem logrado abrir suas brechas. Não há esforço humano que consiga resistir a ele. Meu plano era escrever tudo. Escrever tudo é impossível. Grande parte das coisas escapa para morrer em silêncio.

* * *

    Em setembro nosso filho Yair começou a estudar na escola primária Beit Hakerem. Michel lhe deu de presente uma pasta marrom. Comprei um estojo com lápis, apontador e régua. Tia Lea enviou pelo correio um grande jogo de aquarela. De Nof Harim, chegou o livro *O coração*, de D'Amicis, em bela encadernação.

    Em outubro nossa vizinha, a sra. Dova Glick, voltou para casa, da instituição onde esteve internada. Demonstrava uma silenciosa resignação. Tranquila e pacata ela me parecia em seu retorno. Envelhecera e engordara bastante. Perdera aquela beleza madura e suculenta das mulheres sem filhos. Não ouvimos mais aquelas explosões histéricas e gritos desesperados. A senhora Glick havia voltado indiferente e submissa do tratamento prolongado. Passava horas e horas sentada sobre a mureta à entrada de nosso quintal e olhava a rua. Olhava e ria sem emitir nenhum som, como se nossa rua houvesse se tornado de repente um lugar alegre e engraçado.

    Michel comparou a sra. Glick ao ator de teatro Albert Crispin, o segundo marido de tia Gênia. Ele também teve um colapso nervoso e, ao se recuperar, mergulhou em apatia total. Há dezesseis anos ele vive em uma pensão em Naharia, sem fazer outra coisa senão dormir, comer e olhar. Tia Gênia ainda o sustenta.

    Em consequência de uma grande briga, tia Gênia deixou seu trabalho no departamento pediátrico do grande hospital. Depois de muito procurar, conseguiu um novo emprego, como médica de uma instituição particular em Ramat Gan, especializada em pessoas idosas, portadoras de doenças crônicas.

    Quando nos veio visitar, na festa de Sucot, tia Gênia me deu medo. O fumo constante mudara sua voz, que tinha se tornado mais grave e abafada. A cada cigarro que acendia, praguejava contra si mesma em polonês. Atacada por espasmos violentos de tosse, ciciava por entre os lábios cerrados: "Fique quieta, idiota. Maldição". O cabelo de tia Gênia se tornou grisalho e ralo. Seu rosto agora se parece com o de um homem velho e mau. Muitas vezes lhe faltam palavras hebraicas. Acende mais um cigarro com movimentos nervosos, apaga o fósforo com um sopro que mais parece uma cuspida, fala em iídiche, insulta a si própria num polonês sibilante. Acusou-me de não saber escolher minhas roupas de acordo com a posição de meu marido. Acusou Michel de me obedecer servilmente, como um pau-mandado e não como um homem. Para ela Yair é um menino grosseiro, atrevido e pouco inteligente. À noite, depois de sua partida, sonhei com ela, e sua figura se misturava às figuras dos velhos fantasmas de Jerusalém, os artesãos errantes e os mascates mofados. Tive medo dela. Tive medo de morrer jovem e tive medo de morrer velha.

Minhas cordas vocais preocupam o dr. Urbach. Cheguei a passar várias horas afônica. O médico me recomendou um longo tratamento. Esse tratamento envolvia certos procedimentos que me incomodavam bastante.
Ainda costumava acordar de madrugada, atenta a todos os sons e ao pesadelo que sempre voltava em variações infinitas, intermináveis: às vezes tratava-se de uma guerra, outras, de uma inundação ou ainda de grandes desastres ferroviários. Perdia-me e sempre era salva nos braços de homens robustos que me salvavam só para poder me enganar e se aproveitar de mim.
Acordava meu marido. Engatinhava até ele, enfiava-me debaixo do seu cobertor. Agarrava-me com todas as forças ao seu corpo. Sorvia e sorvia aquela intumescência tão desejada do seu corpo. Nossas noites se tornaram selvagens como nunca. Surpreendia Michel com o meu corpo e com o seu próprio. Mostrava a ele recantos inusitados, sobre os quais havia lido em romances.

Atalhos sinuosos insinuados em filmes. Tudo o que ouvira no maior segredo, quando menina, entre risadinhas, de colegas mais velhas. Tudo o que sabia e adivinhava dos sonhos mais loucos e atormentados dos homens. Tudo o que os meus próprios sonhos haviam me ensinado. O tremular do desejo premente. O fluir da corrente escaldante no fundo dos lagos gelados. O gozo do macio deslizar.

E, mesmo assim, eu escapava dele. Só o corpo me interessava: músculos, braços, cabelo. Sabia que o traía e traía. Com seu corpo. Era um mergulho cego nas profundezas de um abismo morno. Não me restava outra saída. E, muito em breve, essa saída também me seria fechada.

Michel não sabia como lidar com essa tormenta febril e delirante que desabava sobre ele naquelas madrugadas. Em geral capitulava e se rendia às minhas primeiras investidas. Será que ele podia sentir sob aquela torrente de sensações selvagens a humilhação que eu lhe infligia? Certa vez ousou sussurrar uma pergunta, se eu havia me apaixonado por ele novamente. Perguntou com tamanho receio, que estava claro para nós dois que não haveria resposta.

Pela manhã Michel não deixava transparecer nada. Apenas a costumeira e contida cordialidade. Não lembrava um homem que se submetera à noite, mas um rapazinho que corteja pela primeira vez uma jovem fria e experiente. Será que ainda vamos morrer, você e eu, Michel, sem termos nos tocado uma única vez? Tocar. Juntar. Fundir. Confundir. Você não entende. Perder-se um dentro do outro. Soldar. Amalgamar. Florescer para dentro. A dissolução dolorida. Não sei explicar. As palavras também estão contra mim. Que blefe, Michel. Que armadilha reles. Cansei. Dormir e dormir.

* * *

    Certa vez propus um jogo a Michel: cada um contaria ao outro tudo sobre seu primeiro amor.
    Ele não entendeu, pois sou eu seu primeiro e último amor. Tentei esclarecer melhor. Puxa, Michel, você já foi criança. Já foi rapazinho. Leu romances. Na sua turma havia muitas garotas. Fala, conta. Será que você perdeu a memória e todo sentimento? Fala. Diz alguma coisa. Não fique assim calado, o tempo todo. Chega de agir dia após dia como se você fosse um despertador, não me deixe maluca.
    Por fim brilhou em seus olhos uma centelha de entendimento.
    Começou a contar, com palavras cautelosamente escolhidas, sem usar adjetivos, sobre um acampamento de verão no kibutz Ein Harod. Sobre sua amiga Liora, que vive agora no kibutz Tirat Yaar. Sobre um júri simulado, no qual coube a ele o papel de promotor, e a Liora, o de advogada de defesa. Sobre uma ofensa boba. Sobre um antigo professor de educação física chamado Yehiam Peled que gostava de ridicularizar Michel chamando-o de Ganso Manso pelos seus reflexos lentos. Sobre uma carta. Sobre o convite para um esclarecimento pessoal com seu monitor no movimento juvenil. De novo sobre Liora. Sobre o pedido de desculpas. E por aí afora.
    Foi um relato lamentável. Se tivessem me incumbido de dar uma aula, mesmo que fosse de geologia, eu não teria me atrapalhado tanto assim. Como os otimistas, Michel considera o tempo presente como uma matéria mole e disforme, com a qual se deve moldar o futuro com trabalho duro e responsável. Para ele o passado é suspeito. Opressivo. Dispensável, já entendido. O passado é visto por Michel como um monte de cascas vazias que devem ser jogadas fora, não espalhadas ao longo do caminho — para que não estorvem os passantes —, mas de uma só vez: juntar tudo e dar um

fim. Ser leve e livre. Assumir a responsabilidade apenas pela tarefa apresentada diante dele.

Eu disse, sem esconder meu asco:

"Michel, então para que você vive? Diga para mim, por favor."

Michel não se apressou a responder. Meditou sobre a pergunta enquanto recolhia algumas migalhas da toalha e as juntava num montinho à sua frente. Afinal respondeu:

"Essa pergunta não tem sentido. A maioria das pessoas não vive *para*. Vive. Ponto final."

Eu disse:

"E você nasceu e vai morrer um zero à esquerda, Mika Gantz. Ponto final."

Michel disse:

"Todo mundo tem suas qualidades e seus defeitos. Você vai dizer que é uma frase banal. Tudo bem. Mas banal não é o contrário de verdadeiro, Hana. A frase dois mais dois são quatro também é banal, e no entanto..."

"E no entanto, Michel, banal é o contrário de verdadeiro e um dia eu vou enlouquecer igualzinho a Dova Glick e você vai ser o culpado, doutor Ganso Manso."

Michel disse:

"Hana, tenha calma."

À noite fizemos as pazes. Cada qual atribuiu a si próprio toda a culpa pela briga. Pedimos desculpas um ao outro. E saímos juntos para visitar Aba e Hadassa em seu apartamento novo. No bairro de Rehávia.

Preciso registrar ainda o seguinte:

Michel e eu descemos para a área para sacudir a colcha de cama. Depois de algumas tentativas, conseguimos coordenar os movimentos para sacudi-la num único impulso. Nuvens de poeira.

A seguir, dobramos a colcha: Michel se aproxima de mim com os braços bem estendidos, como se quisesse de repente me abraçar. E me entrega duas pontas. Afasta-se. Segura as novas pontas, formadas depois da primeira dobra. Estende os braços. Volta a se aproximar. Entrega. Afasta-se. Segura. Aproxima-se. Entrega.

"Chega, Michel. Chega. Já acabou."

"Sim, Hana."

"Obrigada, Michel."

"Não precisa agradecer, Hana. A colcha pertence a nós dois."

E a área vai escurecendo. Cai a noite. Surgem as primeiras estrelas. De longe um uivo abafado: uma mulher que grita ou um programa de rádio. Faz frio.

40.

Meu novo emprego no Ministério de Indústria e Comércio é muito mais tranquilo que o anterior, no jardim de infância da falecida Sara Zeldin. Das nove da manhã à uma da tarde eu trabalho no antigo prédio do Hotel Palace, num espaço que um dia serviu de vestiário para as camareiras do hotel. À minha mesa chegam relatórios de diversas empresas de todo o país. Minha função é copiar de cada um deles um determinado dado, compará-lo com o que está escrito em pastas de cartolina que ficam na prateleira à minha esquerda, anotar os resultados dessa comparação e também as observações escritas nas margens de um formulário quadriculado, repassando os resultados desse meu trabalho para outra seção.

É um trabalho agradável, especialmente pelo inesgotável fascínio dos títulos: "Projeto Experimental de Engenharia Mecânica", "Complexo Químico", "Estaleiros", "Empreendimentos Destinados a Metais Pesados", "Consórcio para a Montagem de Estruturas de Aço".

Esses nomes testemunham para mim a existência da realidade sólida. Não conheço e nem quero conhecer esses lugares tão remotos. Para mim basta a certeza de que eles existem de verdade nessas lonjuras. Estão lá. Materializados. Passam por mudanças. Cálculos. Matérias-primas. Lucratividade. Planejamento. O fluxo incessante de coisas lugares pessoas e ideias.

Eu sei: é muito longe. Mas não além das montanhas e trevas. Sem a menor dúvida.

No mês de janeiro de 1958 um telefone foi instalado em nosso apartamento. Michel goza desse privilégio graças à sua atividade acadêmica. Também nos valeram muito as boas relações de nosso amigo Aba. Na questão da troca de apartamento tivemos também uma grande ajuda de Aba: ele conseguiu nossa inscrição entre os primeiros da fila para um conjunto residencial financiado por um fundo de poupança governamental. Vamos morar em um bairro moderno, a ser construído na encosta que fica atrás de Bait Vagan, de onde se descortinam os montes de Belém e uma parte do vale de Refaim. Depositamos a primeira parcela. Assinamos promissórias. Obtivemos o compromisso contratual de que em 1961 receberemos as chaves de nosso novo apartamento.

Naquela noite Michel colocou na mesa uma garrafa de vinho tinto. Também comprou para mim um grande buquê de crisântemos para a ocasião festiva. Serviu o vinho em duas taças, até a metade, dizendo:

"Que seja em boa hora, Hana. Estou certo de que o novo ambiente vai deixar você muito mais tranquila. Mekor Baruch é um bairro deprimente."

Eu disse:

"Sim, Michel."

Michel disse:

"Durante todos esses anos sonhamos em mudar de casa. Teremos três quartos independentes, além de um escritório. Quis ver você feliz nesta noite."

"Estou feliz, Michel. Vamos ter um novo apartamento com quartos independentes. Sempre sonhamos viver em outra casa. Mekor Baruch nos deixa tristes."

"Mas foi isso mesmo que eu acabei de dizer", disse Michel, pasmo.

"Exatamente, foi o que você disse", sorri. "Depois de oito anos de casados as pessoas podem pensar com palavras iguais."

"O tempo e a perseverança vão nos trazer tudo, Hana. Você vai ver. Com o tempo, ainda vamos passear juntos na Europa, quem sabe ainda mais longe. Com o tempo, ainda vamos ter um carrinho. Com o tempo sua vida vai melhorar."

"Com o tempo e a perseverança, tudo vai melhorar, Michel. Você percebeu que foi seu pai Yehezkiel quem falou agora pela sua boca?"

"Bem", disse Michel, "não percebi. Mas é possível. E natural. Sou filho de meu pai."

"Perfeitamente. É possível. Natural. Você é filho dele. É horrível, Michel. Horrível."

Michel respondeu com tristeza:

"O que é tão horrível, Hana? Pena que você faz pouco-caso do meu pai. Ele era uma pessoa muito íntegra. Você não está certa. Não precisava ter dito essas coisas."

"Houve apenas um mal-entendido, Michel. O fato de você ser filho do seu pai não é horrível. Horrível é seu pai ter começado de repente a falar pela sua boca. E seu avô Zalman. E o meu avô. E meu pai. E minha mãe. E depois de nós virá o Yair. Todos. Como se uma pessoa depois da outra depois da outra, todos nós fossemos reles rascunhos. Passados a limpo e de novo passados a limpo, e amassados e jogados no lixo, e novamente passados a limpo, com pequeninas modificações. Que bobagem, Michel, que tédio. Que piada sem graça."

Michel considerou essas palavras merecedoras de uma silenciosa reflexão.

Enquanto isso, tirou um guardanapo de papel do porta-guardanapos. Dobrou algumas vezes, cuidadosamente. Montou um barquinho, examinou atentamente o barquinho e o colocou com todo o cuidado sobre a mesa. Finalmente observou que eu encaro a vida de maneira extremamente literária. Seu falecido pai tinha dito uma vez que, para ele, Hana era uma poetisa, apesar de não escrever poesias.

Depois disso, Michel me mostrou a planta do apartamento moderno que teremos no futuro. Essa planta lhe foi entregue de manhã, na assinatura dos compromissos financeiros. Explicou ao seu estilo, com palavras claras e objetivas. Pedi para esclarecer melhor certo detalhe.

Michel tornou a explicar. E por um momento fui surpreendida por aquela sensação angustiante de que não era a primeira vez. De modo algum. Já vivi uma vez este mesmo momento, neste mesmo lugar. Todas essas palavras já foram ditas num passado distante. E nem mesmo o barquinho de papel é novo. E a fumaça do cachimbo que galga em volutas a luz da luminária de teto. O zumbido da geladeira elétrica. Michel. Eu. Tudo. Foi num passado distante, mas claro como um cristal.

Na primavera de 1958, contratamos uma empregada fixa. De agora em diante, outra mulher vai cuidar da cozinha. Não sou mais obrigada a chegar cansada do escritório, ir direto à geladeira e ao fogão a gás, esquentar o conteúdo de uma lata de conserva, ralar verduras e contar com a gentileza de Michel e seu filho para que não me venham reclamar da monotonia do cardápio.

Todas as manhãs eu entrego a Fortuna um papel onde anoto as instruções para o dia. Ela vai cumprindo uma a uma e riscando com linha grossa. Ela é bem o que eu estava precisando. Ativa. Trabalhadora. Honesta. Sem um pingo de imaginação.

Porém percebi algumas vezes no rosto de meu marido uma expressão nova. Não havia notado em todos esses anos de casamento. Ao olhar para a jovem, seu rosto ganha uma expressão de envergonhada tensão. A boca semiaberta, a cabeça um pouco inclinada, a faca e o garfo subitamente petrificados em suas mãos. Muito parecida com a expressão de estupidez total. O olhar parado dos idiotas: como o de um ótimo aluno flagrado colando na prova. Por isso proibi Fortuna de almoçar conosco. Ordenava que fosse passar roupa, espanar o pó dos móveis, dobrar lençóis e toalhas. De agora em diante, vai comer sozinha. Depois.

Michel observou:

"Acho lamentável, Hana, que você trate Fortuna como as madames de antigamente tratavam as criadas. Ela não é nossa criada. Não é nossa propriedade. É uma trabalhadora. Igualzinha a você."

Resolvi debochar:

"*Molodietz*, fantástico, camarada Gantz."

Michel disse:

"Agora você foi injusta."

Respondi:

"Fortuna não é criada e não nos pertence. É uma trabalhadora. Injusto é, na minha presença e na presença do menino, ficar devorando seu corpo com esse brilho de bezerro faminto nos olhos. Injusto e também bastante idiota."

Michel ficou pasmo. Empalideceu. Pensou em responder mas desistiu. Calou-se. Abriu uma garrafa de água mineral e encheu três copos. Cuidadosamente.

* * *

    Um dia, ao voltar do posto de saúde onde faço um tratamento prolongado para a garganta e as cordas vocais, Michel saiu de casa e veio em minha direção. Encontrou-me em frente à loja que foi um dia do sr. Eliahu Moshía e agora pertence a dois irmãos eternamente mal-humorados. Estava apreensivo. Tinha acontecido uma pequena catástrofe.
    Parecia atônito e também envergonhado. Como se tivesse tomado parte em alguma travessura e rasgado a camisa.
    "Algum problema, Michel?"
    "Uma pequena desgraça."
    Bem, havia chegado às suas mãos o último número da revista científica publicada pela Real Sociedade de Geologia da Grã--Bretanha. Trazendo um artigo teórico de um conhecido professor de Cambridge. Era uma nova teoria, espantosa, acerca dos processos erosivos. Certas premissas básicas da pesquisa de Michel tinham sido cabalmente refutadas.
    "Maravilha", disse eu. "Agora, Michel Gonen, você vai brigar com esse inglês. Acabar com ele. Não se renda."
    "Não posso", respondeu Michel timidamente. "Impossível. Ele está certo. Estou convencido."

    Como aluna de ciências humanas eu sempre achei que todos os fatos estão sempre prontos a ser interpretados das mais diversas maneiras, e quem os interpreta, dependendo de sua sagacidade e determinação, poderá sempre se apossar desses fatos como simples matéria-prima e impor a eles sua vontade. Contanto que seja uma vontade firme e determinada. Eu disse:
    "Você se rende sem luta, Michel. Gostaria de ver você lutar e sair vitorioso. Ficaria muito orgulhosa de você."

Michel sorriu. Não respondeu. Se eu fosse Yair ele se esforçaria para responder. Fiquei ofendida e debochei:

"Coitadinho. Agora você vai ter que tocar fogo em todo o trabalho. E começar tudo de novo."

Bem, exagero. A situação não é assim desesperadora. Hoje de manhã Michel teve uma conversa com seu professor. Não foi uma catástrofe total. Ele deverá suprimir e depois refazer a introdução de sua tese. Terá que modificar três trechos, no miolo do trabalho. De qualquer modo, a conclusão ainda não foi redigida, e será possível elaborá-la de acordo com os novos parâmetros. Os capítulos descritivos não serão atingidos, continuam válidos. Vai demandar mais um ano. Talvez menos. O professor se dispôs imediatamente a conceder a prorrogação.

Pensei comigo: quando Miguel Strogoff foi capturado pelos sagazes tártaros, eles estavam prontos a lhe cegar cruelmente os dois olhos com um instrumento de ferro incandescente. Strogoff era um homem muito duro, mas havia também nele bastante amor. Foi esse mesmo amor que encheu seus olhos de lágrimas, e essas lágrimas de amor foram as salvadoras dos olhos de Strogoff, por arrefecerem o calor do ferro. Presença de espírito e força de vontade permitiram a Strogoff se fingir de cego até o desfecho da dura missão que lhe fora confiada pelo czar russo, em São Petersburgo. A missão chegou a bom termo, assim como seu executor, Miguel Strogoff, graças ao amor e à tenacidade.

E quem sabe seus ouvidos tenham captado o eco longínquo de uma melodia incessante. Só uma concentração absoluta permitiria perceber aqueles farrapos de sons amortecidos. Uma orquestra distante tocava e tocava, para além das florestas, para além das colinas e prados. A juventude marcha e entoa canções. Policiais robustos montam cavalos calmos e garbosos. A banda militar em seus alvos uniformes de gala e vistosas dragonas douradas. Uma princesa. Uma festa. Como está longe.

No mês de maio fui até Beit Hakerem me encontrar com a professora da turma de Yair. Era uma jovem loura, muito bonita de corpo, de olhos azuis, parecendo a princesa de algum conto de fadas para crianças pequenas. Estudante. Nos últimos tempos tenho visto Jerusalém se encher de jovens lindíssimas. É verdade que entre minhas amigas, há dez anos, havia algumas lindas. E eu. Mas essa nova geração tem traços um pouco diferentes, como se desenhados por linhas suaves e negligentes, uma beleza leve, casual. Não gostava delas. E nem das roupas infantis que adoravam usar.

Soube pela professora de Yair que o menino Gonen capta as coisas de maneira sistemática, tem memória excelente, capacidade de concentração, mas carece de sensibilidade. Por exemplo, o assunto era o Êxodo do Egito e as doze pragas. Quase todas as crianças demonstraram, embora de maneira um pouco confusa, ter ficado chocadas pela crueldade dos egípcios e o sofrimento dos hebreus. O menino Gonen, entretanto, resolveu fazer várias perguntas sobre a travessia do mar Vermelho, questionando o relato da Torá. Preferiu explicar as leis que regem as marés, a preamar e a maré vazante. Como se não desse a mínima para os hebreus nem para os egípcios.

Essa jovem professora irradiava à sua volta uma simpatia suave e jovial. Sorriu ao descrever o pequeno Zalman. E ao sorrir seu rosto se iluminou, como se não houvesse nele nenhum pedacinho que não participasse de seu sorriso. De repente odiei, até o ranger dos dentes, o vestido marrom que eu estava usando.

Depois, já na rua, duas novas estudantes passaram por mim. Davam altas gargalhadas e eram lindíssimas, de doer, perfumadas.

Ambas com bolsas de palha trançada. Vestiam saias com cavas profundas, que mostravam toda a perna. Achei seus frouxos de riso bastante escandalosos. Como se toda Jerusalém devesse tomar parte na sua conversa. Ao passar por mim uma delas dizia à outra:
"Esses caras não têm jeito mesmo. Me deixam louca."
E a amiga, rindo:
"Deixa. Cada um faz o que bem entende da vida. Por mim, eles podem até pular do telhado."

Jerusalém se expande: ruas, rede de esgoto moderna. Edifícios públicos. Tem até alguns recantos que por um instante dão a impressão de uma cidade normal: alamedas com o meio-fio bem alinhado e bancos confortáveis para descansar. Mas essa impressão dura pouco. É só virar a cabeça para o outro lado e em meio a esse frenético canteiro de obras você vislumbra descampados rochosos. Oliveiras. Espaços desertos. Vegetação exuberante nos vales. Veredas sinuosas abertas pelo pisar de muitos pés. Ao lado do recém-construído edifício que abriga o gabinete do primeiro-ministro se esparrama um pequeno rebanho de ovelhas. Carneiros ruminam tranquilos. O velho pastor observa imóvel, sentado em uma pedra. E montanhas circundam. As ruínas. O vento e os pinheiros. As pessoas.

Na rua Hertzl vi um trabalhador moreno, nu da cintura para cima, abrindo uma vala ao longo da rua com uma britadeira mecânica. Estava empapado de suor. A pele brilhava como cobre. E as costas vibravam e vibravam com o trepidar da pesada máquina. Como se o homem não mais conseguisse conter os fluxos de energia e estivesse prestes a dar um rugido e um salto selvagem.

Um aviso fúnebre colado no muro do abrigo de velhos no final da rua Yafo me informa do falecimento da piedosa sra. Tarnopoler, a dona da casa em que eu morava antes de me casar.

Foi a sra. Tarnopoler quem me ensinou a fazer chá de hortelã como calmante para uma alma angustiada. Lamentei muito a sua morte. Por mim e por todas as almas angustiadas e angustiadas.

Contei para Yair, para adormecê-lo, uma história que sei de memória desde a minha infância distante. Era a história bonita de David, o bom menino, sempre limpinho e asseado. Sempre gostei dessa história. Gostaria que Yair também gostasse dela.

No verão viajamos os três para Tel Aviv, para a praia. De novo nos hospedamos no apartamento da tia Lea, num velho prédio da alameda Rothschild. Cinco dias. Todas as manhãs íamos à praia no lado sul da cidade, no limite de Bat Yam. Às tardes, nos espremíamos no Jardim Zoológico, no parque de diversões, no cinema. Uma das noites tia Lea nos rebocou até a Ópera. O lugar estava cheio de senhoras polonesas de meia-idade, enfeitadas com muitas joias de ouro. Deslizavam para lá e para cá, lentas e majestosas como pesados navios de guerra.

Michel e eu escapulimos no intervalo. Descemos até a praia. Seguimos pelas dunas, contornando toda a cidade, em direção ao norte, até o muro do porto. De repente isso me fez transbordar, até a ponta dos dedos. Como uma dor. Como uma vertigem. Michel tentou me conter. Não dei ouvidos. Tomada de uma força desconhecida, rasguei-lhe a camisa. Derrubei-o na areia. Mordidas. Soluços. Joguei-me sobre ele com todo o peso do corpo, como se eu fosse mais pesada do que ele. Era assim que a pequena menina do casaco azul lutava, faz muitos anos, nos intervalos das aulas, com meninos muito mais fortes do que ela: fria e colérica, a chorar e zombar.

O mar também participou. E a areia. Em alguns momentos, um prazer grosseiro me dilacerava, queimava. Michel estava assustado. Murmurava: novamente não estava me conhecendo. Eu era uma estranha e ele não gostava de mim. Gostei de saber que era uma estranha. Não queria que gostasse de mim.

Ao voltar, à meia-noite, ao apartamento de tia Lea, Michel teve que explicar, ruborizado, à preocupada tia, a camisa rasgada e a face arranhada:

"Estávamos passeando, e... um sujeito tentou nos atacar e... passamos por um... mau bocado..."

Tia Lea disse:

"Você deve ter sempre em mente sua posição social e acadêmica, Mika. Uma pessoa do seu nível não pode se meter em escândalos."

Caí na gargalhada. E a gargalhada continuou a ecoar dentro de mim até a madrugada.

No dia seguinte levamos Yair ao circo, em Ramat Gan. No shabat, voltamos para casa. Michel ficou sabendo que sua amiga Liora, do kibutz Tirat Yaar, deixou o marido. Foi viver, com os filhos, num kibutz jovem no Neguev, aquele mesmo kibutz fundado depois da Guerra de Independência pelos companheiros de Michel e Liora. Essa notícia deixou Michel muito perturbado. Um medo reprimido transparecia em seu rosto. Deixou-se ficar, melancólico e calado. Ainda mais calado do que de costume. Uma vez, num sábado à tarde, ele resolveu trocar a água do vaso de flores. Hesitou por um instante, estacou de repente e logo tentou retomar o movimento, mas rápido demais. Saltei e agarrei o vaso de porcelana em pleno ar. No dia seguinte fui à cidade comprar para ele uma caneta-tinteiro do tipo mais caro.

41.

Na primavera de 1959, cerca de três semanas antes de Pessach, Michel completou sua tese de doutorado. Era uma pesquisa abrangente sobre os processos de erosão nas ravinas do deserto de Paran. O trabalho foi completado à luz das descobertas mais recentes sobre os processos de erosão, feitas por cientistas do mundo todo. A estrutura morfotectônica da região foi levantada em detalhes. Foram pesquisadas as forças exógenas e endógenas, as influências climáticas, os fatores tectônicos. Nos capítulos finais, foram até sugeridas diversas aplicações empíricas e práticas dos achados. Era um trabalho bem embasado. Michel conseguiu dominar um assunto extremamente complexo. Durante quatro anos meu marido dedicou-se à sua pesquisa. Sentia grande responsabilidade ao escrever seu trabalho. Contratempos e dificuldades não faltaram: problemas de ordem científica e de ordem pessoal.

Depois das festividades de Pessach, Michel deverá entregar o manuscrito para uma datilógrafa passar a limpo, à máquina.

Depois vai submeter sua pesquisa à apreciação de grandes geólogos. Deverá defender suas hipóteses fundamentais em uma apresentação, com debate aberto a todos, em um fórum científico reconhecido. Ele pretende dedicar seu trabalho à querida memória do falecido Yehezkiel Gonen, um homem austero, íntegro e humilde: por sua esperança, sua devoção e seu amor.

Naquela mesma época nos despedimos de minha melhor amiga, Hadassa, e do marido, Aba. Ele foi enviado à Suíça, por um período de dois anos, como adido para assuntos econômicos. Confidenciou-nos que no fundo espera galgar um cargo que lhe permita permanecer definitivamente em Jerusalém sem ter que ficar viajando por aí feito um moleque de recados. Contudo ele não descarta a hipótese de vir a deixar o serviço público e mergulhar por conta própria no mundo das finanças.

Hadassa disse:

"Você também será feliz, Hana. Tenho toda a certeza. Com o tempo vocês também alcançarão seus objetivos. Michel é muito dedicado ao trabalho e você sempre foi muito inteligente."

A despedida de Hadassa e essas palavras me deixaram bastante comovida. Chorei quando ela disse que também nós alcançaremos nossos objetivos. Será que todo mundo, todos, menos eu, se conformam com o transcorrer do tempo, com a dedicação, com o esforço, a perseverança, o objetivo e a conquista? Não farei uso das seguintes expressões: Solidão. Desespero. Estou deprimida. Angustiada. Foi um lamentável engano. Yossef, meu falecido pai, me avisava, quando eu tinha uns treze anos, para ter muito cuidado com homens perversos que se aproveitam de mulheres por meio de palavras melífluas e depois as abandonam à própria sorte. Falava como se a existência de dois sexos distintos fosse um desajuste que só trouxesse sofrimento para este mundo. Como se homens e mulheres devessem fazer tudo que estivesse ao seu alcance para suavizar as consequências desse desajuste. Não fui seduzida por um homem devasso e traiçoeiro. Também não me oponho à existência de dois sexos distintos. Mas houve uma decepção, e ela me humilha. Boa viagem, Hadassa. Escreva muitas cartas para Jerusalém, para Hana e para a distante Palestina. Cole nelas muitos selos bem bonitos para meu marido e meu filho. Conte-me sobre as montanhas e as neves. Sobre as estalagens. Sobre chalés abandonados, espalhados pelos vales. Velhos chalés cujas portas são fechadas com estrondo pelo vento, e os gonzos rangem. A mim não importa, Hadassa. A Suíça não tem mar. Os meus *Dragon* e *Tigris* repousam agora no estaleiro de um porto nas ilhas Saint-Pierre-et-Miquelon. Os marinheiros já estão percorrendo os vales à caça de outras moças. Não estou com inveja, Hadassa. Não me diz respeito. Eu repouso. Meados de março. Em Jerusalém, continua garoando.

Nosso vizinho, o sr. Glick, morreu dez dias antes de Pessach. Teve uma hemorragia interna. Michel e eu estivemos no enterro. Comerciantes ortodoxos da rua David Yelin falavam entre si num iídiche furioso sobre a abertura de um açougue que venderia carnes impuras em Jerusalém. Um *chazan*, cantor profissional, muito magro e vestindo um casacão preto, entoou os cantos fúnebres junto à cova aberta, e o céu respondeu com uma grossa rajada de chuva. A sra. Dova Glick achou engraçada a conjunção da reza com a chuva. Por isso explodiu em uma rouca gargalhada. O sr. Glick e a esposa Dova não tiveram filhos. Michel não deve nada a eles. Mas é muito fiel a seus princípios e ao caráter de seu falecido pai Yehezkiel. Por isso tomou para si a maior parte dos arranjos para o enterro. Com a ajuda indireta de tia Gênia, Michel conseguiu um lugar que aceitasse internar a sra. Glick, um asilo de velhos portadores de doenças crônicas. É a instituição particular onde agora tia Gênia trabalha como médica.

* * *

E nós fomos passar a festa de Pessach na Galileia.

Fomos convidados a festejar a noite de Seder no kibutz Nof Harim, em companhia de minha mãe e da família de meu irmão. Muito distante de Jerusalém. Longe dos becos. Longe das velhas ortodoxas que se encarquilham ao sol como aves agourentas sobre banquinhos baixos, os olhos postos longe, como se à sua frente se estendesse a amplidão do deserto, e não uma cidadezinha sufocante.

Lá fora já era primavera. Às margens das estrada brotavam flores silvestres. Bandos de aves migratórias cruzavam o espaço azul. Havia a nostalgia dos ciprestes e dos eucaliptos que derramavam tranquilos sua sombra pela estrada. Aldeias de casas brancas. Havia telhados vermelhos. Não de pedra tristonha, e nem varandas prestes a desmoronar, com seus peitoris enferrujados. Um mundo claro. Verde. Avermelhado. Os caminhos estavam cheios de gente que ia passear longe. No nosso ônibus, um grupo cantava o tempo todo. Sem parar. Era um grupo de jovens, de um movimento juvenil. Riam e cantavam músicas traduzidas do russo, arrebatadas, que falavam do amor e de campos espraiados. E o motorista resolveu segurar o volante com uma só mão. Com a outra, segurava o perfurador de passagens, batia no painel no ritmo da música. Era um ritmo alegre. De vez em quando, ele retorcia o bigode e acionava o alto-falante. Contava aos passageiros histórias engraçadas. Estava animadíssimo, e sua voz era rouca.

Ao longo de toda a estrada éramos banhados por luzes cálidas. Os raios de sol faziam brilhar cada nesga de metal, e cada pedacinho de vidro. Nos limites das grandes planícies se fundiam os tons do verde e do azul-celeste. Durante as paradas, passageiros embarcavam e desembarcavam levando malas, mochilas, espingardas de caça, ramos de papoulas e ciclamens, margaridas e anêmonas. Ao chegar a Ramle, Michel comprou picolés Esquimó amarelos para nós três. Na confluência de Beit Lid, compramos refrescos e amendoim. De ambos os lados da estrada se estendiam campos e redes de irrigação. A luz intensa fazia brilhar os canos. Toda a rede se transformara em ofuscantes feixes de luz. As montanhas estavam muito distantes, azuladas, envoltas em névoa, parecendo vibrar. O ar estava quente e saturado. Por toda a viagem Michel e o filho conversaram sobre as lutas da Guerra de Independência e sobre os grandes projetos hídricos que serão construídos pelo país. Eu abri o sorriso mais bonito que pude encontrar. Tinha plena confiança no país, e em sua capacidade de materializar todos esse gigantescos empreendimentos. Descascava uma laranja atrás da outra, para meu marido e meu filho, arrancava a camada de fibras brancas, separava em gomos, enxugava com um lenço os lábios de Yair.

Alguns habitantes da aldeia de Wadi Ara nos saudaram, à margem da estrada, com acenos de mão. Tirei o lenço de seda verde e retribuí as saudações, até os perder de vista.

Em Afula, alguma data importante estava sendo comemorada. A cidadezinha estava enfeitada de bandeiras azuis e brancas. Fios com lâmpadas coloridas foram estendidos cruzando as ruas. No acesso ocidental da cidade foi erguido um monumental portão de ferro. E uma faixa com saudações festivas se agitava, ao vento. Meu cabelo também se agitava.

Michel comprou um jornal de véspera de Pessach. Havia uma notícia política. Michel nos explicou. Abracei seu ombro e soprei dentro de seu cabelo curto. Entre Afula e Tiberíades, Yair adormeceu em nosso colo. Observei sua cabeça quadrada, os maxilares fortes, a testa alta e clara. Percebi de repente, por entre as ondas de luz azul, que meu filho vai crescer para se tornar um homem robusto e bonito. O uniforme de oficial cairá bem em seu corpo. Nos seus braços crescerá uma penugem loura. Vou andar na rua apoiada em seu braço, e mãe mais vaidosa do que eu não haverá em toda Jerusalém. Por que em Jerusalém? Vamos viver em Ashkelon. Em Natânia, à beira do mar, diante das ondas e de sua espuma. Vamos morar em uma casinha branca. Com telhado feito de telhas vermelhas e quatro janelas iguais. Michel será mecânico. E um jardim com canteiros de flores na frente da casa. Todas as manhãs, iremos à praia catar conchinhas e caracóis. O vento salgado soprará o dia inteiro pela janela. Também nós estaremos sempre bronzeados e salgados. A luz morna nos roçará e roçará todos os dias. E o rádio tocará lindas canções, sem parar, por toda a casa.

Em Tiberíades, o motorista anunciou que faremos uma parada de meia hora. Yair acordou. Comemos *faláfel* e descemos até o Kineret, o mar de Tiberíades. Nós três descalçamos os sapatos e mergulhamos os pés na água. A água estava morna. O lago cintilava. Vimos cardumes de peixes passando silenciosos pelo fundo. Alguns homens pescavam, apoiados no gradil do passeio. Eram homens vigorosos, de braços grossos e peludos. Acenei para eles com o lenço de seda verde. Não foi em vão. Um deles notou meu gesto, e até gritou para mim: bonequinha.

Depois prosseguimos viagem, e atravessamos os vales florescentes entre as duas muralhas de montanhas. À direita da estrada pudemos ver as grandes piscinas para irrigação brilhando como pequenos quadros de luz azul-acinzentada. O reflexo das grandes montanhas tremeluzia sobre a água. Era um tremular contido, sutil, como o de um corpo amado. E ao redor os blocos negros de basalto. Antigas colônias irradiavam uma quietude cinzenta: Migdal, Rosh Piná, Yessod Hamaalá, Machanáim. Tudo em torno girava e girava, como se aquela terra contivesse algo de selvagem e exuberante, como se transbordasse impetuosa.

Perto de Kiriat Shmona embarcou no ônibus um velho fiscal, um tipo de pioneiro dos anos 30. O motorista parecia ser seu amigo de longa data. Conversaram muito animados sobre uma planejada excursão aos montes Naftali, para a caçada de cervos, nos feriados que se aproximam. Todos os motoristas da velha turma serão convidados. A velha guarda que ainda não enferrujou: Chita, Abu Masri, Moshkovitch, Zambezi. Excursão sem levar mulher. Três dias e três noites. E com a participação de um famoso batedor da brigada paraquedista. Será uma caçada que este país ainda está para ver: de Manara por Bar'am até Chanita, e até Rosh haNikrá. Três dias memoráveis. Sem mulheres e sem crianças choronas. Só a velha turma. Já temos espingardas de caça e barracas de campanha, do tipo americano. E quem vai perder essa? Todos os lobos e todos os leões, com todo o vigor dos velhos tempos. Os tempos grandiosos que passaram. Todos, todos vão participar. Nenhum vai roer a corda. Vamos correr e saltar pelas montanhas. De nossos pés saltarão faíscas de fogo.

De Kiriat Shmona o ônibus tomou o caminho íngreme dos montes Naftali. A estrada agora era estreita e esburacada. Curvas fechadas tinham sido cavadas no flanco da montanha. Era um rodopiar selvagem, vertiginoso. Gritos estridentes de prazer e de terror enchiam o ônibus. O motorista resolveu exacerbar as emoções e num golpe de volante levou o ônibus diretamente à beira do abismo. Depois fingiu que ia arremeter contra a parede da montanha. Também eu berrei de terror e prazer.

Chegamos a Nof Harim com as últimas luzes da tarde. Pessoas com roupas limpas voltavam do banho, de cabelo úmido e penteado. De todos os braços pendiam toalhas. Crianças bem penteadas rolavam pelos gramados. O aroma da grama aparada. Aspersores de água borrifavam jatos d'água, como um chafariz a espargir pérolas irisadas.

O kibutz Nof Harim é chamado de Ninho das Águias. Suas casas como que esvoaçam no cume da montanha. E observando o sopé da montanha se pode contemplar toda a extensão do vale dividido em campos quadrados. A vista do alto emocionava. Vislumbrei aldeias distantes, mergulhadas em bosques, e tanques de peixes. Pomares fecundos. Estreitas veredas contornam bosques de ciprestes. Torres brancas. E as longínquas montanhas azuladas.

Os membros do kibutz Nof Harim, do grupo do meu irmão, tinham em média trinta e cinco anos de idade. Era uma turma animada, cuja alegre energia ocultava bem o grande senso de responsabilidade. Neles eu pude distinguir uma base sólida e contida. Como se mantivessem um perene bom humor e alegria pela decisão tomada. Gostei deles. Gostei desse lugar tão altivo.

Depois, a pequena casa de Emanuel ao lado do limite do kibutz, que é também a fronteira com o Líbano. Chuveiro frio. Suco de laranja e bolinhos assados pela minha mãe. Uma saia primaveril. Pequeno repouso. A sorridente atenção de minha cunhada Rina. A imitação de ursos feita por Emanuel para Yair, meu filho. Os mesmos ursos desajeitados que Emanuel imitou tantas vezes em nossa juventude, e que nos fazia rir até as lágrimas. Também dessa vez rimos e rimos.

Meu sobrinho Yossi se encarregou de entreter Yair. Foram de mãos dadas ver as vacas e as ovelhas. Naquela hora as sombras já eram muito longas, e a luz esmaecia. Nós nos deitamos na grama. Ao cair da noite, Emanuel trouxe de casa uma luminária ligada a um longo fio, e a pendurou num dos galhos da árvore. Entre meu irmão e meu marido surgiu uma pequena e bem-humorada discussão, que terminou logo, numa conclusão quase unânime.

Depois a alegria lacrimejante de Malka, minha mãe. Os beijos e as perguntas. O hebraico estropiado que empregou para homenagear Michel pela conclusão de seu doutorado.

Nos últimos tempos minha mãe tem sofrido de graves problemas circulatórios. Pareceu-me bastante abatida. Como é pequeno o lugar que ela ocupa em meus pensamentos. Era a esposa de meu pai. Não mais que isso. Nos poucos momentos em que levantou a voz para meu pai, eu a odiei. Afora esses momentos, não lhe reservei muito espaço em meu coração. Sabia, de maneira difusa, que deveria conversar com ela sobre mim mesma. Sobre ela. Sobre a juventude de papai. E sabia que não seria dessa vez que eu tocaria nesses assuntos. E também sabia que não haveria para nós, talvez, outra oportunidade, pois minha mãe já parecia bruxulear, próxima ao final. Mas esses pensamentos não diminuíram minha alegria. A alegria fluía por dentro, como se tivesse vida própria e não dependesse de mim.

Não esqueci. A comemoração do Seder. As luzes. O vinho. O coral dos membros do kibutz. A cerimônia da colheita. A confraternização ao redor da fogueira, altas horas da noite. As danças. Dancei até o final. Cantei. Deixei tontos vários dançarinos vigorosos. Até mesmo um atônito Michel, eu arrastei para dentro da roda. Jerusalém estava longe e não poderia me perseguir até aqui. Quem sabe se já foi tomada pelo inimigo que a rodeia por três lados. Quem sabe se já se desfez afinal em pó. Bem merecido. Não amava Jerusalém, de longe. Ela me queria mal. Eu lhe queria mal. Uma noite intensa e vertiginosa foi aquela no kibutz Nof Harim. O refeitório se encheu dos odores da fumaça, do suor e tabaco. O acordeão não parava. Transbordei, impetuosa, e fui arrastada pela torrente. Eu pertencia.

Porém, de madrugada, saí sozinha para a varanda da pequena casa de Emanuel. Vi o emaranhado das cercas de arame farpado. Vi arbustos pretos. O céu empalidecia. Voltei meu rosto para o norte. Pude distinguir as paisagens, os contornos montanhosos: a fronteira do Líbano. Luzes cansadas amarelavam nas antigas aldeias de pedra. Vales que nos são inacessíveis. Montanhas distantes, com os picos cobertos pela neve. Construções solitárias no cume das colinas. Mosteiros ou torres de observação. Espaço pedregoso cortado por profundos *wadis*. Soprava um vento frio e intenso. Eu tremia. Queria partir. Como foi imensa a nostalgia.

Às cinco horas, aproximadamente, o sol raiou. Elevou-se do horizonte envolto em espessa neblina. Arbustos selvagens cresciam sobre a terra. Vi na encosta, à minha frente, um jovem árabe, um pastor e suas cabras cinzentas. Elas roem e roem com raiva. Ouvi o badalar de sinos distantes ondulando pelas alturas. Como se uma outra Jerusalém tivesse se erguido do desalento de sonhos sombrios. Essa foi uma visão terrível e intensa. Jerusalém me perseguia. Os faróis de um carro derramaram luz sobre uma estrada que eu ainda não havia notado. Crescem solitárias algumas árvores, grandes e muito velhas. Crescem vigorosas. Retalhos de névoa erravam pelas colinas desertas. A visão era gélida e lamacenta. Uma terra estranha era aos poucos inundada pela luz fria.

42.

Escrevi numa dessas folhas: existe no mundo uma alquimia que é também a melodia interna de minha vida. Tenho pensado em suprimir essa expressão, por achá-la enfeitada demais. Alquimia, melodia interna...
Por fim algo realmente aconteceu, no mês de maio de 1959, mas aconteceu de uma forma pífia, foi uma cópia desbotada. Feia.
No início do mês de maio, engravidei. Foram necessários alguns exames médicos, pois na minha primeira gravidez tinham surgido pequenas complicações. Esses exames foram feitos pelo dr. Lombroso, pois o médico que atendia nossa família, o dr. Urbach, morrera ainda no início do inverno, de ataque cardíaco. O novo médico não viu nenhum motivo para me preocupar. Porém uma mulher de trinta anos não é mais uma jovenzinha de vinte. Esforço físico, alimentos picantes e relações íntimas com meu marido ficam proibidas até o final da gravidez. De novo começaram a aparecer varizes. Manchas voltaram a surgir sob os dois olhos. E o enjoo. O cansaço constante. Durante o mês de

maio me aconteceu, por diversas vezes, esquecer onde foi que tinha deixado um objeto ou uma peça de roupa. Vi nisso um sinal. Nunca havia esquecido de nada.

Yardena se encarregou de bater à máquina a tese de doutorado de Michel. Michel, por sua vez, se comprometeu a prepará-la para as provas finais na universidade, que haviam sido adiadas e adiadas por Yardena, até o limite permitido. Desse modo, todas as noites, limpo e arrumado, Michel vai até o quarto de Yardena, que fica na extremidade do alojamento dos estudantes.

Admito: tudo isso beira o ridículo. No fundo, tudo isso era esperado. Não me abalei. Durante o jantar, Michel me parecia temeroso e absorto. Alisava e alisava a discreta gravata mantida por um prendedor de prata. O sorriso era inconstante, culpado. O cachimbo se recusava a acender. Cumulava-me de atenções. Irritante. Sem parar oferecia seus préstimos, carregar, sacudir, varrer, escovar, servir. Deixei de me amofinar com os indícios.

Vou escrever com toda a franqueza: creio que Michel não ultrapassou o limite dos pensamentos e das tímidas fantasias. Não vejo motivos que levassem Yardena a se entregar a ele. Mas também não vejo motivos que a fizessem se recusar. Porém motivo é uma palavra que a meu ver não tem muito sentido. Não sei e nem quero saber. Estou mais propensa a achar graça do que a sentir ciúme. No máximo, Michel parece agora o nosso gato Tzach, que certa vez tentou, com saltos desastrados, apanhar a mariposa que esvoaçava no teto do quarto. Dez anos atrás assistimos, Michel e eu, no cinema Edson, um filme estrelado por Greta Garbo. A heroína sacrifica seu corpo e sua alma por um homem estúpido. Lembro-me que o sofrimento e a estupidez me pareceram algo como dois símbolos matemáticos em uma equação simples, e nem sequer me empenhei em resolver essa equação. Assim, apoiei a cabeça no ombro de Michel e fiquei olhando para a tela, com a cabeça inclinada, até as imagens se transformarem em uma corrente dançarina de tons que iam do preto ao branco, talvez mais em sequências variadas de cinza-claro. Também agora não me empenho em desvendar e resolver. Só ficar assistindo, inclinada. Só que muito mais cansada. E, no entanto, algo mudou depois de todos esses anos enfadonhos.

Por muitos anos, Michel tem apoiado ambos os cotovelos no volante e descansado. Medita ou cochila. Então, boa viagem. Vou cair fora. Declino. Veja, aos oito anos eu acreditava que se me comportasse como menino, sempre, surgiriam em meu corpo os sinais de masculinidade e eu não cresceria mulher. Quanto esforço inútil. Não posso sair correndo desabalada por aí, feito uma louca, até perder o fôlego. Agora meus olhos estão abertos. Viaje em paz, Michel. Ficarei observando da janela, e com os dedos desenharei sinais no vapor que cobre a vidraça. Pode até imaginar, se quiser, que estou acenando para você. Não vou te corrigir. Não sou sua mãe. Somos dois, e não um. Você não pode continuar por anos e anos sendo meu filho inteligente. Boa viagem. Talvez não seja tarde demais para revelar que nada dependia de você. Ou de mim. Será que você esqueceu, Michel, que há muitos anos, em nosso encontro no Café Atara, você disse que talvez fosse bom se nossos pais se encontrassem. Agora tente imaginar. Nossos pais estão mortos. Yossef. Yehezkiel. Por favor, Michel, desfaça de uma vez por todas esse sorriso. Faça um esforço. Concentre-se. Tente imaginar o seguinte: eu e você, irmão e irmã. São tantas as alternativas possíveis. Mãe e filho. Colina e arbustos. Rocha e água. Lago e barco. Movimento e sombra. Pinheiro e vento.

Mas não me restaram apenas as palavras. Ainda tenho forças para destrancar um grande cadeado. Abrir de par em par o portão de ferro. Libertar dois irmãos gêmeos, que deslizarão noite adentro para cumprir minhas ordens. Eu os encorajo.

Ao anoitecer, vão se agachar no chão para preparar seu equipamento. Desbotadas mochilas militares. Caixa de explosivos. Detonadores. Pavios. Munição. Granadas. Facas cintilantes. A cabana abandonada está escura e silenciosa. Os belos Halil e Aziz, que eu chamava de Halziz. Eles não dispõem de palavras. Apenas de sons guturais. Os movimentos contidos. Os dedos dóceis e fortes. Os troncos iguais — um só corpo que se ergue suave e firme como uma palmeira. A metralhadora a tiracolo. Os ombros sólidos e bronzeados. Eles andam sobre solas de borracha. No corpo, roupas cáqui-escuro bem justas. Cabeças ao vento. Com a última luz do dia, ambos se erguerão como um só homem. Irão se esgueirar da cabana até as íngremes escarpas. Os pés percorrerão uma trilha invisível aos olhos. Sua linguagem se compõe de sinais simples: breves toques, murmúrios abafados, como no amor entre um homem e uma mulher. Dedo no ombro. Um pio de pássaro. Um leve assobio. Espinheiros altos no leito seco do rio. A sombra de velhas oliveiras. A terra se entregará, silenciosa. Magros e fortes de dar medo, eles escorregarão garganta abaixo, até o leito seco, na ravina. A tensão, traiçoeira, vai roê-los fundo por dentro. Os movimentos serão flexíveis, como o de hastes tenras curvando-se ao vento. A noite os vai ocultar, e silenciar, e os tragar em suas dobras. O chiar dos grilos. A casquinada distante das raposas.

A estrada será transposta de um salto, os corpos inclinados. Logo se moverão como pássaros planando em voos noturnos. O murmúrio dos bosques mergulhados na sombra. A grande tesoura de aço corta o arame farpado. As estrelas são cúmplices — seu brilho indica a direção a seguir. No horizonte, as montanhas parecem massas de nuvens escuras. Na planície, luzes nas aldeias. O rumorejo da água na curva do cano. O borrifo dos regadores. A atenção estará à flor da pele, na palma da mão, na sola do pé, na raiz do cabelo. Sem ruído, contornam a armadilha à entrada da ravina. Abrirão caminho através de pomares mergulhados em sombras. Uma pedrinha rola. É o sinal. Aziz arremete. Halil se protege, acocorado atrás da mureta baixa. Um chacal uiva e se cala. Metralhadoras carregadas são engatilhadas e destravadas. Uma baioneta aguçada brilha. Um gemido abafado. Imóvel. O suor escorre lentamente. Frio e salgado.

A mulher cansada se apoia no parapeito de uma janela iluminada. Vai trancar a janela e desaparecer. Um vigia tosse rouco em seu cochilo. Eles rastejam entre os arbustos espinhosos. Brilham os dentes brancos ao puxar o grampo que trava a granada. O vigia rouco dá um arroto ruidoso. Afasta-se.

O reservatório de água, construído em concreto, se apoia em grandes colunas. Seus ângulos se desfazem imprecisos no escuro, se arredondam. Quatro mãos fechadas se abrem, e se põem de acordo, unidas, como na dança. Como no amor. Como se brotassem, as quatro, de um único corpo do mesmo animal. Detonador. Mecanismo de tempo. Espoleta. Explosivo. Vultos rolam pelas encostas, para os espaços abertos, num voo ligeiro, mal tocando o chão. Sobre as colinas do outro lado da linha do horizonte, eles correrão em silêncio como uma carícia de desejo. As plantas pisadas que voltam a se erguer à sua passagem. Como um leve barquinho cruzando águas muito calmas. As rochas dispersas. O acesso ao *wadi*. Flanquear a emboscada que os aguarda. Trêmulos ciprestes negros. Pomares. O atalho sinuoso. O agarrar-se experiente às saliências da escarpa. Narinas que se alargam para inspirar. Dedos tateiam as frestas. O chiado ansioso de grilos escondidos. A umidade do orvalho e do vento. E então, de repente, e nem tanto, o ribombar surdo de uma explosão. Um halo de luz se espraia pelo horizonte, a oeste. Retalhos de ecos rolam pelas encostas das montanhas.

O riso explode, violento. Selvagem. Fundo. Sufocado. Um rápido aperto de mão. A sombra de um terebinto solitário, onde a linha das montanhas recorta o céu. A cabana. Um lampião escurecido. As primeiras palavras. Um grito de alegria. Sono. A noite é violeta. Sobre os vales, cai abundante o orvalho. Estrela. A escura cadeia de montanhas.

A brisa leve acaricia os pinheiros. O horizonte empalidece lentamente. E sobre a amplidão desce uma calma fria.

Maio, 1967

1ª EDIÇÃO [2002] 2 reimpressões

ESTA OBRA FOI COMPOSTA PELA SPRESS EM ELECTRA E IMPRESSA PELA
GEOGRÁFICA EM OFSETE SOBRE PAPEL PÓLEN SOFT DA SUZANO PAPEL E
CELULOSE PARA A EDITORA SCHWARCZ EM MARÇO DE 2019

A marca FSC® é a garantia de que a madeira utilizada na fabricação do papel deste livro provém de florestas que foram gerenciadas de maneira ambientalmente correta, socialmente justa e economicamente viável, além de outras fontes de origem controlada.